大解 著

大解寓言

花山文艺出版社
河北·石家庄

图书在版编目（CIP）数据

大解寓言 / 大解著. -- 石家庄 : 花山文艺出版社, 2022.9
 ISBN 978-7-5511-6159-6

Ⅰ.①大… Ⅱ.①大… Ⅲ.①寓言－作品集－中国－当代 Ⅳ.①I277.4

中国版本图书馆CIP数据核字(2022)第078673号

书　　名：	大解寓言
	Daxie Yuyan
著　　者：	大　解
策　　划：	郝建国　王玉晓
责任编辑：	尹志秀
责任校对：	李　伟
装帧设计：	陈　淼
美术编辑：	胡彤亮
出版发行：	花山文艺出版社（邮政编码：050061）
	（河北省石家庄市友谊北大街330号）
销售热线：	0311-88643221/48
传　　真：	0311-88643234
印　　刷：	河北新华第一印刷有限责任公司
经　　销：	新华书店
开　　本：	700mm×1000mm 1/16
印　　张：	29
字　　数：	390千字
版　　次：	2022年9月第1版
	2022年9月第1次印刷
书　　号：	ISBN 978-7-5511-6159-6
定　　价：	78.00元

（版权所有　翻印必究·印装有误　负责调换）

目　录

第一辑　影响世界的一只蚂蚁

蛇吞…………………………… 003

透井…………………………… 004

小城堡………………………… 005

农药依赖症…………………… 006

假新闻………………………… 007

有关月亮的使用权…………… 008

影响世界的一只蚂蚁………… 009

影子大厦……………………… 010

光环与彩虹…………………… 011

月光饮料……………………… 012

音乐名人……………………… 013

高架桥………………………… 014

一群老太太…………………… 015

超级大风……………………… 016

空缺一人	017
彩色的云彩	018
无药可医	019
领跑	020
快与慢	021
一棵树	022
通车仪式	023
拖拉机感染症	024
军事机密	025
某城市的水	026
化石	027
历史的见证人	028
天然乐园	029
特殊元素	031
对面的高楼	032
鸟的变异	033
老木偶	034
手机	035
照片上的雪山	036
遇见外星人	037
有关外星人的跟踪报道	038
天上的棉花垛	040
草原风车	041
我与天使	043
数星星	044
雨门帘	045
自己的光	046
不知所措	047

不足零点一毫米⋯⋯⋯⋯⋯⋯⋯⋯ 048

特殊的光⋯⋯⋯⋯⋯⋯⋯⋯⋯⋯⋯ 049

隐藏在衣服里⋯⋯⋯⋯⋯⋯⋯⋯⋯ 050

治理道路⋯⋯⋯⋯⋯⋯⋯⋯⋯⋯⋯ 051

夜晚照明计划⋯⋯⋯⋯⋯⋯⋯⋯⋯ 052

清扫天空⋯⋯⋯⋯⋯⋯⋯⋯⋯⋯⋯ 053

仰望星空⋯⋯⋯⋯⋯⋯⋯⋯⋯⋯⋯ 054

雪花⋯⋯⋯⋯⋯⋯⋯⋯⋯⋯⋯⋯⋯ 055

塑料袋⋯⋯⋯⋯⋯⋯⋯⋯⋯⋯⋯⋯ 056

纸飞机⋯⋯⋯⋯⋯⋯⋯⋯⋯⋯⋯⋯ 057

火车⋯⋯⋯⋯⋯⋯⋯⋯⋯⋯⋯⋯⋯ 058

井陉⋯⋯⋯⋯⋯⋯⋯⋯⋯⋯⋯⋯⋯ 059

亲情植物⋯⋯⋯⋯⋯⋯⋯⋯⋯⋯⋯ 060

招魂启事⋯⋯⋯⋯⋯⋯⋯⋯⋯⋯⋯ 061

滦河边的故事⋯⋯⋯⋯⋯⋯⋯⋯⋯ 062

等着瞧⋯⋯⋯⋯⋯⋯⋯⋯⋯⋯⋯⋯ 063

最富的人⋯⋯⋯⋯⋯⋯⋯⋯⋯⋯⋯ 064

第二辑　再造一个天空

地球这颗星星⋯⋯⋯⋯⋯⋯⋯⋯⋯ 067

地球的重量⋯⋯⋯⋯⋯⋯⋯⋯⋯⋯ 068

大地的弹性⋯⋯⋯⋯⋯⋯⋯⋯⋯⋯ 069

小行星撞击地球⋯⋯⋯⋯⋯⋯⋯⋯ 070

照相机⋯⋯⋯⋯⋯⋯⋯⋯⋯⋯⋯⋯ 071

撤销方案⋯⋯⋯⋯⋯⋯⋯⋯⋯⋯⋯ 072

电子爬虫⋯⋯⋯⋯⋯⋯⋯⋯⋯⋯⋯ 073

天震⋯⋯⋯⋯⋯⋯⋯⋯⋯⋯⋯⋯⋯ 074

003

深度病毒	075
神奇的滴眼液	076
一堆碎末	077
越位	078
两个月亮	079
月光灯	080
天空狙击手	081
偏离	082
电子芯片	083
新型涂料	084
刮胡刀	085
再造一个天空	086
身体配方	087
体外治疗	088
科学发现	089
未来推想	090
气候异常的根源	091
秘方	092
我的一点儿建议	093
眼病	094
意外发现	095
飞到天穹的极顶	096
河流记事	097
元子	098
震动了动物界	099
月光溪流	100
三个假月亮	101
科学实验	102

非常危险……………………………… 103

水污染治理……………………………… 104

懒虫……………………………… 105

实验报告……………………………… 106

城市空洞……………………………… 107

陨石……………………………… 108

玻璃房子……………………………… 109

云网……………………………… 110

拒签协议……………………………… 111

偶然发现……………………………… 112

不过分的要求……………………………… 113

天空漏洞……………………………… 114

筛子的用途……………………………… 115

调节城市温度……………………………… 116

刺伤……………………………… 117

小水滴……………………………… 118

毛虫……………………………… 119

为什么?……………………………… 120

骑火车……………………………… 121

人之惑……………………………… 122

时空比较……………………………… 123

奖状……………………………… 125

造物主就在我们的心里……………………………… 126

假象……………………………… 127

人体考古……………………………… 128

建造一座风库……………………………… 129

把地球粘在脚下……………………………… 130

体色酶……………………………… 131

005

退磁 ………………………………… 132
大白菜剖宫产 …………………… 133
萝卜 ……………………………… 134
智能喇叭 ………………………… 135
新型玻璃 ………………………… 136
泡泡糖 …………………………… 137
光色素 …………………………… 138
黄泥护肤品 ……………………… 139

第三辑　走到自己的后面去

非马 ……………………………… 143
追风 ……………………………… 144
寿星 ……………………………… 145
人的机缘 ………………………… 146
"〇"模型 ………………………… 147
钝刀 ……………………………… 148
真正的大师 ……………………… 149
倒退之路 ………………………… 150
三个糊涂人 ……………………… 151
坏小子 …………………………… 152
走到自己的后面去 ……………… 153
匠人 ……………………………… 154
二三四 …………………………… 155
比武 ……………………………… 156
丢失灵魂的人 …………………… 157
心事 ……………………………… 158
善于辩论的人 …………………… 159

母亲的发现……………………… 160

建筑师…………………………… 161

过桥……………………………… 162

彩虹……………………………… 163

两条路…………………………… 164

不存在的人……………………… 165

不知，先知，后知……………… 166

书法家…………………………… 167

隐士……………………………… 168

故居……………………………… 169

一个又一个人…………………… 170

被捆绑的人……………………… 171

三个木匠………………………… 172

先知和哲人……………………… 173

善者……………………………… 174

星星的数量……………………… 175

排队……………………………… 176

秘密……………………………… 177

他人……………………………… 178

假象……………………………… 179

另一个我………………………… 180

绝对真理………………………… 181

当面评估………………………… 182

自己的外人……………………… 183

推动者…………………………… 184

力大无比………………………… 185

造人……………………………… 186

打捞一个雨滴…………………… 187

我是谁？……………………… 188

两个灵魂……………………… 189

那些可以忽略的……………… 190

黑月亮………………………… 191

伏羲…………………………… 192

武林高人……………………… 193

不跟火车赛跑………………… 194

骑手和白马…………………… 195

双目失眠……………………… 196

生死回环……………………… 197

修补灵魂……………………… 198

身影缺陷……………………… 199

大灵魂………………………… 200

自我搏斗……………………… 201

武功高人……………………… 202

宝刀…………………………… 203

一盏灯………………………… 204

失魂记………………………… 205

猎人…………………………… 206

A、B、C……………………… 207

身影猛然从地上站起来……… 208

传说…………………………… 209

灵魂杀手……………………… 210

第四辑　祖先公社

牧羊人………………………… 213

祖先公社……………………… 214

天梯……………………………… 215

歌神……………………………… 216

水坑……………………………… 217

太阳神…………………………… 218

布娃娃…………………………… 219

星星峪…………………………… 220

消失的树………………………… 221

湖边的故事……………………… 222

收藏者…………………………… 223

龙马……………………………… 224

长寿老人………………………… 225

升天之梦………………………… 226

玄而又玄的鸟…………………… 227

湖边的故事……………………… 228

泥人……………………………… 229

两棵树…………………………… 230

把云团推下悬崖………………… 231

飞毯……………………………… 232

身影……………………………… 233

拦截大风………………………… 234

石头种植技术…………………… 235

石头……………………………… 236

花事……………………………… 237

两个身影………………………… 238

花朵乐团………………………… 239

懒惰的石头……………………… 240

打死一个龙卷风………………… 241

弯曲的小路……………………… 242

石人 …………………………… 243

小老头 ………………………… 244

白玉老翁 ……………………… 245

月亮疼得直哆嗦 ……………… 246

创造了一个星球 ……………… 247

鸟人 …………………………… 248

鸟乐园 ………………………… 249

亚细亚 ………………………… 250

祥云 …………………………… 251

第五辑　站起来的河流

心事分享社 …………………… 255

帆船赛 ………………………… 256

偷天大盗 ……………………… 257

赤子 …………………………… 258

一块石头 ……………………… 259

重谢 …………………………… 260

梦境聊天室 …………………… 261

摆脱 …………………………… 262

望见了自己的后背 …………… 263

解救大山计划 ………………… 264

幸福的眼泪 …………………… 265

大力士 ………………………… 266

抓住一道闪电 ………………… 267

鱼和猫 ………………………… 268

光环 …………………………… 269

兵马俑 ………………………… 270

长城守将	271
影子	272
站起来的河流	273
家园与诗人	274
画出一架天梯	275
月亮	276
乡村小路	277
放风筝	278
站着说话	279
长发天使	280
会飞的扫帚	281
玻璃美人	282
亲人	283
一张老照片	284
大雁飞过天空	285
勇敢之星	286
飞翔	287
云彩被子	288
真丝衣服	289
照片上的变迁	290
把她隐藏在一篇文字里	291
梦里梦外	292
老照片	293
甜蝴蝶	294
神的孩子	295
小花出嫁	296
小女儿	297
透明的小姑娘	298

梦游人……………………………………… 299
火焰的故事……………………………… 300
影子像一件被人遗弃的破衣服……… 301
梦里的朋友……………………………… 302
画家……………………………………… 303
国王……………………………………… 304
村庄与城市……………………………… 305
匆………………………………………… 306
山洞和金子……………………………… 307
人口问题………………………………… 308
老挑……………………………………… 309
身体上的乐器…………………………… 310
穿衣服的狗……………………………… 311
意外砸伤………………………………… 312
真理追求者……………………………… 313
真理持有者……………………………… 314
一个名人的消失………………………… 315
盲目主义症……………………………… 316
我的天…………………………………… 317
敌人……………………………………… 318
世界第一………………………………… 319
名人……………………………………… 321
名人之家………………………………… 322
监视者…………………………………… 323
坏人……………………………………… 324
传说……………………………………… 325
内心租赁………………………………… 326
一尊雕塑………………………………… 327

小心眼儿⋯⋯⋯⋯⋯⋯⋯⋯⋯⋯⋯⋯ 328

处决了三只小鸟⋯⋯⋯⋯⋯⋯⋯⋯ 329

两只小鸟⋯⋯⋯⋯⋯⋯⋯⋯⋯⋯⋯⋯ 330

灵魂志愿者⋯⋯⋯⋯⋯⋯⋯⋯⋯⋯ 331

到天堂里述职⋯⋯⋯⋯⋯⋯⋯⋯⋯ 332

阔妇人⋯⋯⋯⋯⋯⋯⋯⋯⋯⋯⋯⋯⋯ 333

假微笑⋯⋯⋯⋯⋯⋯⋯⋯⋯⋯⋯⋯⋯ 334

劣质化妆品⋯⋯⋯⋯⋯⋯⋯⋯⋯⋯ 335

神奇的瓷瓶⋯⋯⋯⋯⋯⋯⋯⋯⋯⋯ 336

汉字⋯⋯⋯⋯⋯⋯⋯⋯⋯⋯⋯⋯⋯⋯ 337

黔之驴⋯⋯⋯⋯⋯⋯⋯⋯⋯⋯⋯⋯⋯ 338

翻书记⋯⋯⋯⋯⋯⋯⋯⋯⋯⋯⋯⋯⋯ 339

自然之光⋯⋯⋯⋯⋯⋯⋯⋯⋯⋯⋯⋯ 341

太阳礼赞⋯⋯⋯⋯⋯⋯⋯⋯⋯⋯⋯⋯ 342

小镇⋯⋯⋯⋯⋯⋯⋯⋯⋯⋯⋯⋯⋯⋯ 343

吹笛人⋯⋯⋯⋯⋯⋯⋯⋯⋯⋯⋯⋯⋯ 345

小镇轶事⋯⋯⋯⋯⋯⋯⋯⋯⋯⋯⋯⋯ 347

七妹⋯⋯⋯⋯⋯⋯⋯⋯⋯⋯⋯⋯⋯⋯ 349

第六辑　喜剧

著名的老乐⋯⋯⋯⋯⋯⋯⋯⋯⋯⋯ 353

伸出了大拇指⋯⋯⋯⋯⋯⋯⋯⋯⋯ 354

蝴蝶舞会⋯⋯⋯⋯⋯⋯⋯⋯⋯⋯⋯⋯ 355

神的选民⋯⋯⋯⋯⋯⋯⋯⋯⋯⋯⋯⋯ 356

住在地狱的上面⋯⋯⋯⋯⋯⋯⋯⋯ 357

植物巨人⋯⋯⋯⋯⋯⋯⋯⋯⋯⋯⋯⋯ 358

真正的名人⋯⋯⋯⋯⋯⋯⋯⋯⋯⋯ 359

吃书	360
危害自身罪	361
返祖	362
教练	363
滑雪	364
无家可归的人	365
恶作剧	366
重量级人物	367
河流轶事	368
葫芦娃	369
火种	370
文化垃圾	371
老乐回家	372
吹牛	373
二球	374
美人鱼	375
时间屏障	376
人口普查	377
老乐回乡	378
命运	379
假人	380
我错了	381
坚守本色	382
老乐婆	383
一代枭雄	384
内伤	385
治疗	386
酒瓶	387

推手	388
寻找一条小路	389
废品	390
回到童年	391
木兰花	392
窃笑	393
上当	394
判决	395
和老乐一起游玩	396
走	397
制造彩虹	398
朋友	399
傻瓜	400
危急救助	401
满意	402
冠军	403
母亲	404
园丁	405
罪人	406
保姆	407
迷人的人	408
写给老乐的公开信	409
纸鸭子	410
老乐的经纪人	411
真假老乐	412
快刀	413
搬山	414
飞奔	415

传说	416
大名人	417
水神	418
美女如云	419
人民公社	420
善人	421
仆人	422
轻量级人物	423
够了，狗了	424
异化动物	425
无耻之人	426
一句脏话	427
藏品	428
倒数第四名	429
买蘑菇	430
双赢	431
云影	432
偷走一个麻烦	433
老乐讲故事	434
语言变法	435
专利	436
无题	437
老乐	438
开笔仪式	440
骑马旅行记	442

第一辑　影响世界的一只蚂蚁

〰〰〰〰〰

推动太阳的人，每天累死一次，第二天再复生。　大解.2022

蛇 吞

去年秋天，我去太行山里，在一所小学校附近发现了一条蛇，正在吞吃自己的尾巴，已经吃进去了半截。看来这条蛇是饿急了，实在找不到吃的，就把自己的尾巴当成食物吞了下去。当时它的身体已经形成了一个圆环，我用一根棍子把它挑起来，挂在树杈上。

回来后，我把这个见闻写成文章，发表在报纸上，立刻引起人们的好奇，后来一个生物学教授还专门写了一篇论文，认为此事不可能。他提出了三点：一、蛇吃自己尾巴的时候会疼痛难忍；二、蛇不喜欢吃自己的肉；三、我是属蛇的，我连自己的手指头都舍不得吃，更不用说吃掉半个身子。

对此，我也提出了自己的观点：一、蛇可能是在尝试一种新的吃法，如果吃掉旧尾巴，还能长出一个新尾巴，那么今后就不愁吃喝了，可以自给自足；二、蛇想自杀，没有人帮它，它只好自己把自己吃掉；三、既然想死去，留着身子和尾巴也没用了，还不如最后饱餐一顿，自己把自己吃掉，免得死后被别的动物吃掉。

为了这次争论，我和教授都到事发地点去寻找那条蛇，结果发现那条蛇还挂在树上，保持着原来的形状，看上去像一个铁环，我用石头敲了敲，果然发出了当当的金属音。没想到我这一敲，山村小学的学生们以为是下课了，从教室里蜂拥而出。

我开始怀疑自己，莫非我当时看到的原本就是一个铁环？

透 井

一直以来，人们坚持一种错误的做法，在地上挖出许多深井，然后抽取地下水，用于饮水和灌溉。由于工农业用水量增大，造成地下水开采过度，水位下降，许多地区出现了地下漏斗，而自然补给总是小于抽取的水量，年深日久，人们需要挖更深的井，才能抽到水。

随着地下漏斗的加大和加深，许多沿海地区出现了海水倒灌现象，土地的盐碱化日益加重，粮食产量和人畜饮水受到威胁，一些严重的地区，在未来的若干年里有可能粮食绝收。

有一次，我从华北平原的一个村落经过，看见当地的人们在挖井，挖到两百米深时还没有见到水。他们继续往深处挖，多年以后，竟然把地球给挖透了，井底变成了另一个出口，在南美洲出现了。考虑到国际关系和法律等问题无法解决，人们只好暂时把井底封住，以防南美洲人通过这口井钻到中国来。

这口挖透的深井，成了奇迹，被报刊等媒体大肆炒作，但却忽略了当初挖井取水的初衷，缺水的问题不但没有得到解决，反而被奇迹所掩盖。这件事传到互联网上以后，南美洲人秘密地组成了一支科考队，经过多年勘察，终于在热带雨林中找到了隐藏的井口，并把亚马孙河的河水引到井里，进行灌井。他们的目的是用河水堵住这口井，以防人们通过透井偷渡。但是令人意想不到的是，丰沛的亚马孙河水通过透井流入了中国北方，使得华北平原的地下水得到了补充，地下漏斗正在逐年减小。

这件事关系重大，涉及了国家机密。从此，官方封锁了有关这口井的全部消息，也不再有人知道这口井的真实地点。

小 城 堡

前不久，有一个朋友请客，叫了一桌人，有熟人，也有陌生人。其中一个人吃到中途就消失了，谁也不知道他去了哪里，他手机也关了。大家找了好久，没想到他从桌子底下钻出来了。原来他喝多了，顺势就溜到了桌子底下，正好有桌布盖着，谁也没看见，他就在下面睡了一觉，醒来时发现人们正在找他。

那天，人们发现桌子底下是个休息的好去处，都争着往下面钻，但下面毕竟地方小，容不下很多人，大家就轮流钻到桌子底下，享受这种待遇。过了一会儿，饭店服务员进来了，发现有人在桌子下面说话，就掀起桌布看了看，笑着走了。

过了一些日子，我们又来到这家饭店，看见他们推出了一项新的业务，即加大了桌子下面的空间，在里面备置了坐垫和小马扎，作为客人们的临时休息室。没想到这项业务非常受欢迎，我听到许多人在桌子下面聊天、谈生意，场面极其隐蔽而热闹。后来，这家饭店把这种餐桌命名为"小城堡"。一时间，来小城堡就餐的客人极其火爆，小城堡成了人们消闲的时髦场所。

农药依赖症

我在火车上听到一件新鲜事，说一个城里的公职人员到极其偏远的山区下乡任职，一去就是三年。他去的那个山区还处在非常原始的生产和生活状态，连化肥和农药都买不到，因而当地人所吃的都是绿色食品，绝对没有污染。一年以后，吃惯了城里饭的下乡干部得了病，他到全国最大最权威的医院——天堂医院去检查身体，其结果让他大吃一惊：他得的是农药依赖症。也就是说，他一直在城里生活，吃惯了饱含农药的粮食和蔬菜，身体已经形成了农药依赖性，突然改变饮食结构以后，身体极度不适应，必须及时补充体内的农药含量，否则将有生命危险。由于就医及时，经过一个多月的治疗，往体内输送了适量的农药，他才保住了性命，身体慢慢得到恢复。

这件事震动了科学界，来自世界各地的顶级科学家纷纷到来，找到这个下乡任职的官员，对他进行研究。一些研究成果发表在权威杂志上。其中一位科学家因此获得了3047年的诺贝尔生理学或医学奖。令人欣慰的是，一千多年以后，这个城里官员的人体标本依然保存完好，因为浸泡他的液体是原浆农药，纯度达到了"百分之一百零八"。

假新闻

　　某地方小报曾经有过这样的报道：三个清洁工在凌晨清扫大街时，把月光也扫进了垃圾堆，里面还夹杂着落叶。我看了后当即断定，这是一则假新闻。我可以用人格担保，甚至亲自验证，推翻这条新闻。第二天凌晨，我找不到铲子，就把自家的炒勺拿去，到路上去铲月光，结果证明，月光是铲不掉的，更别说清扫了。

　　后来，天文台的专家也站出来，用科学的方法论证了月光的不可清扫性。专家说，月光落在地上，是无法清扫的，必须用干净的毛巾蘸上酒精后反复擦洗，才能擦掉。其科学原理是，月光随着酒精慢慢挥发到空中去了。但是根据物质不灭原理，月光并没有消失掉，而是存在于空气里，时间长了还会沉积在地上。

　　这条假新闻受到民众的广泛关注和质疑，迫于舆论压力，十五天后该报纸刊发了道歉信，承认这是一条假新闻，并给予当事人停职七十三年的处分。为此，全市的清洁工放假三天，以示庆祝。可是，由于没有及时清扫，三天以后，月光在地上堆积了三层，夜晚路上又滑又亮。对此，许多人感到疑惑，莫非记者的报道属实？人们思考至今，依然感到不解。

有关月亮的使用权

2008年后半年,世界各大媒体都在报道经济衰退的消息,起因是美国的房地产次级按揭贷款所造成的金融危机,致使几大投资银行相继倒闭,危机迅速波及全世界。如果再往前追溯,就可以找到危机的根源:美国人在地上建造了太多的房子,并以公平原则为借口,在每一家房子的玻璃窗外都配置了月亮。更有甚者,用负债的方式购买两套以上住房,并把债务分解到未来的每一天里。也就是说,他们不但超额使用了现在的月光,而且还预支了几十年后的月光。

为了不至于在月亮的使用权上吃亏,中国人在现代化建设过程中,也在各个城乡建造了数不清的高楼,并尽量扩大了窗子的尺寸,以便吸收更多的月光。在这一点上,中国的成功之处是:既建设了高楼,获得了足够多的月光,又在世界经济衰退中把损失降低到最小。

至于说我个人,为了得到月光这种零能耗、零污染的清洁光源,我尽量在晚上走到屋外去,享受月光,甚至彻夜不归。如果是阴天,我就尽量把云彩拨开一道缝儿,让月光漏下来。如果赶上没有月亮的夜晚,我就把月光引进梦里,极尽奢侈地挥霍它,我不但用月光铺地,还要把月光装进仓库里,大肆囤积,给我一库房的金子我都不换。关于这一点,我从来没有透露过,所以报刊上只见楼房价格的涨落,从来没有出现过我囤积月光的任何消息。

影响世界的一只蚂蚁

　　一只蚂蚁被摄影师跟踪拍摄以后，成了动物明星。一天，这只蚂蚁要路过城市的一条主要街道，为了保证它的顺利通过和身体安全，交通部门对这条路实行了临时管制，来往车辆和行人一律禁止通行。不料这个路口车辆堵塞以后，发生了连锁反应，整个城市的交通都发生了堵塞。其中一个路口与火车线路交叉，火车也被迫停运一段时间，铁轨处于临时关闭状态。这条铁轨关闭以后，整个铁路交通枢纽都临时改变了行车时间，最后影响到全国的铁路交通，一时间整个国家的铁路和公路都处于混乱甚至瘫痪的状态。

　　可是这只蚂蚁并不知道发生了这些事情，它不慌不忙地在街道上溜达，并不急于横穿马路。好不容易等到它快到马路边缘的时候，不知为什么，它又转过头来，回到马路中央。它在那里发现了几块面包屑，竟然把其中的一块叼起来，开始搬运。等它把几块面包屑全部运到路边的时候，五个小时已经过去。

　　道路全面瘫痪以后，车辆和行人都耽搁在路上，全国各大城市机场的国际航班也因乘客不全而延误，致使许多国家的机场秩序发生混乱。有些国家还因此发生了骚乱和罢工，社会矛盾激化，导致了政府的更迭。当人们知道这次世界性事件是一只蚂蚁出行导致的结果，都给予了充分的谅解。可是后来所发生的事情，却真的让人发愁了。这只蚂蚁发现十字路口中心的交通指挥塔下面是个好地方，就在那里安了家，并且引来了许多蚂蚁。

影子大厦

有这样一个地方，人的影子落在地上以后，会逐渐加厚、黏滞、变沉，对人形成沉重的拖累。更有甚者，影子把人拖住，造成行走困难；即使费力走了，影子印在地上，许久也不消散。影像学家和地质学家们对此展开了科学调查，共同研究后发现，这个地方的土质很特殊，从文化层上分析，土壤中的阴影已经积累了五千多年，非常深厚。人从地上走过所留下的影子，与土壤中的历史积淀产生呼应，在地表发生了微妙的化学反应，形成了影子黏滞和加厚现象。

找到原因以后，地质学家们提出了土地过滤方案，意在清除几千年留在土壤中的积存，但由于涉及土地面积太大、造价过高而无法实施。有人发明了钛合金佩剑，专门用于斩断影子，但由于携带不便，很少有人应用。也有人避而远之，不从那里经过，免得受到拖累。我的一个朋友发明了一种喷雾剂，喷到影子上后，影子就会分解并蒸发掉，可人们随身带着一个喷雾器，毕竟不太方便，最终也没有投产使用。现在，我和一个地产开发商正在进行联合开发，在这片土地上建造一座大厦。我们的做法是：就地取材，利用这片土地的影子叠加效应，使影子不断加厚，使其达到一定的厚度，然后从地上把阴影撬起来进行加工，制造出以阴影为主要原料的建材，用于建造大厦。

我建造这座大厦的目的，不是居住，而是在里面堆放火焰，用来自内部的光，把这些阴影全部摧毁。

光环与彩虹

有一天我在公园的长椅上晒太阳，发现阳光中有一个光环，我就把它戴在了自己的头上。我戴上光环以后，引来了许多人的围观，有人给我拍照，有人把光环借去戴一下，然后又还给我。有了这个光环以后，我感觉自己浑身都增添了光辉。

可是好景不长，太阳落下以后这个光环就消失了。第二天我又去公园里等待光环出现，可一直没有等到。就这样时光流逝，秋去冬来，冬去春来，终于有一天，我发现那个我曾经戴过的光环已经长大，变成了雨后的一弯彩虹，出现在远方的地平线上。一个年轻人健步穿过这道彩虹，像是穿过了辉煌的凯旋门，充满了自信和活力。我当即迎面走去，也穿过这道彩虹，仿佛走进了一个神秘的王国。

其实，所有彩虹都是圆的，人们所看到的彩色圆弧只是它露在外面的一小部分，圆环的其余部分都藏在地下。一个煤矿工人在地下挖煤时曾经挖到过彩虹的其他部分，但没有保存好，拿到手以后就融化了。如果我在场，我一定把它戴在头上，给我什么样的桂冠我都不换。

月光饮料

自从人类登月以后，月亮就不再是原始的月亮。随着人类对月亮的开发和利用，月亮最终将成为一种商品。一些聪明的商家早已抓住商机，把月光这种自然资源包装成概念性商品，推向市场，取得了很好的销售业绩。满月时的月光，每升最高卖到过十美元。

我就喝过月光。把透明的水晶杯摆在月光下，任其自然倒满，可以慢慢喝，也可以一饮而尽。尤其是青年男女，特别喜欢消费月光。他们成双成对地坐在露天餐厅里，一边谈情说爱、悠闲地聊天，一边饮用月光。月光这种饮品，既不增肥，也不醉人，更没有任何对人体有害的添加剂，是一种健康纯洁的光源，滋身养心，舒缓情绪，适合所有的年龄。

一次我在大海边，在七个美女的陪同下，喝了七杯月光，随后用手指在沙滩上写下了千古绝唱。后来我成了诗人，七个喝过月光的美女都成了仙女。

如今，月光饮料已经风靡世界。尤其是在皓月当空的夜晚，如果你不喝上一杯月光，你就不可能遇见七仙女。

科学家发现，随着月光的过度使用，近些年月亮的亮度有所减弱。更让人忧虑的是，一旦有人买断了月亮，其他人将无权享受月光。在垄断价格下，月光饮料也将成为一种价格高昂的商品。

上帝看到人们如此消费月亮，虽有些不满，但他欣慰于自己的创造，理解了人们的情趣，也宽恕了人们的奢侈。

音乐名人

在我上班的路上,有一个修理自行车的人,摊子摆在路边,没事的时候他就坐在马扎上吹奏萨克斯。路过的人们见了,并不停下,但都回头看他一眼。他吹的时候,两腮鼓鼓的,像一个气囊,里面装满了用不完的空气;而到他这里来修车的人,大多是因为车胎泄了气,这与他鼓起的腮帮正好相反。

我非常乐意让他给我修理一次自行车,可是我的车子从来没有在他附近泄过气。更令人遗憾的是,最近我改坐汽车或者步行了,修车的机会正在消失。如果他愿意以修理摊点为场地,举行一场露天演奏会,我愿意是他唯一的观众。尽管他经常吹得跑调,甚至离谱,但我还是愿意给他掌声。

我敢肯定,在石家庄市修理自行车的师傅中,他是吹奏萨克斯最好的人;在吹奏萨克斯的人中,他是最擅长修理自行车的人。因此,他是这两方面都很有成就的人。

在石家庄市一个十字路口的东南角,他是唯一的名人。因为常驻那里的只有他一个人。

高架桥

这些日子，我居住的小区门口正在修筑高架桥，工人们日夜不停地施工，工程进度很快，桥墩和大梁已经铸就，一部分路段已经开始铺设路面了。我看用不了几个月的时间，就可以竣工通车。

我和朋友说起这件事，他不屑地说："这有什么了不起，我家门口经常出现彩虹，七彩，拱形，高大，神从下面走过，都不会碰着头顶。那才是真正的高架桥。"

我知道他不是在吹牛。我确实见过他家门口出现过弯曲的彩虹，非常高大、漂亮，但很不实用。很少有车辆从彩虹上面经过，毕竟那空气铸造的东西不是很结实，弄不好会发生坍塌，酿成重大事故。大多数时候，人们都把彩虹另作他用，任凭淘气的孩子们把它当作滑梯，爬上去，然后滑下来。看那些孩子们，下滑得多么快，多么危险，落地的时候，屁股蹾在地上，眼泪都出来了，可还在笑。这游戏非常刺激，但风险极大。

两相比较，我还是喜欢水泥铸造的桥梁，走在上面踏实、坚硬、有安全感。政府和交通部门也主要是考虑安全和耐用等因素，经过多次论证，最终选择了钢筋混凝土结构的建桥方案，放弃了华而不实的彩虹。我支持政府的选择，当时在网上做民意调查时，我就投了赞成票。

一群老太太

我曾经在一首诗里写过:"三个老太太手拉手,也挡不住深秋的来临。"现在看来,这句话需要更正,因为我曾亲眼看见一群老太太在上访途中,把汽车截在路上。她们具备拦截的能力。后来才知道,她们上访的原因是:绝不能再继续衰老下去!

这个问题最初没有得到妥善解决,是因为政府的回答非常草率,一看就是不负责任的说法。市长给出的答复是:去找钟表制造商,让他们把表针的转速调慢一些。

事情并不是人们想象的那么简单,老太太们也不是好惹的。她们继续上访,找到了上一级主管部门,并且打出了横幅标语:让时间停下来,否则我们就立刻消失!

老太太们的条件越来越苛刻,政府只好责成信访部门好言相劝,先把她们安顿下来,然后再想对策。政府并不是怕这些老太太,而是怕她们的老头,一旦把她们的老头也牵扯进来,事情就大了。但令人意想不到的是,老头们对这种提法并不感兴趣,甚至持反对意见。政府摸清了这些底细以后,终于下了决心:给每个上访的老太太免费赠送十斤雪花膏,再辅以化妆技术,让她们返老还童。老太太们得到了这些答复,满意地回去了。

在回家的路上,一群老太太手拉手,唱起了儿童时期的歌曲,像是一队放学回家的小学生。

超级大风

这世上，让人操心的事情总是很多。比如昨天夜里的大风，把城外的一座山刮远了，据《燕赵晨报》报道，它向外推移了十六米。也就是说，过去一直使用的以这座山的主峰作为测量基准点所得到的数据，现在都需要修正了。另外，还有几十个夜间作业的环卫工人在返城途中被风刮走了，据说被刮到了山的背面，到记者发稿时为止，这些人仍然下落不明。

昨夜的风确实很大，大约凌晨两点，我去卫生间时，看见窗户玻璃像丝绸一样晃动。我隔着玻璃望了望夜空，看见星星都被刮走了。我一直担心楼顶上安装的太阳能热水器会被风掀翻，早晨我上去看了看，水箱还在原地，只是固定水箱的钢筋被扭成了麻花。

现在，风还在刮，但小了许多。风刮过电线时发出的尖啸声，与穿城而过的火车轰鸣声混合在一起，更加剧了紧张的气氛。我催促老婆赶紧找出蒸汽熨斗，把皱巴巴的窗户玻璃熨平，否则我们看窗外时，会形成皱褶和波浪。老婆答应着，但行动非常缓慢，因为风在客厅里形成了涡流，她要想穿过这个涡流，必须搬起一块石头来加大体重。平时我收藏的奇石，这回终于派上用场了。而石头被风刮到一个角落里，堆在一起，它们的棱角已经被风磨圆，搬起来很费劲。

我一直有疑问，有关民工的消息为什么没有报道？他们住在建筑工地上的临时帐篷里，怎么能抵御这么大的寒风！我打开电视想看看相关的新闻，却看到了美国第 N 任总统的就职演说，充满了激情。

空缺一人

有一天，我坐在家里看电视，正在播出的一部电视连续剧里，有一个演员是我的熟人，我指着电视屏幕问他："嘿，小子，你什么时候成了演员了？"他诡秘地小声跟我说："嘘，别声张，我正在演电视剧，你跟我说话，我的台词就乱了。"

虽然他是小声说话，但由于这部电视剧是在播出的过程中，还是被细心的观众发现了。后来，有人给电视台写信，说某某演员在电视剧播出的过程中跟人聊天，缺少职业道德。为此，剧组专门向观众道了歉，并给了这个演员一次处分。

后来，在接下来播出的几集连续剧中，这个演员愤而出走，离开了剧情，因而每到该他出场的时候，屏幕上都有一处空白。导演为了说明这件事，每到此处，就在屏幕下方打出一行字幕，解释说："此处空缺一人。"

彩色的云彩

某个城市为了庆祝一个传统节日，在云彩里喷洒了多种色彩，在天空中形成了不同颜色的图案。桥东区是红云，桥西区是绿云，桥南区是黄云，桥北区是紫云。这是人类第一次用这种方式在天空中制造大型艺术造型，由于云彩的变动不居，再加上当日风向、气候等因素，云彩变幻的艺术效果异常壮观。当日，地方电视台对此进行了直播，引起全城轰动。节目通过卫星传播到全世界，许多艺术家都为之震惊，认为此举是人类历史上最伟大的行为艺术之一。

可是，接下来发生的事件，媒体却没有进行正面报道，甚至是封锁了消息。情况是这样的：节目过后，风停了，这些分布在天空中的染色云彩停止了运动，就地下起雨来，这些雨丝按区域分成一片红，一片绿，一片黄，一片紫，色彩极其斑斓，景象无比壮观。在人们的喝彩声中，这些雨落在地上，形成了彩色的流水，进入了城市的下水道。人们突然意识到，这将形成污染，可是污染已经形成。据说许多生活在下水道里的老鼠受到此水污染后，变成了彩色老鼠，并且改变了食性，从此对颜料特别感兴趣。

在后来的很长时间里，人们看见天上出现彩云，就心怀疑虑，甚至认为晚霞也可能是经过染色而形成的。

无药可医

某制药厂研制出一种新药,能包治百病,甚至死亡不超过一个小时的人,灌进此药后就能够复活。此药一上市,就被人们抢购一空。后来,许多家药店打出招牌:某某药三个月后到货,顾客需提前七年预订。

对此,国家药监部门不置可否,科学界却给予了充分的肯定。许多死而复生的人深有体会地说:"我都死了将近一个小时了,家人给我灌进此药后,我居然又活了过来。"这件事在阴间的反响更大,死者们纷纷抱怨,说:"为什么死后一个小时的人能够复活,我们这些死亡十年以上的人就不能复活?这是严重的不公平!"于是他们纷纷给药厂写信,要求延长治疗期限,凡死亡百年以内者都应该包括在内,望厂家在研发新药时给予充分考虑。

对此,药厂并没有立即给出答复,而是加大资金投入,加快研发进程。厂长拍着别人的胸脯,信誓旦旦地说:"我们力争满足所有生者和死者的要求,生产出好药,救死扶伤,起死回生,为人们的身体健康做出自己的贡献。"

可是,没过多久,这个发誓的厂长却得了暴病,经抢救无效而死亡。新闻发言人说:"厂长的死因是,为了死守秘密,他吞下了药的秘方,因此他的死无药可医。"

领　跑

　　一辆前去救火的消防车在路上疾驰，一路响着警报器。由于太着急，警报器的声音越来越大，超出了正常的声音，惊动了全城百姓。可是不一会儿，警报器的嗓子就变得嘶哑，最后彻底哑了。于是消防员一齐用嘴喊，代替警报器。人们看到这种景象，知道是某个地方着了火，于是都跟着消防车奔跑，前去救火。人们边跑边喊："呜……呜……呜……"声音起起伏伏，和警报器非常相似。

　　后来的结果在预料之中，大火被扑灭了。因为救火，我还上了电视。在当晚的新闻节目中，播放了感人的场面：几万人在大街上跟着消防车奔跑，我看到密密麻麻的人流中，有一个半个黄豆粒那么大的脑袋，是我。这是我第一次上电视，我激动地流下了眼泪。当晚我就在日记中写道："今天，在前去救火的人潮中，我奔跑得特别快，我曾一度跑到了消防车的前面。我边跑边喊：'呜……呜……呜……'若不是消防车瞪了我一眼，我还能领跑一公里。"

快 与 慢

去年以来，为了增加运动量，我每天下班坐一段公交车，然后在半路下车，走半个小时的路，正好到家。坚持了一些日子之后，我感觉身体非常舒爽，走路健步如飞。有时我走到了家门口还无法停下，在惯性作用下又往前走了一里多。因为这，有时也耽误事情。有一次我出差，步行去火车站赶火车，由于在路上走得太快，到了火车站也无法停下来，又往前走了很远，结果错过了车次，让同事们笑话至今。

后来，我努力让自己慢下来，不管遇到什么样的急事，我都尽量慢慢走。有时连我的影子都走到了我的前面，我依然不着急，不想超过它。这样有意练习了一段时间后，有了明显的效果。比如有一次我在路边散步，即使是站着不动的人都能超过我，人们问我如此之慢的秘诀，我就是不告诉他们。现在，看在你阅读我的文章的情分上，我私下透露给你，你千万不要泄露给其他人：当时我是在倒行。

一 棵 树

2007年9月18日,我在石家庄市的藏石展销会上买到一块石头,上面的图案是一棵树,树上还有十几片柳叶形的叶片。石头的产地大概是甘肃。我记不太清了。我非常喜欢这块石头,摆在家里客厅的显要位置。可是,随着秋意的加深,石头上面的树叶开始飘落,先是一两片,后是三四片,没想到在半个月时间里,图案上的树叶全部落光了,只剩下一个光裸的树干,根部堆积着落叶。我这才意识到,这可能是一块造假的石头,我上当了。但这时藏石展销会已经结束,商家早已撤走,没法退货了。我只好就这样摆下去,就算交一次学费吧,今后长个心眼儿。

可是,让我想不到的是,到了春天,这块石头竟然出现了奇迹,上面的树干和枝丫上出现了叶芽,不到半个月的时间,这些叶芽竟然长成了树叶,与我买回来时一模一样。我还是第一次遇到这种情况,惊讶得不知所措。这时我认定,这块石头不但不是假石头,而且是一块神石,会随着季节变化而改变图案。我感觉出这不是一般的石头,放在家里可能要出什么问题。我乘人不备,偷偷地把它埋在了路边。现在这棵树已经长到一人多高,像是一棵柳树,只是它夹在泡桐树之间,有些不太协调,除此之外,至今还没有人发现它是一棵从石头里长出来的树。

通车仪式

　　我家门口的高架桥通车那天，市里举行了隆重的仪式。市长演讲过后，音乐响起，红绸被剪断，礼花喷向空中，几辆事先备好的车辆缓缓驶上高架桥。

　　就在这时，出乎人们预料的事情发生了。桥上出现了一群麻雀，它们排着整齐的方阵，从桥上大踏步地迎面走了过来，把仪式车辆拦住了。一只领头的麻雀走在前头，要求见市长。市长下了车，问这是怎么回事，鸟儿说："#%@*& ⊙ ∮ № △ ∵ √ δ § £ ¢。"市长听不懂鸟语，不知它们说的是什么。估计是要求改善自然环境，净化空气之类。

　　让市长想不到的是，鸟儿们还递交了请愿书，上面写的是："祝贺大桥通车，我们前来歌唱。"市长答应了它们的要求。之后，这些麻雀排好整齐的队伍，齐声歌唱。歌唱了几分钟后，它们齐刷刷地转过身，齐步走。麻雀们引领着这些车辆，在桥上行驶。由于麻雀们步子太小，车辆又不敢超过去，只好跟在后面，整个过桥仪式超出计划三个多小时。

　　在当天晚上的电视新闻里，我看见那只领头的老麻雀，正是住在我家楼顶隔热层里的那只，它经常站在我家窗外的空调机上举行独唱音乐会。让我想不到的是，它居然有那么多的朋友，其方阵之大，足有一千只麻雀。

拖拉机感染症

  我居住的城市正在进行城区改造工程，因此经常听见拉砖的拖拉机"突突突"地从城区经过。我一听到这种声音，心跳的声音就立刻变大，无法工作和休息。去医院检查后，医生告诉我，这是"拖拉机感染症"，一旦心跳声超过 300 分贝，就会引起全身性颤动，并从胸腔里发出拖拉机的突突声。医生给我开了一些镇静药，吃后也未见效。后来我想出一个办法，我在自己的胸脯上安装了一个扩音器，跟在拖拉机的后面跑步。由于我的心跳声被放大了无数倍，超过了拖拉机的声音，震得拖拉机不能正常行驶。为了保证施工进度，施工部门指派三个人专门负责阻止我，不让我跟随拖拉机跑步。这件事惊动了城市管理部门，调查处理的结果是：禁止拖拉机进城，凡施工一律改为汽车运输。此后几个月，我的症状消失了，但拖拉机却落下了后遗症，它们一遇见我，就吓得加速逃跑，因为它们害怕我的心跳声。

军事机密

据说，在二战时期，一架德国飞机在执行任务时，不小心撞伤了正在高空中飞翔的一只鹰。这只鹰养好伤后，又一次在空中与这架飞机相遇，飞机努力扇动翅膀，也未能逃脱鹰的追击。鹰追击了上千里，终于使飞机活活累死了。

后来，战史研究人员一直不解，认为此事有些蹊跷，就查阅了当天的雷达记录、气象、星象等相关的资料，经过仔细研究发现，那天追击飞机的不只是一只鹰，而是一群鹰，其中还夹杂着一只公鸡。但真正对飞机造成致命伤的不是鹰和公鸡，而是一只啄木鸟，这只啄木鸟啄破了飞机的油箱，致使飞机漏油而死。

因为是军事机密，这次飞行事件一直没有对外公布。我是在一次野外旅行时，在森林里听到的。当时一群鸟正在炫耀它们祖先的业绩，一只啄木鸟提到了此事。它们以为我听不懂它们的话，但巧的是，我身边正好有一位朋友略懂鸟语，就知晓了它们的秘密。

某城市的水

北方某市的水质极差，把水烧开后，会在水壶内壁上留下很多水垢。有一个人一直用水壶烧水，从来没有清理过水垢，年深日久，水壶里的水垢积存太厚，最后水壶竟然变成了实心，再也装不下一滴水，整个水壶腔体成了一块化石。

我从中得到启发，利用水垢制造艺术品。具体方法是：先做好一个模具，然后往这个模具里灌水，使其长期保持一定的水位。若干年后，水垢积满了模具的内壁，然后取下模具，一个由水垢形成的艺术品就生成了。但是这种方法暂时还不能公开，一旦公开，全世界的艺术家将蜂拥而来，到这个城市来建造工厂，势必将引起这个城市的水荒。可是我又一想，这样的水是一种特殊资源，说不定会拉动这个城市的经济，产生跨越式发展。如果能够如愿以偿，岂不是为这个城市做出了贡献？所以，我才公布了以上这篇文字。

化 石

　　有一个人在湖边钓鱼时，钓上来一条数亿年前的鱼化石。回家后他把这个鱼化石养在鱼缸里，不料几年以后，这条不会游动的硬邦邦的鱼化石竟然长了五厘米，体形也变粗了。对此，人们感到无法解释。

　　一天，一个自来水厂的工人去他家串门，破解了其中的秘密。这个工人说，鱼化石长大的原因不是化石在生长，而是鱼的身上增加了水垢。更令人惊讶的是，经过古生物学家的深入研究，发现这条鱼根本不是鱼化石，而是一条活生生的鱼，只是这个地区的水质太差，水垢太多，把鱼的皮肤表面给糊上了一层厚厚的水垢，看上去像是鱼化石。

　　此外，还有一种说法，说那个钓鱼的人根本就不是人，而是湖边的一座塑像。据说这个塑像的形成过程也与水垢有关。

历史的见证人

2008年秋天,我在太行山区的一个河滩上,捡到一把石斧。经专家推断,这把石斧属于新石器时代人们使用的工具。

我收藏石头已经多年,但亲手捡到石斧还是第一次。当时我高兴得无以言表,就握着这把石斧做了一个砍砸的动作,没想到石斧脱手而出,砍在我身边的一棵柳树上。这棵柳树不足一丈高,禁不住这一斧子,差一点儿晕倒在地,好在我及时道歉和抚慰,它才重新站稳。

后来我又去过那个地方,发现被我砍伤的那棵柳树离开原地,跑到了河滩的对岸,身上结着一个疤痕。我扬起手,跟它打了一下招呼,它就借着微风向我轻轻摆动枝条。那天,我模仿古人,在河滩上找到一块合适的石头,就地打制石斧。一个老农从我身边经过,知道我的用意后,自愿帮助我打磨。这个老人的脸非常苍老,毫不夸张地说,看样子至少有四千岁。

回来后我跟同事们提起这件事,大家都感到惊奇。为了寻找这位老人,我们又一次去了那里,但无功而返。我们问遍了附近的村庄,当地人说,听说有这样一个老人,但人们从来没有见过他,也不知道他住在哪里。

后来,我曾多次到当地档案馆查阅历史资料,看到这样的记述:"旧石器至新石器时代晚期,这里均有人类活动的遗迹。"为了增添新的记录,我背着管理人员在档案资料上偷偷地写下这样一行字:"某年某月某日,我曾在井陉县朱会村附近的河滩上捡到一把石斧,并用石斧砍伤过一棵柳树,后来又见到了磨制石斧的人。此证。大解。"写完以后,我感到非常自豪,因为我成了历史的见证人。

天然乐园

一

燕山深处,每到晨昏时间,村庄里都冒出炊烟。由于烧柴的原因,有一家烟囱里冒出的炊烟呈现大树的形状,高高的树干,伸展的树冠,很长时间也不消散。后来,村里的人们纷纷效仿,都烧那种特殊的柴火,大树形状的炊烟逐渐增多,这个村庄里就形成了一片炊烟的森林。

烟雾形成的森林,毕竟还是烟雾,有些鸟儿误以为是树,落在上面,呛得直咳嗽,甚至昏倒了。为了不影响生态平衡,当地政府多次制止,但农民就是不听。无奈之下,政府只好派出砍伐队,将炊烟锯断,一棵棵炊烟应声倒下。可是到了下一次做饭的时间,炊烟又原样冒出来,而且更加茁壮。

后来,政府从源头入手,研究烧柴的生物属性,利用基因变异法,改变了柴火的生长结构和基本元素,效果非常显著。经过改良的柴火燃烧后,冒出的炊烟随风飘散,再也无法形成树林。农民被蒙在鼓里,只是感到纳闷,却不知其缘由。

二

炊烟的森林消失以后,新的问题又随之而来,鸟儿的数量迅速增加,到了秋天,经常糟蹋庄稼。当地政府为了吸引鸟儿的注意力,每到收获季节,都组织大规模的鸟类歌咏比赛,获奖者可以得到米粒,并允许钻到朝霞的内部飞翔。

有一只会说人话的鸟,因朗诵了三首唐诗而获得年度总冠军。我见过这只鸟,它非常傲慢,只崇拜唐代诗人,对当代诗人根本不屑一顾。

三

　　这个地方的政府为了宣扬政绩，把炊烟治理和鸟类比赛的过程报道出来。没想到，这件事引起了旅游部门的兴趣，建议他们恢复炊烟森林，并保留鸟类歌咏比赛，利用特色资源发展当地旅游业。当地政府采纳了这些建议，利用科学手段又恢复了柴火的生长基因，几年以后，树状的炊烟又回到了这个村庄。

　　鸟儿的问题也得到了妥善解决，其办法是：利用会说人话的鸟儿对所有鸟儿进行培训，宣讲注意事项，制定鸟儿纪律。从此，鸟儿们不再糟蹋庄稼，与农民的关系也变得和睦。后来，当地农民自发地帮助鸟儿组建了鸟儿乐园，并经常举办歌咏比赛。有一年，在全国青少年朗诵大赛上，获得第一名的竟然不是人，而是一只鸟儿。这只鸟儿就来自这个村庄。

　　如今，慕名而来的人们在观看了炊烟森林和鸟儿歌咏比赛以后，无不称奇。旅游业已经成为当地的重要产业，每年会吸引大批游客。这个村庄已经成了一座著名的天然乐园。

特殊元素

　　大约五十年前，一个编织苇席的驼背老人曾经送给我一块用黄泥做的小烧饼。他是在我家的灶膛里烧的，烧熟以后，表皮略呈褐色，看上去令人很有食欲。他递给我时还是热的，我当场就吃了，好像没有什么味道。此后我再也没有吃过这种土做的饼。

　　近些年，单位每次组织体检，都从我的身体里检测出一些特殊的元素。后来我才知道，凡是吃过这种土饼的人，身体里都有这些元素。这些人有一些共同的特征：一、皮肤弹性好，脚后跟不易开裂；二、嘴唇偏厚，牙齿坚固；三、长相虽然比较土，但为人厚道；四、对泥土有特殊的亲近感；五、对饼类食品有天然兴趣……总之，好处还有很多，这里就不一一列举了。

　　现在，人们已经很难吃到这种土饼了，因为稀有元素日渐稀少，已经成为国家控制物资，很难得到。最近我发现，我亲手画出的饼，吃下去也有一定的效果。有一天我自己在家，懒得做饭，就亲手画了两张饼，吃下去，一天都没饿。这件事传出去以后，烦恼也随之而来，现在向我求画的人越来越多，我画的饼也越来越好吃，已经引起了烙饼行业的嫉妒和不满，经常有人来找我的麻烦。好在我不在意这些，只要是对人有益的事，我就要坚持做下去。日后，我兴许还能成为以饼为题材的著名画家。

对面的高楼

我家对面的高楼顶上，有人设置了一张捕鸟网。一天上午，我看见一片云彩从楼顶上飘过，不慎被网罩住，再也飘不动了。我看到后，立即跑到那个楼顶，把云彩解救出来。

没想到，我把这件事报道出去以后，引起了人们的热议。有人说："不就是一片云彩嘛，值得你去救吗？"有人说："云彩干吗飞得那么低，纯粹是自找的，活该。"有人说："那张网是用来挡风的，不是捕鸟的，你说得太玄了，是在作秀。"有人说："我根本不相信会有这么结实的网。"

对此，也有人提出了不同的看法，给了我一些支持。他们的说法不一，大致有以下几点：一、你的做法是对的，我们支持你。二、今后凡超高建筑，楼顶都应安装警示灯，以防不测。三、尚未安装警示灯的，应临时安装一个警示牌，写上：鸟和云彩请绕行，此处危险。四、建议环保和交通部门给鸟和云彩设立安全通道；在此前提下，凡不遵守规则、乱闯乱跑者，后果自负。五、建议给鸟和云彩发放特殊通行证。六、不得在高楼顶上随意设置障碍。

迫于舆论压力，最近，楼顶上那张捕鸟网已经撤走。有时朝霞从上面飞过，停留或盘旋一会儿，并不轻易落下，也不再有危险，让人省了不少心。

鸟的变异

我居住的楼顶上有一层水泥板的隔热层，里面住着许多鸟儿。多年以来，我们一直是和睦的邻居。心情好的时候，这些鸟儿就落在我家窗外的空调外机上，举行歌咏比赛。尽管它们经常把我从睡梦中吵醒，但我一点儿也不埋怨它们。有时心情不好，这些鸟儿也吵架，甚至大打出手。有一天，一只鸟在唠叨自己的丈夫时喋喋不休，把丈夫给激怒了，两只鸟竟然打了起来，一直打到空中，我怎么劝阻也不管用。

为此，我想出了一个办法。我买来一个小型播放器，放在楼顶上，每天早晨定时对着鸟巢播放它们歌唱时的录音。这样一来，它们从睡梦中醒来时，首先听到的就是歌声，一天的心情都是愉快的。后来，我搞了一个恶作剧，把录音换成了滔滔不绝的空洞的说教。经过一段时间的宣讲，我到楼顶上观看，一些鸟已经搬家，去了另外的地方，剩下的鸟表情严肃，不苟言笑，从它们的叫声中可以听出，它们争论的内容不再是家庭琐事，而是党争，甚至是战争。

老木偶

多年前，我在老家农村，用果木雕了一个真人大小的木偶，栽在地里，用于吓唬鸟儿，防止它们糟蹋庄稼。不料几年以后，这个木偶竟然长出了枝叶，并结出了果子。原因是我雕刻时用的是新木头，带皮的部分接触土壤后，就生出了芽。

后来，乡亲们纷纷效仿，也雕一些木偶，栽在农田里，既吓唬了鸟儿，又能结果子，一举两得。有的人还在木偶的嘴上安装了电子装置，播放人的录音。这些装置用太阳能电池，平时也不用充电，常年可以说话。有一次，一个不知情的人来到农田里，听到每个木偶都在自言自语，吓得拔腿就跑。

刚开始，鸟儿看见这些会说话的木偶，非常害怕，可是时间长了，它们发现木偶只说不动，还长出了树叶，就不再恐惧。再后来，鸟儿们还经常落在木偶的头上，鸣叫或者拉屎。去年秋天，我假装成木偶站在农田里，竟然有两只鸟落在我的头上，让我震惊的是，这两只鸟并不鸣叫，却说起了人话，而且是当地的方言。我一听就笑了，知道它们是听惯了木偶的录音，慢慢地学会了说话。

现在情况不同了，有的农民更换了录音装置，里面录制了歌曲。平时，鸟儿们聊天时都说人话，说腻了就学唱歌曲。而可怜的木偶却失去了威慑力，既不能吓唬鸟儿，也不能自主发音，更不能擅自移动，头上还落满了鸟的粪便。最让人忧心的是，有些木偶已经老了，结出的果子也渐渐稀少，它们一直站在地上，已经疲惫不堪。现在，应该考虑它们的归宿问题了，可是到底应该怎么办，一时间人们还没有想出好主意。

手　机

　　最近，我居住的小区里，不知谁家养了一只公鸡，每到后半夜就发出鸡鸣声。我感觉鸡鸣声很好听，因为我是在农村长大的，鸡鸣会带给我一种怀旧的情绪，感觉非常亲切。于是，我就把手机的铃声设置为鸡鸣。有一次来电话，我的手机响了，不料被这只公鸡听到了，引起了它的同感，随后它也跟着叫了起来。后来，这只公鸡一叫，我就以为是来电话了，经常造成混乱。无奈之下，我把手机铃声改成了狗叫，可是狗听到我的电话铃声以后也跟着叫，有时还追着我叫。为了免除这些麻烦，我干脆改成了人的叫声。没想到在公交车上，我的电话响了，人们听到人的叫声，以为出了什么事故，由于敏感和恐惧，同车的几个女孩子也开始尖叫。后来，我改成了大火燃烧的声音，被消防车听到后，追了我十公里，幸亏我练过长跑，否则非被抓住不可。

　　后来，我把手机扔了，谁也找不到我了。我得到了安宁，同时也陷入了空虚。

照片上的雪山

我有一张以雪山为背景的照片，随着气候逐渐变暖，我发现，照片上的雪山和冰川也在不断融化，有的地方露出了山体岩石。刚开始我还以为是我的眼睛出了问题，后来我发现确实是冰雪在融化，并且在我的身边形成了一条小溪。我是照片上的人，常年站在雪山下面，鞋都湿了，也不敢擅自移动。

出于对环境变化的深度关切，我向气象监测部门反映了这些情况。他们高度重视，立即组成了专门调查组前往实地进行考察，考察结果证实了我的报告。为了不浪费来自冰川的水，当地政府在小溪旁边建起了一座水厂，专门生产"冰川牌"纯净水，小溪得到了有效利用，同时也清除了把我冲走的危险。

最近我打开我的影集，发现这张照片上的雪景又恢复了以前的状态，冰雪的覆盖度有所增加，原因是当地下了几场大雪，把裸露的山体都覆盖了。由于我站在照片里不动，积雪已经把我的脚都埋上了。如果积雪继续增加，我决定走出这张照片，只在原地留下一行脚印。

遇见外星人

昨天，我在河北邢台西北部山区遇到了一个外星人，他和人类长得一模一样，而且在太行山里已经生活了大半辈子，今年七十多岁了，看上去很苍老。他以种地为业，偶尔也到河滩上捡些石头，垒在自家的院墙上。他告诉我，大约在六千年前，人类的生存基因曾经受到过外星人的修改。他说，其实在猿人向人过渡的过程中，外星人就已经插手人类生活，从中做了手脚，使猿人突变为人。按照这位老人的说法，我们现在生活在地球上的人，都有外星人的基因。

外星人是在遇到一场星球灾难后，经过漫长的星际飞行才找到了我们的地球，把他们的基因嫁接到猿人身上，实现了他们的基因移民计划。近些年，外星人造访地球的次数增多，主要原因是地球环境遭到了破坏，已经引起他们的密切关注。一旦地球环境恶化，他们将逐步采取拯救措施，向另外的星球移民。我见到的这位老人就是外星监测员。我趁他不注意时用手机把他偷拍下来，没想到我只拍到了一个轮廓线，根本拍不到真实的影像，因为他的身上有特殊抗体，对声、光、波、磁以及各种宇宙内的辐射都有自我保护能力。我问他叫什么名字，他当时告诉了我，但只过了一秒钟，我就忘记了。现在，我连这个人长什么样，是否真的存在，都感觉非常模糊。

由此可见，他真是个外星人。那么，我们是谁？这还真是个问题。

有关外星人的跟踪报道

关于外星人造访地球,还有一种说法是:外星人对地球的生命非常关爱,原因是他们把地球当作了一个生物培植场,让地球人丁兴旺,生命绵延不绝,然后从人的生命中提取灵魂,让灵魂做星际飞行,去寻找宇宙间适合生命生存的新家园。因为制造宇宙飞行器成本很高,运行中的能量补充也是个问题。而人的灵魂重量只是人体重量的十亿分之一,并且灵魂具有独自飞行的能力,非常适合做星际间的无限期飞行,其间不用任何能量补充,是稳定的能量守恒的理想飞行者。基于这些因素,外星人就把地球当作了灵魂采集场,从健康的人体内提取灵魂。他们已经采集了无数年,却不为人类所知。

外星人采集人类的灵魂,然后派遣这些灵魂到宇宙间去寻找新家园,这本身不是件坏事。一是灵魂得到了重用,从事着一项伟大的事业;二是人类的灵魂一直居住在人体内,即使在梦里出行,也不能走得太远,必须及时回归,这样守着一个身体终其一生,未免有些憋屈,灵魂非常渴望到远方去旅行。灵魂被采集,既满足了灵魂出行的渴望,也符合外星人的需要,岂不是两全其美的事情?

但任何事情都有负面影响,由于在这个世界上,人类的灵魂是个定数,随着人口不断膨胀,这使得许多人徒有其表,而得不到灵魂。再加上外星人对地球人灵魂的疯狂采集,致使人类灵魂急剧减少,真正优秀的灵魂几乎成了稀有之物。这件事情已经引起了一些人的警觉,但由于外星人手段高明,又加以诱惑,灵魂减少已经成为一种难以控制的趋势。

我们必须认识到事情的严重性,否则几千年后人类真的成了没有灵魂的躯壳。

为此我建议,让那些外出旅行的灵魂分期分批地返回地球,以供给人类灵魂之空缺，保证人类的进化。考虑到长远效应，外星人已经采取了措施，据说第一批返回地球的灵魂已经快要登陆了，他们一旦回归到人体，人类有望获得视野开阔、具有宇宙旅行经历的灵魂。

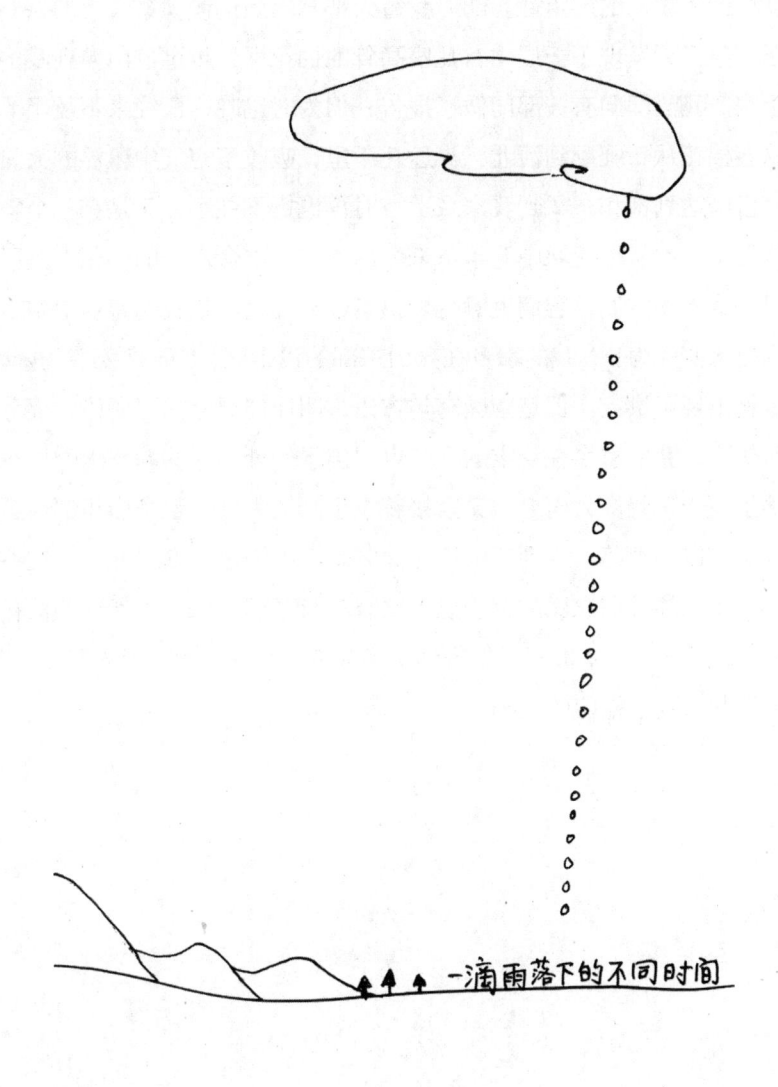

一滴雨落下的不同时间

天上的棉花垛

　　最近，我的家乡也遭遇了洪水灾害。下雨的前三天，我接到一个新疆朋友发来的短信，说是当地的棉花储藏库遭遇了一股龙卷风的袭击，把库存多年的棉花给卷到了天上，随着西风向东飘去。接到这个短信后我就感到了事情的严重性。随后我每天都拿出望远镜观察天上的云彩，终于在第三天发现了云层中有几座高耸的棉花垛，越过群山飘到我的家乡上空。我当即向有关部门做了报告，但为时已晚，已经来不及了。因为这些棉花从新疆飘到河北，沿途几千里，吸收了空气中飘浮的大量水汽，已经达到饱和，飘到我家乡上空时再也挺不住了，于是在一个雷霆的诱发下，水从棉花垛中漏了下来。由于这些饱含水分的棉花太沉了，风已经推不动它们，它们也懒得再飘了，索性就停在我的家乡上空，一直到把水漏完为止。我的家乡在燕山东部的浅山区，禁不住太多的降水，于是就出现了洪灾。但是中国有句古语，叫作"祸兮福之所倚，福兮祸之所伏"，我的家乡在受灾的同时也得到了好处，这些漏完水的棉花就地落了下来，就像大雨之后又紧接着下了一场大雪，整个山川都覆盖上了一层洁白的棉花。等到新疆棉花储藏库派人沿途追到河北时，这些过水的棉花已经堆在农民的院子里，家家都有了棉花垛。虽然这些棉花最终都上缴给国库了，但农民却得到了相应的收集费。我收集的虽然不多，却也因此得到了相应的报酬。

草原风车

一

进入 21 世纪以来，坝上草原对于风能的利用非常普遍，许多丘陵地带的高坡上都架起了风力发电的风车。远远看去，那些缓慢转动的白色风车像是一棵棵巨大的三叶草，不但没有破坏草原的景观，反而把草原装点得更加美丽。

自从草原上有了这些风车，草原的青草就长得格外茂盛，草的高度也是年年增加，有的地方已经达到一人高。原因是风车太高大，致使卑微的小草产生了攀比心理，渐渐改变了生长基因，草茎的高度和叶片的长度都在不断增加。如此进化下去，若干年后，青草的高度有可能超过风车，并在地球上蔓延，将造成一场生物灾难，后果不堪设想。

这件事情已经引起了生物学家的警觉，并在草原上设立了监测站，密切注意青草的长势。我也是关注环境的人，前不久我到草原去考察，看到这种情况，心里非常忧虑，几个夜晚都没有睡好觉。

有人建议立即制定一部青草法，凡高度超过限制的青草必须在规定的时间内自我折断，否则将依法斩首。但这样的法律很难实施，侵犯了生物的生存权。

为此，中国的生物学家成立了科研小组，已经研制出一种新型的叶片不停转动的三叶草，可以直接用于发电。此项技术尚在保密阶段，只在适当的区域试用，待到做完生物属性和环境评估以后，才能逐步推广应用，并逐步淘汰那些高大而笨重的金属风车。这项新技术的研制原理是：利用青草的攀比心理，让它们模仿风车，迅速进化，直至成为能够转动叶片的三叶草，然后再进行矮化处理，使之向正常的青草回归。按照"风吹草低见牛羊"的美学原则，这种新型的三叶草一般不超过一点五米。吹过三叶草的风，还能得到重复利用，顺便吹在牛羊的身上，届时将给辽阔的草原平添许多生机。

二

考虑到生物多样性以及生物的生存权，有一棵巨型的三叶草在科学家的培育下，已经出现在草原的风车阵列里，三片巨大的叶子在风中缓缓转动。远远看去，你认不出那是一棵草，你会以为它原本就是一架高大的风车。

我知道这样的技术是绝密，不能泄露，但出于好奇心，我想探知一下秘密。我乘人不备，从这棵巨型三叶草的茎上挖下了一小块，从中检测出了大量激素，与我们日常所吃的食品中所含的激素完全一致。

这个发现使我激动不已。为此，我偷偷地做了一次实验。我从工商局查抄的添加了大量激素的婴幼儿奶粉销毁现场偷出几袋奶粉，加水后浇灌在一片草地上，几天后，这片草地上的青草就达到了两米多高，并且早熟，比正常的青草提前五个月就结了籽。如果激素充足，我有让它们长到三十米高的把握。

但我的试验很快就被草原监测部门发现了。由于使用奶粉浇地后，水分蒸发到空中，正赶上一片云彩从上空飘过，云彩吸收了奶粉中的激素后迅速膨胀，超过了极限。这个异常现象被当地气象部门发现后，他们顺藤摸瓜找到了我的实验场地，迫使我销毁了这些草。

但这件事还是留下了短时的后遗症。因为草原上的风也吸收了奶粉中的激素，风穿过三叶草的叶片后，叶片出现了轻微的膨胀。好在影响不大，经过科学家的注射治疗，草叶的膨胀现象已经消失，又恢复了正常。你去草原，如果运气好的话，说不定就能看见这棵巨型三叶草伸展着巨大的叶片在风车阵列中缓缓地转动。

我与天使

　　我曾经多次警告过人类，不要把楼房建到云彩以上，否则会遇到麻烦。但人们就是不听话，反而建得越来越高。有一天终于出事了，一个在云彩中飞翔的天使不小心撞到了楼上，幸好楼房的窗子是打开的，天使通过窗子直接飘进了屋里，把房子的主人吓了一跳。当时我正在这家做客，看见窗户飘进来一个美丽的天使，万分惊讶。由于天使的翅膀有些轻微的擦伤，我帮她做了简单的包扎，然后亲自把她送到医院。在她养伤的这段时间里，我对她照顾有加，我们成了好朋友。

　　后来，天使回到了天上，她来看我的时候，只进入我的心灵，并不显现形体。有时她进入我的梦里，带我飞翔。由于我有恐高症，她就让我把眼睛闭上，她带我飞到一颗星星上，我睁开眼后感到这颗星星非常眼熟，仔细辨认后发现，这颗星星就是我生活的地球。天使跟我开了一个玩笑。

　　对于撞伤天使这件事，当地政府在一个非正式场合道了歉，并对楼房建设下达了限高令，必须和云彩保持半米以上的距离。有些胆大的楼房暗自长高一两层，后来迫于天空的压力，又悄悄地缩了回去。

　　如今，旅游部门已经把飞进天使的那间房子作为一个景点，供游人参观，但解说词中没有提到我的名字，只说一个好心人在此救了天使。我暗自得意，这个好心人就是我。

数 星 星

  小时候，我经常在夜里数星星，我企图把星星数遍，但数着数着就会有一些星星一闪而过，致使我的数字不准确。那时我还不会减法运算，每当遇到流星捣乱，我都得重数。那时天空还没有被污染，夜空被云彩擦拭以后，黑得更加深邃，人们可以看到天穹深处那些极小的星星。当远处村庄的灯火与星星混淆在一起，许多人被迷惑时，我也能分辨出哪些是人间的光亮，哪些是天象。

  如今我眼花了，有时几个月也不看一眼夜空，慢慢地把星星忘记了。有一次有人问我："星星在哪里？"我只好根据土地的方位，通过复杂的计算程序，算出了天空的位置，然后在天空中寻找星星。后来，为了不至于忘记，我用木头在山顶上竖起一个十字形坐标系，横的方向平行于大地，竖的方向，下指土地，上指天空。没想到一些人发现这个坐标系后，认为它是神确立的十字架，受到了基督教徒的崇拜。自打我竖起这个坐标系以后，许多人都去那里数星星。有一次我顺着向上的方向仰头望去，竟然发现了天空的极顶以及星星后面的事物，那神秘的景象令我震撼不已。从此，我也经常去那里数星星，并且爱上了浩渺的星空。

  现在，我已经知道了星星的数量，包括流星在内，但我需要计算之后才能告诉你答案。

雨 门 帘

　　我经历过特大暴雨，但是游泳池那么大的雨滴我一次也没有见过。说实话，那样的雨滴落下来很危险，若是砸到人的头上，容易把人淹死。与此相反，我见过特别细的雨丝，当时我用剪刀从空中剪断一根半米长的雨丝，与少女的头发做了比较，结果发现这雨丝比发丝还要细，并且柔软透明。我突发奇想，当即用这种雨丝做了一个门帘，挂在老家的门口，非常好看。但好景不长，雨停后门帘就消失了。随着雨过天晴，一道光瀑从天空中直泻而下，正好落在我家门前，雨帘换成了光瀑，更加美丽。我用放大镜一看，阳光的光束更细，比雨丝要细很多，我甚至发现了构成阳光的透明的粒子成串地排列着，像串在一起的珠子。能够拥有这样的门帘，哪怕只是一分钟，也是享受了上天的恩典。而在我的老家这是经常的事，人们并不稀奇，依然各做各的事。

　　去年夏天，我回老家，赶上了一场大雨，门口出现了水帘，水帘顺着房檐连成一片。在水帘的后面，连绵的青山犹如罩上了几层毛玻璃，隐约而飘忽。当时我没有照相机，只好把这些风景储存在眼睛里。现在，一家信息公司正在开发一种新技术，试图把影像从眼睛直接输入到电脑里，这项技术应用后，我将通过电脑让你领略那些美丽的景象。

自己的光

有一天夜里，我独自赶路。当时是阴天，云缝中只露出一颗星星，就凭这一颗星星的光，我居然走回了老家。为了感激这颗星星并且记住它，当天夜里我就在地上竖起了一根木杆指向这颗星星。由于当时做这些事的时候，我只记住了云缝和夜晚，忘记了具体的时间，以至于后来寻找这颗星星时费了很多周折。

为了准确找到这颗曾经照耀过我的星星，我买了许多棉花，撕成云絮状，模仿出云彩的面积、厚度和高度，铺设在夜空里。然后选择同月同日的夜晚，我假装从老远的地方赶夜路走回老家，抬头遥望夜空，企图从棉花的缝隙中看见那颗星星，结果令人失望，赶上阴天，我什么也没有看到。

后来我试图找出原因，又一次模仿当时赶路的情形：阴暗的黑夜里没有一丝光亮，我摸黑赶路，一直低头行走，已经非常疲倦。在猛然抬头的一瞬间，我的眼睛里冒出了一群金星，这些星星在我的眼前飘忽，一个一个熄灭，最后只剩下一颗，飘到高处，经久不散。我想起来了，那天夜里我所看见的那颗星星，是我自己眼睛里冒出来的。这颗虚幻的星星虽不是我心中升起的灯盏，却照亮了我的路程。我感激这颗假星星，我把这微弱的光，视为自己精神中不灭的光源，储存在心里，在极度黑暗的时候，升起来，升到自己的天穹，照耀自己。

不知所措

有一天我沿着马路往西走,在未经我同意的情况下,道路突然向北拐去,好像北方才是它要通往的地方。据我所知,北方是神的住地,不是谁都可以前往的。我只好停下来,向北望去,直到黄昏降临。之后,北极星在遥远的天边闪烁,在那光芒的下面,有一条路暗自向北延伸,甚至到了空中。我若是一直往前走,在道路的尽头,有可能一脚踩空,掉在星空里。

出于安全考虑,我决定在道路拐弯的地方转身,往下走,无奈眼前的土地平展而封闭,我没有找到向下的洞口或缝隙;我转而打算往上走,但上面是天空,没有悬梯根本上不去;我只好按原路返回,一直往回走。由于我走得太快,超出了时间的运行速度,差一点儿回到童年。幸好我及时伸出一只胳膊,把自己拦住,否则我有可能走回童年,变成一个婴儿。

如今我散步时再也不敢走得太远,也不敢太快或者太慢,尤其是在道路转弯的地方,我都要注意东西南北上下六个方向。遇到北方我就停下来观望。有一次,在神允许的情况下,我到了北方以北,看见了空旷无边的草地和上面的星空,其中一颗星星冲我不住地眨眼,我没有领会它的意思,没敢擅自前往。

不足零点一毫米

　　太行山东面有一座白色的城市，坐落在华北平原上。多年以前，城市周围是无边无际的麦田，每到五六月，金色的麦浪簇拥着白色的楼群，仿佛一座神话中的岛屿。随着经济的发展，近些年进驻城市的人口逐渐增多，这座城市渐渐发胖，腰围已经达到六十多公里，还在不住地膨胀。为此，一个减肥医生建议：首先缩小城市的胃口，再用环城路作为城市的腰带，使其越勒越紧，从而达到减肥的目的。还有一个外科医生建议给城市实施手术，去掉两个城区，把多出的部分搬到别处去。而我的办法是：控制城区面积，让城市向天空发展。我的建议得到采纳后，城里的高楼渐渐增多，最高的一座楼离天只有三尺。有时神也搭乘高楼的电梯，往来于天地之间。

　　如今，站在太行山上往下看，这座城市已经非常漂亮。周围的麦浪依然起伏，高峻的白色楼群像是一片片白帆，在海面上航行。唯一让我不满意的是，这样一座高大的城市，它的地图还是那样扁平，印在一张纸上，其厚度还不足零点一毫米。

特殊的光

燕山东部有一个村落，每到秋天时节，阳光的颗粒就会变得粗大，落在人身上有一种撞击感。我查找过原因，一是那里地势高峻，天清气爽，空气没有污染，阳光在晴空中可能有一种放大效应，在感觉上似乎加大了光束的直径和力度；二是地球与太阳之间可能存在时间空洞，而这个地方恰好是空洞所在的区域，太阳的光通过空洞到达地球的时间极短，是正常光束耗时的亿分之一，空间损耗极少，因而光子的颗粒确实粗大；三是这个地方引力异常，致使处于这个区域内的阳光在接近地球时产生了加速度，因而撞击感增强。以上仅是推测，还没有得到科学的证实。

去年秋天我回老家，正好赶上秋收，我光着膀子干活，着实体验了阳光撞在身上的刺痛感。我感觉太阳就像一个悬在空中的洞口，穿过这个洞口，就是光的源头。据说上古时期曾经有人借助一架梯子爬进过这个洞口，如今梯子没了，换成了光束。光束这东西大家都知道，是个很难抓住的东西，一般人根本握不住。如果有一天阳光倒流，所有来自太阳的光都从地球纷纷起身回到太阳，我会趁机抓住一束光，借助太阳的引力到达那个光辉的顶点。这只是一种设想，也许我没有这个机会，但我被太阳照耀过，我曾经感受过它的光，此生足矣。

隐藏在衣服里

前天,我老婆去商场里购物,买了一身新衣服。她穿上这身衣服后,整个人就藏在了衣服里,只露出一个脑袋和两只手。毫不夸张地说,她彻底成了衣服的附属物。如果她戴上眼镜和口罩,我将认不出她是谁。

幸好我有独特的认人本领。一般情况下,我用排除法找人。第一,我要走到大街上,从满世界的人流中排除掉男性;第二,在女性中排除掉老年和青年;第三,在中年妇女中排除掉杨氏以外的姓氏;第四,在杨氏中找到一双眼睛;第五,在她目光的吸引下,目不转睛地走过去,近前一看,不是;第六,继续排除,直到我一无所获,疲惫地回到家里,坐在沙发上睡着了。这时一个女人悄悄地走过来,给我身上盖上一条毛毯。她,就是我的老婆。

我醒来一看,老婆就在我的身边。她穿着那件新衣服,仿佛一件物品配置了华丽的包装盒。

我的排除法继续下去将是这样:一个人去掉衣服,还有身体;去掉身体,还有灵魂;在灵魂深处,你也看不到真相。

治理道路

　　时下，道路的现状，确实到了不治不行的程度了，因为这些麻绳般的道路四处延伸，爬满了大地，并且交织成网，已经把地球装在了一个道路织成的网兜里。殊不知，地球运行在宇宙间，绝不是为了被捆绑而存在。凡事都有极限，地球的忍耐力也是有限的，一旦把它激怒，后果不堪设想。

　　对此，我提出了一些建设性的意见，供联合国参考：一、利用电子网络，实行全球信息化办公，尽量减少人们出行的次数；二、根据道路指数，控制各国汽车持有量，从源头上解决道路增加而土地减少的经济学难题；三、有条件的国家和地区，可率先发展空间技术，鼓励人们乘坐云彩出行，有关组织应尽量按照公平原则配置云彩，并借此促进全球雨量分配的合理化；四、以社区为试点，尝试社区生活的社会化，即用小而全的资源配置，使人们不用远行就可以解决日常生活所需；五、把一些不常用的道路像胶布一样卷起来，非急需不得擅自使用；六、给耕地以特权，允许耕地膨胀，侵占道路，实现退路还耕；七、鼓励树木越位，到公路上去安家，逐步实现生物占领，增加地球绿化率。如此等等，不一而足。

　　我提出这些建议后，有一条小路在夜深人静时偷偷爬到我家门口，表示抗议。我发现后抓住这条小路的一端，用火一烧，它就弯曲了。这条小路逃走时如同一条惊慌的蛇。

夜晚照明计划

在联合国总部召开全球科学大会期间，出于郑重，我用毛笔写了一封建议信给大会代表，内容是这样的："为了解决全球能源紧缺问题，我建议全世界联合起来，实施一项工程——用特制金箔把月球包裹起来，这样就会使月球的反光度增加几十甚至上百倍。月球的反光度增加以后，地球的夜晚照明问题将得到解决，地球的各个区域内，至少有半个月的时间夜晚是明亮的。这将给人类提供许多便利，同时也将减轻能源消耗和环境污染的压力，人们的工作和生活也将发生巨大变化。"

这条建议提交以后，受到了代表们的高度重视，有关科学家甚至开始考虑光照增加以后，地球变暖等问题的解决方案。可是，就在代表们热议之时，大会又接到了另外一封信，是全体逝者联合会写来的，内容是："惊闻有人建议包裹月亮以增加亮度，使夜晚亮如白昼，这势必改变地球常态，尤其是广大逝者，不能借助夜色掩护而出行。须知，地球上的逝者总量是活人的无数倍，众寡悬殊，当谨慎行事。如不考虑我们的建议，一意孤行，我们将联合全体逝者同时出游，使地球表面上挤满灵魂，是时，将无处不壅塞，世界秩序尽失。此绝非危言耸听，我们将说到做到。"

接到这条建议后，代表们为难了，考虑到逝者众多，并要尽量尊重他们夜晚生活的习惯，就把我提交的这个方案暂时搁置下来。后来，有关机构曾试图跟逝者联合会沟通，寻找解决问题的途径，但由于双方意见分歧较大，始终没有达成协议。但我想，我的这条建议有利于人类的和平与进步，是个积极的设想，将来或许有实现的一天。

清扫天空

　　一个城市要搞庆祝活动，需要晴朗的天空。可是天不作美，偏偏这天多云，影响了人们的心情。于是市长下令，全城的清洁工全部出动，搭设天梯，到天上去清扫云彩。到底是人多力量大，不到一个小时，人们就把天空扫得干干净净。庆祝活动顺利进行，这里按下不表，只说接下来的事情。

　　活动结束后，几个孩子失踪了，人们找遍了全城，也没有任何踪迹。这时有人想起来了，说是清扫天空时，发现有几个孩子曾经在云彩里玩耍，莫非是没有回来？人们立刻派人到天上去寻找，果然不出所料。原来是这几个孩子趁乱爬上天空，在云彩里玩起了捉迷藏，等到他们想起回家时，发现天梯已经撤除，他们下不来了。

　　这次活动的不良后果还有以下这些：一、由于人们清扫云彩时使用的是扫帚，把蓝天划出了一道道伤痕，至今没有恢复；二、扫净了云彩，却留下了杂沓的脚印；三、云彩被强行扫走以后，几个月时间里，新的云彩都不敢从这里经过，因此也就无雨，造成了局部地区干旱；四、天空遭到凡人践踏，引起了众神的不满；等等。

　　对此，市长表示了歉意，对着天空鞠了三个躬。由于对着天空鞠躬时必须面对天空，他只好仰面躺在地上，施鞠躬礼，看起来像是在做仰卧起坐。市长滑稽的动作差点儿把我笑翻。

仰望星空

几年前，我看见一个人戴着墨镜仰望星空。我感觉这个人有些怪，经过交谈以后才知道他是一个盲人。他仰望星空只是一种愿望，实际上他看不到星星。但他经常这样仰望。他说他能够感受到星星的光芒。

后来，我把自己收藏的一块小陨石送给他。我告诉他，这块陨石就是从天上掉下来的星星，它曾经在天上闪闪发光，现在依然在发光。他接受了我的礼物，一直把它揣在胸口，贴身珍藏。

前不久我又看见了他，我告诉他，我撒了谎，实际上这块小陨石已经不能发光了。他说他早就知道这些，但他相信这块陨石肯定有过闪光的历史，也许我们曾经接受过它的照耀，它的光不在此刻，而在它昔日的辉煌。

一个盲人，说出了这样的话，让我震惊。他对于光的理解，不仅来自外界，更多的是源自内心。借着这内心的光，他看见了深远的事物，并有着灵魂的穿透力。与他相比，我忽然感到了自己的肤浅和内心的黯淡。

雪 花

一股来自西伯利亚的寒流横扫了中国北方，大部分地区降温达到十摄氏度以上。为了截住这股寒流，官方调集了大量云彩，集结在阴山山脉以及大兴安岭、小兴安岭一带，展开了阻挡北风的行动。云彩确实不负众望，如期集结，并以身阻挡寒流的袭击。当北风越过蒙古高原向南猛扑时，遇到了类似棉花的庞大云团，风力减弱了许多。

在这次大规模行动中，云彩功不可没，同时也付出了很大的代价。许多云彩被当场冻死或者冻僵，飘落在地上，变成了一场大雪，覆盖了整个北方。由此可以想象，这场云彩与北风的生死搏斗，是怎样的壮烈。

我站在茫茫雪地上，向那些死难的云彩致敬。我知道，云彩可以死亡，而雪花却是不死的花朵。后来，这些雪花在太阳的照耀下，渐渐融化，一部分渗入了土地，一部分"羽化"升空，恢复为活跃的精灵，重新在天空中翱翔，成为新的云彩。

塑 料 袋

　　一座城市里刮起了大风,平时隐藏在各个角落里的废弃塑料袋被刮到了空中。一时间,几十万个塑料袋混杂在沙尘里,在空中飘浮,场面壮观而又恐怖。

　　全市的清洁工人紧急出动到天上去打扫垃圾,无奈这些破烂的塑料袋越飘越高,到了外太空,人们只好无功而返。

　　后来,一家化工厂把一封邀请函贴在天上,内容是:邀请废弃的塑料袋到化工厂参加高层论坛,并会对来自太空最高层的塑料袋给予特殊的优惠待遇,授予"天士"称号。

　　飘浮在太空的塑料袋禁不住诱惑,纷纷赴会,来到这家化工厂,结果被当场软禁,有去无回。化工厂把它们收集、压缩、回炉、加工,制成了新的化工产品。但不幸的是,它们又被制成了新的塑料袋,重新投入市场,再次等待人们的使用和抛弃。

　　传说多年以后,天上来了一位巨人,把地球装进一个大塑料袋里,拎走了。据说拎走地球的这个巨人,是一个塑料人。

纸飞机

有一天我用望远镜观测云彩，无意中发现天空中的一架飞机有些异常，经过仔细观察，我发现它竟然是一架纸飞机。

这架纸飞机满载乘客，不停地拍打着翅膀，像一只大鸟在天上飞行。我当时就惊呆了。随后我立即报告了当地的航天部门，航天部门立即启动了应急预案，对这架纸飞机进行跟踪。但是让我想不到的是，航天部门派出的不是飞机，而是一群鸟，其中还夹杂着一只大公鸡。

航天部门就是厉害，在他们派出的鸟群中，领队的是一只凤凰，凤凰飞到了纸飞机的前方，对着纸飞机不住地抛媚眼，勾引纸飞机。纸飞机禁不住凤凰的诱惑，乖乖地跟在凤凰的后面飞翔，终于在附近的一个机场安全降落，避免了一次可能出现的航空事故。

后来，参与飞行的大公鸡得到了一群母鸡的拥戴，从此"妻妾成群"；凤凰的照片被作为神秘图腾，刺绣在衣服上，成为美女们争相购买的时装；而纸飞机则被监禁起来，今后不经九百八十七个管理部门批准和盖章，不得擅自飞行。

而这一切过程，坐在纸飞机里的乘客们浑然不知，他们还以为是飞机在飞行途中遇到了"意中鸟"，与凤凰恋爱结婚了。

火 车

在火车出现以前，动物是渺小的。动物的奔跑太吃力，它们最多只有四条腿。在车辆出现以前的久远年代里，火种躲在山洞中，一泡尿就能将它熄灭。

现在，火和车结合在一起，已经多年了。这个庞大的动物跑步时，我们最好躲在远处或者钻进它的腹腔。最好不要让孩子们站在村头呼喊，火车！火车！然后转身跑进胡同里。等着瞧吧，速度将使他们转瞬成为老年人。

火车是有神性的动物。我们看不到它的实质，是因为时间不到，准备也不足。一旦有人把铁轨竖起来，火车将顺着天梯驶向天堂。我们应该在天堂里申请一个车站。既然云彩已经有了翅膀，风也离开了树叶，准备进入天空，星星也有了自己的归宿，我看在天空建站之事不会耽搁太久。真的，我没有跟你开玩笑。

我这样写作时，火车从郊外经过，顺便大叫一声，算是谢谢了。这个钢铁组成的家伙，鲁莽，有劲，但不野蛮。我懂得它的语言，也数过它的腿，我还进入过它的内部。更令你意想不到的是，我还知道它的名字，叫火车。

井 陉

太行山截住了西风，只留下几条缝隙，供蚂蚁和行人通行。其中一个隘口叫井陉，有一次我从那里经过，看见一条小河尾随在我身后，流出了弯曲的波浪。我若把它领到华北平原，人民肯定愿意，但大地却未必肯答应。

后来，河流找到了自己的出路，我也走出了山口，回到日常的生活中。这一次，我就记住了井陉，何况我去过多次。现在，井陉已经不只是一个山口和关隘，而是演化成了一个县的名称。井陉关隘的历史意义退隐到文字背后，成了典故，但井陉的山水是活的，山里依然流淌着弯曲的河流，河里有长满花纹的石头，一旦这样的石头露出水面，我就把它抱走，或者装进布袋里。我家里有许多石头来自井陉河道，我的脑袋里有许多回忆来自乡村。2008年冬天，我在井陉县测渔镇朱会村的河道里，居然捡到了一把石斧，估计最长可达七八千年的历史，古人用它干过什么，我能推测，却无法考证。

据说，太行山与华北平原之间有八个山口，我只走过井陉口。穿过井陉口，继续往西，就到了山西。山西这个地方大家都知道，就是山的西面。

亲情植物

一年前，我家对面的六层楼上，一家住户养了一种藤蔓植物，不开花，只长叶，藤蔓从阳台的窗子伸出来，伸展到空中，向我家的方向爬过来。我家也住六楼，两个楼房之间相隔大约有三十米，可是这棵藤蔓居然悬空把触须伸到了我家的窗前。我着急了，看它的长势，再有几天就可能挨到我家的窗玻璃，假如它真的伸进了我家，这算不算侵犯？我找到这家主人，要求他把花盆挪走，或者把藤蔓盘起来。那家主人非常通情达理，当即把藤蔓盘成环形。可是我第二天一看，藤蔓又伸了过来。据主人说，是它自己偷偷松开的。为此，他也犯了难，一时不知如何是好。

为了解决这个问题，我在自家的窗台上也养了一棵同样的植物，不料藤蔓也向对面的楼房伸去，两棵藤蔓在空中交织起来，形成了一座植物桥，上面经常有鸟栖落，俨然是一道风景。看到这种景观，两个楼房里的居民都相继模仿，养起了这种植物，结果两座楼房通过藤蔓连接成一个整体，之间形成了层次不同的绿色屏障，夏天遮阳效果非常好，人们坐在浓荫下乘凉、聊天，其乐融融，和睦融洽。由于这些植物，原来互不来往的两座楼房里的居民，现在就像亲戚一般。前不久，这两座楼还被市里的环保部门评为绿色楼，这些藤蔓植物被授予了"亲情植物"的称号，奖品是一百个鸟巢。后来，这些安放在藤蔓上的鸟巢都住上了小鸟，鸟的叫声婉转动听，因此获得了"最佳歌喉奖"，奖品是一盆金黄的小米，这是后话。

招魂启事

  我的一个朋友坐在火车上睡着了,到站的时候还没有醒,我把他强行拖下车。由于下车时他还处在睡眠状态,灵魂离开身体到别处游玩去了,至下车时未回,至今也未回。试想,灵魂回来时,发现自己的身体已经离开了火车,怎么也找不到了,该多么着急。而我的朋友自从丢失了灵魂以后,只剩下一个身体,已经不算是一个完整的人了,他已经变得迷离、恍惚、失魂落魄。

  望好心人见到此广告后,能够口口相传,以人挨人、人碰人、人挤人、人找人的方式,帮助我的朋友寻找灵魂。据推测,他的灵魂可能还在火车上,当时我们乘坐的车次是:人间列车000号,如您在这次列车上发现有飘忽不定的雾状体,请及时捉住并将其装在布袋里,或拨打电话1234567890i,失主必有重谢。

滦河边的故事

一年夏天，我在滦河边捡石头，赶上阴天，看见一个游泳池那么大的雨滴从天而降，落在河边的农田里，把土地砸出一个大坑。几个小时后，坑里的水渐渐变得清澈，看上去就像一个游泳池。我在滦河里认识了一条小鱼，得知它的游泳技术不错，就把它请到了这个坑里来。不料它喜欢上了这个水坑，来了后就不走了。

多年后，我又来到这里，发现那条小鱼已经成了祖母，它子孙成群，个个都是游泳健将。当地人发现这个水坑后，经常往水里投放一些鱼类喜欢吃的饵料，并以垂钓为乐趣。其中的一条小鱼吃了带有激素的饵料后，不愿老是待在水里，经常爬到岸上看看，久而久之，它适应了空气，能够在水外生活几天而不死。我见到它时，它正躺在一块石头上享受着日光浴，看上去很舒服。据研究人员说，他有可能在短期内进化成爬行动物，然后直立行走。我当场拿出手机与它拍了几张合影，作为纪念。现在这张照片就保存在我的电脑里。据当地人说，如今这条喜欢晒太阳的鱼已经下落不明，因为它长出了飞鳍，能够在天上连续飞行几十个小时。有一次它在云彩中遇到了一个游泳池那么大的雨滴，顿时想起了它年迈的祖母和自己的故乡。

等着瞧

　　从出土的旧石器、新石器以及大量陶片推断，河北迁安市滦河段遗址可能早于红山文化。可以肯定的是，这个区域在旧石器时代就有人类活动。我有充分的证据可以证明这一点。因为我在滦河边见过一个老头，他在八千年前就是个制陶人，现在他还活着。我从他的指甲里取出一点儿泥土，经过碳-14鉴定，数据显示，这些泥土竟然超过了一万年。我还有一个比铁还硬的证据。我在滦河边捡到了一块石头，硬度测试为七度，其年龄几乎与地球同龄。这块石头酷似老寿星，慈眉善目，两眼弯曲，笑眯眯的，大胡子飘到了胸前，身高约有三十二厘米，俨然一个非常可爱的小老头。我见到他时，他正躺在河边睡觉，我叫醒了他，把他领到我的家里。现在他就站在我的电脑桌上，我打字的时候他一直看着我，也不说话。他毕竟是块石头，不可能说话。但是我在滦河边上，确实在风中听到过古人的对话，只是他们的声音被风吹成了颗粒状，我听得不是很清楚。幸亏我当时用手在风中抓住了其中的一些颗粒，现在正在实验室里做音质分析，估计一百多年后就会有分析结果，你们就等着瞧吧。

最富的人

我收藏奇石已经多年，由于存放空间有限，我收藏的石头大多在百斤以下。如果遇到比地球还要大的奇石，我虽然喜爱，但苦于无处存放，只能眼巴巴地看着，欣赏，动心，然后舍弃。

有一次，我用天文望远镜观测到仙女座里有一块浑圆的奇石，在空中飘浮着、运转着，悠闲而美丽。经过计算，这块奇石比地球大三百五十万倍，是一颗恒星。不用说把它取下来，就是以光速行走，到那里至少也需要两百万年以上。我一想，太远了，也太大了，拿回来也没处放。只好作罢。

近些年，我在收藏微小的奇石。小到什么程度呢？这么说吧，必须放在一万倍的显微镜下才能看清它。这还不是最小的。我有一块奇石，是一个单个的原子核，直径是一纳米，你说小不小。

过于小的石头，只能依靠光学仪器才能欣赏，太麻烦。现在我决定改变收藏方式。好看的石头，不一定都摆放在自己家里，放在远处谁也偷不去的地方，既不占用自家的空间，又能让更多的人欣赏，岂不更好。

于是，我把星星也列入了我的收藏范围，它们悬浮在空中，像宝石一样发光，可以整夜欣赏。这样，整个夜空都成了我的展厅，所有的星星都是我的藏品（包括地球）。在这个世界上，除了上帝，还有谁能比我更富有？想到这里，我觉得自己是世界上最富有、最幸福的人了。

第二辑 再造一个天空

地球这颗星星

我算过一笔账，要想到天上的星星上面去，修路是最笨的办法，造价昂贵不说，技术上的难度也太大，路途也过于遥远。那么有没有离我们最近的星星呢？经过精密的计算，得出的结果是：离我们最近的星星是地球，距离为零。这个结果使我兴奋不已，并且恍然大悟，原来我一直就生活在一颗星星上！

有了这个重大发现以后，我注意到，地球是颗美丽的星星，能够登陆这样的星星，是祖先的造化，也是我的幸运。更加幸运的是，我在这颗星星上获得了永久的居住权。在地球上，一切都是免费的，只要你出生了，就有了生存权，活多久都行，死后还可以埋在这颗星星上，参与生命的大循环。

如此好的环境和优惠的条件，不到地球上来一趟简直是傻瓜。因此，有那么多人争先恐后地来到世上，我就是其中之一。在此，我要感谢我的先人，是他们先于我发现了地球，并把我带到这里，我来了后，顺便带来了我的子女。我的子女们表示，地球这颗星星确实不错，既然来了，就永久地住下去，并打算在此绵延子嗣。我知道，许多人都是这么想的，也是这么做的。

现在，我要做的是，在地球这颗星星上，能走多远就走多远。走累了，我还可以坐在这颗星星上，随着地球的自转而遥看白昼和星空。当遥远的星星上生存的智慧生命看到我们这颗星星时，一定会羡慕地说："看，那颗神秘的星星上有一些动物，名字叫作人。"

地球的重量

有一个科学家,想称量一下地球的重量,但一直苦于找不到办法。后来,他通过日食效应得到了月亮在地球上的投影,再根据光速反射到地球的时间,计算出了月亮到地球的距离,然后通过距离和投影面积计算出了月亮的直径。参照地球物质的密度和重量,他大致算出了月球的重量。有了月球的重量,他又根据月球的投影以及地球与月球的间距,计算出了地球的直径,这样,地球的体积和重量就出来了。

根据这个原理,这位科学家计算出了银河系的重量,然后根据引力作用找到了宇宙间存在的暗物质,并计算出了整个宇宙的重量。这件事相当于探知了上帝保留的谜底。上帝趁他不注意,在他的计算公式里偷偷地添加了一个模糊常数,使他计算的结果总是与实际有偏差。后来科学界把这个计算公式称作"测不准原理"。

有一天我找到这位科学家,告诉他计算地球重量的简单办法,他听了后非常震惊。我说的办法是:抓住自己的头发离地三尺,就可以测出地球的引力,然后根据地球引力和你自身的体重就可以算出地球的重量。他依照我的说法反复试验,都没有成功,原因是他力气不足,抓着自己的头发,没有把自己拔离地面。

大地的弹性

说到大地的弹性，必须解决一个问题，那就是，土地和山脉能不能被压缩。这个问题看似属于地球物理学的范畴，实际上却可以通过数学计算得到答案。有人曾经计算出地球到北极星之间的距离，他的研究结果表明，地球每过若干年，南北两极的极轴长度就会缩短，若干年后又回到原位。如此反复伸缩，形成一定的周期性。为此，他提出了一个数学模型，这个著名的模型被物理学界称为弹性模型。

可是另一个问题出现了，在我写这篇小品文的时候，这个建造弹性模型的科学家还没有出生。这就牵涉到一个时间问题。由于时间和空间的不可分割性，时间的弹性也是物质属性的要素之一。但是这个科学家根据已有的拓扑学原理，利用时间的弯曲性，即拓扑时空的回环性，解决了时间先后的问题。因为在回环的拓扑时空里，没有先后和上下，只有回环。在曲面时空坐标上，他既在我之后，又在我之前。

时间和空间被证实具有弹性以后，大地的弹性已经不证自明。这位科学家因此获得了巨大的成就。由于这个假说是我在《大解寓言》一书中最先提出的，所以在一千多年以后，我也分享了他的荣誉。令人遗憾的是，他们提到我名字的时候，把大解（xiè）的"解"字读错了音，念成了"jiě"。在汉语中，这是个多音字，可以理解，我原谅了他们。

小行星撞击地球

小行星撞击地球的危险可能存在，对此，人们一直担心，却没有想出什么解决的办法。有人曾经提出用核爆炸的方法产生冲击波，驱赶近地小行星，使其改变运行轨道，使地球免于撞击。但把核弹送入太空并接近小行星，实施起来有一定的难度。

我有一个简单的办法，就是密切观测小行星的运行轨迹，在它接近地球之前，全世界的人们聚集到地球的一侧，一齐跺脚，把地球踹离正常的运行轨道，待躲过小行星之后，再使用同样的办法，把地球踹回正常轨道。

这个方案得到了"荒谬协会"的高度赞赏，并被推荐给"银河系协会"，作为最佳的备用方案。

但是，中国某个城市中某个小区里的一个老太太站出来反对。她的理由是："到时要集中到地球的一侧，要走很远的路，我嫌累，我不去！"

事情搁浅在老太太一个人身上。最近，小区里的居委会每天给她做思想工作，试图说服她，估计等她过世以后，她会同意。但是小行星究竟什么时候接近地球，人们却不得而知。

照 相 机

前不久，我买了一个数码相机，拍出的片子都是重影。就是说，我拍的是一个人，结果显示出来的却是一个人的一系列投影，像是正在行走的一个队列，至少有十几个人。我去找经销商，售货员解释说，不是相机的质量问题，而是你拍的人灵魂外露造成的结果。我有些怀疑，觉得不太可能。

为了证实真伪，回来后我就找到那个被我拍摄过的人，建议他去医院检查一下，看看身体是否真的出了问题。他坚决不去，我反复催促之后，他转身就走了。他走得非常快，我当即就发现，他离去的时候，身体的后面有一个长长的影子系列，像是一个人的后面，有一群人排队跟踪着。

这个发现让我震惊不已，随后我就写出了研究论文，投给英国的一家杂志，但可惜的是，既没有刊发，也没有回音。

后来，我专程去相机经销处，请售货员把相机调试了一下。结果调坏了，坏了以后的结果是：拍出的相片可以看到人体内部的构造。我还发现了一个人的心里堆放着十几年前的一桩心事，由于年深日久，一直没有化解，已经成了化石。

撤销方案

一家装修公司请我给他们当总策划和设计师，我终于有机会提出了我的大胆的方案：打造一架天梯，一直通到月亮上。也就是说，在地球和月亮之间建立一条通道，在天梯的正反两面各安装一架电梯，一个上行，一个下行，运行时各不相扰，就像高速公路或者上下山的索道。修建天梯的材料选用上等的蛛丝，而不是钢缆。

这个工程设想非常诱人，但并非一家公司所能承揽，修建天梯所需的费用也数额巨大，施工难度超过人们的想象。最难的还不是这些，而是力学问题。一些物理学家提出，在天梯的重力作用下，月亮和地球之间的距离会被拉近。两个星球的运行平衡被破坏之后，会引起星球引力的变化而导致两星相撞，太阳系的平衡也将被打破，甚至会出现银河系外部边缘的局部塌陷，带来整个宇宙的灾难。

经过许多年的争论，我的这个方案一直悬而未决。考虑到地球生命的安全和整个宇宙的秩序，现在我决定撤销这个方案。如果有必要的话，我建议政府出面干预，解散这家装修公司，以免他们暗自施工，造成无法挽回的后果。

电子爬虫

有一个精密仪器设计师设计了一个微型电子爬虫，可以钻到人的血管里，吃掉血管壁上淤积的胆固醇，然后将胆固醇进行化学分解，转化成对人体无害的物质，进一步参与体内代谢，或排出体外。经过人体试验，植入体内的手术非常简单，没有副作用，治疗效果明显。首先开展这项手术业务的天堂医院专家说，目前这项业务还处在试验阶段，人类有望在十年内普及这种治疗方法，从而彻底攻克血管病这个顽症。

世界上第一个植入这种电子爬虫的病人介绍说，这个爬虫在体内到处游走，有一天它爬到了他的大脑里，看见了他的思想。根据这个电子爬虫传出的信息，通过电脑分析得出的图像可以看出，他的思想形成过程非常微妙。在众多的神经元突起的细胞端口连接处，通过微小的放电效应，相互传递和组织，然后将这些信息传到神经主干上，经过复杂的物理和化学反应，最后形成思想脉络。这些思想脉络集合在一起，形成一个复杂的指挥系统，支配身体的各个部分，最终构成肢体行动。

有一天，这个电子爬虫耐不住寂寞，没有经过医生允许，擅自从病人的血管里爬了出来。为了吸取这个教训，医生们采取了一个简单的办法，在植入爬虫时，蒙上它的眼睛，等入口完全愈合后，再启动它的工作程序。爬虫看不见入口，也就找不到出口。这种办法并不是医生的发明，而是黑道绑架人质时的惯用手段。

天 震

　　据天文台报道，在 2009 年初春的一个夜晚，天空中的一颗星星发生了内部地震，震级达到 8 级以上。那天晚上，我坐在路边的石头上，正好看见了这颗星星，我看见它哆嗦了一下，接着又开始哆嗦。刚开始，我还以为是我的眼睛出了问题，总感觉这颗星星的光一闪一闪的，后来我看清了，它确实是在颤抖。我想，时间虽已是初春，但毕竟天气还很凉，尤其是高空，温度恐怕是更低，颤抖是自然的事情，并没有想到是它的内部发生了地震。可是，当天夜里电视新闻就做了报道，证实了我所看到的结果。

　　接下来的许多个夜晚，我都坐在同一个地方看星星，这一看不要紧，我看见许多星星都在颤抖，仿佛是受到了那颗星星的感染。我揉了揉眼睛，几乎不敢相信自己，但经过细看之后，我下了断言：那一片星星都在颤抖。晚间我打开电视，等待官方发布的消息。到了很晚才有人出来，一边打着哈欠一边说："今天晚上，天空中没有发生天震事件，更没有一片星星在天上颤抖，如果你看到了什么异常现象，肯定是你的眼睛出了问题。"

　　第二天我就去了医院眼科，经过检查，我的眼睛确实查出了毛病。可是医生开出的药方却不是吃药或点滴眼液，而是仰头遥望夜空，让我注意远方的事物。医生还反复叮嘱，一旦看见自己的眼睛里冒出金星，要立刻停止仰望，否则容易晕倒，撞到一颗星星上。我问："会撞到哪颗星星上？"医生回答说："地球。"

深度病毒

有一本印刷精美的书，由于在排版时就中了病毒，上市不久后，每页上凡是倒数第三行的字全部消失了，剩下了一片空白。这给书店造成了很大的经济损失，这些书被迫下架，成为废品。

可是问题并没有完结，其他几种书也受到了轻微感染，许多页上的一些个别字不翼而飞，只是读者买书时轻易发现不了，也就没有太大的影响。

发现这件事以后，国家相关部门把它当作绝密，封锁了消息，并对此进行调查。技术攻关小组研究后发现，是电脑排版系统感染了一种叫作"溜之乎也"的病毒，凡染此病毒的电子文件在打印或印刷出版以后，文字便会从纸上溜走，留下空白。找到原因以后，一个电脑高手编制出了反病毒软件。具体思路是：在每页倒数第三行左数第一个字前面加上一层暗网，相当于给文字上了一道锁，以防止这行字按顺序排队溜走。这个软件果然成功遏制了病毒，保障了印刷和出版业的安全。后来，这个攻关小组获得了国家某部委颁发的科技进步奖。由于是秘密进行研究，颁奖没有举行公开仪式，除了研究人员外，只有我一个人知道。

神奇的滴眼液

最近,我的眼睛不好,老是视物模糊。经医生开方,我用作"一滴可扫盲,十滴看后世"的滴眼液,只用了一滴,视力不但恢复了,而且看清了以前不曾看见过的事物。比如在一个阳光灿烂的上午,我能看见满天的阳光中夹杂着微弱的星光。这些星光来自不同的方位,在射向地球时发生了交叉,我能看见它们细微的光束,以及它们之间的交叉角。由此可见,阳光也并不纯粹,里面也有杂质,只是一般人无法分辨。到了夜晚,我看见的东西就更多了,许多不为人知的秘密被我发现了,这里就不一一细说了。

我终于相信世界上确实存在神药。我继续使用这种滴眼液,滴过第十滴后,我真的看见了自己的后世。但药品说明书上说,看见后世以后不能说出来,否则将会失明,并且无药可医。但是我可以告诉你另外一些发现,我超过了说明书上所说的用量,连续滴了一个月,结果看见了自己的前生,一直看到前十世。这是我没有想到的。

我相信自己的感觉,这种滴眼液一定还有意想不到的效力。我继续滴,用了整整一年以后,我的视力达到了极致,我不但看见了人类的整个历史,也看清了人类的全部未来。我向天空仰望时,一眼就看见了上帝,他的头顶上方有一个炫目的光环,这个光环刺伤了我的眼睛,我感到一阵眩晕,倒在了地上。不知过了多久,等我醒来时,我发现自己的视力又回到了用药前的水平,并且更差,两眼视物模糊,看什么都是一片渺茫,有时连自己都看不清了。于是我只好用手摸自己,但我摸到的自己与我看到的自己有着很大的差别,有时像是在摸另外一个人。

后来,我给这个生产滴眼液的厂家写了一封信,建议他们在说明书上明确标明,此药水的最大用量不能超过十滴,或遵医嘱,否则后果不堪设想。药厂是否采纳我的建议,将考验他们的社会责任感和道德良知。

一堆碎末

前不久，我在整理书橱时，发现一件合金制造的艺术品下面掉有一些金属粉末，我拿起来一看，艺术品上有许多小洞，并且我还从里面剜出了几个虫子。我当即把这件艺术品连同虫子拿到了一家科研部门，请他们看一下到底出了什么问题。

几天以后，研究结果出来了：这件有虫洞的艺术品为合金制造，硬度为六度。上面的洞确实为虫子所钻。经过研究，生物专家确认，这是一种普通的米虫发生变异后的新品种，可以在钢板上打洞，并且食谱广泛。这个消息一传出，就震动了科学界，并引起了人们的恐慌，一些桥梁工程师担心这些虫子会将桥梁毁坏，一些管道和大型容器都被指派了专人看守，以防不测。

幸好，这些虫子经过不断变异，很快就走到了尽头。科学家们发现，这些虫子的胃口越来越硬，最后只吃硬度八度以上的东西，其他东西嫌软，根本不屑一顾。在这个世界上，能够达到八度以上的东西只有宝石和钻石。利用它们只吃硬东西这一特点，珠宝加工厂购进了这种虫子，在人的控制下，让它们专门在宝石上打孔，它们钻的孔自然而光滑，艺术效果非常好。后来，这些虫子变成了工厂里的技术虫，待遇非常高。可惜的是，没过多久，这个物种就消失了。据说，最后两个虫子死的时候，是在钻石上打孔时，它们从两个方向对钻一个孔，钻透以后，两个虫子并没有停下来，而是吃掉了对方，人们发现它们时，已经是一小堆碎末了。

越 位

在某博物馆收藏的汉代大型石刻上，雕刻着驾车出游图，图案古朴粗犷，精美绝伦。可是一夜之间，石刻上的一辆马车不见了，仿佛是自然脱落，石头上并没有留下盗窃的痕迹。后来人们发现，这辆丢失的马车在另一块石头上慢慢地浮现了出来，几个月后完全呈现出原来的图案。刑侦人员化装成古代的一个大夫，潜入石刻内部，查清了原因：原来是驾车的石像赶着马车绕道而行，超越了前面的车辆，由于刹车失灵，马车冲出了石板，跑到了另外一块石板上。

查清原委以后，博物馆采取了防护措施，以防其他的马车出轨。他们利用科技手段，在每一辆马车的前面安装了隐形的隔离层，防止这些石像超越自己的位置。尽管如此，总还有一些车辆在夜深人静的时候蠢蠢欲动，但慑于博物馆里的监管措施严密，他们没敢轻举妄动，只是偶尔有一些车夫跳下车，到地上散步，一般情况下走不多远，只是放松一下，然后又回到原位。对此，博物馆的管理人员出于人道主义关怀，假装视而不见，允许他们自由活动，但不许他们走远和消失。

两个月亮

我把玩过的玉璧即使再光润,也不如月亮。但以我的身高和能力,我不可能摸到月亮,即使摸到了也不能用手攥住。我的手只能抚摸山脉,却也无力把山脉推动或者拍醒。

有时我不信这一套,在夜晚偷偷打造梯子,企图去往天空。被相关部门发现并制止以后,我气得三年不写月亮,不吃月饼,也不上山顶。我怕我到了山顶以后控制不住自己,一手抓住月亮,把它装在衣兜里,我将因抢劫罪而获刑。

后来,我想出一个办法,我以放牧的名义,把一群鸭子赶到月亮上去,这样既合法又合情理。可是那些不争气的东西,嘎嘎地叫着,宁可奔向烤鸭店也不去往天空。它们太懒了。这有点儿像我那些死去的老乡,宁可睡在坟堆里,也不接受天堂的邀请。

说起来我还是聪明的,我只用一张宣纸就解决了这个问题。我在纸上画出了一座高山,在山顶上站着一个人,这个人一伸手就摸到了月亮,只是轻轻一拧,月亮就像熟透的苹果掉了下来。可是让我想不到的是,这个画中人居然不听我的话,径直走到山下,把月亮放进河里。我用箩筐和鱼钩,甚至使用渔网,也没能把它打捞上来。后来,我一看,月亮已经变成了两个,一个在水里,另一个又回到了天空。

有些事情确实让人费解,比如月亮,它是如何变成两个的,我查遍了资料,也没有弄明白。

月 光 灯

尽管中国将每年的3月15日设立为消费者维权日，但消费者上当的事还是经常发生。比如前些日子，我从市场上买回来两个日光灯，回到家安装后，我发现这两个日光灯发出的光跟月光一样。我一想，月光就月光吧，反正点灯的时间都是在晚上，家里能有月光，倒也添了许多情趣。可是，让我想不到的是，这两个月光灯的亮度随着时间而变化，变化的周期跟月亮出现的时间一致。也就是说，出月牙的时候，灯也变成了月牙，只亮一个边角；到了月圆的时候，灯的亮度达到最大。有了这样两盏灯，我就能通过光度直接推断今天是农历哪天，而不用看日历了。我把这些情况反映给商场，商场反映给厂家，没想到，厂家借机行事，把这种型号的日光灯改名为月光灯，推向市场，而且一炮打响，销售火爆。为此，月光灯具厂还给我颁发了一个奖，奖品是：真正的月亮。颁奖时，厂长指着天上的月亮动情地说："大解先生，这个月亮的所有权，今天就属于你了。"

天空狙击手

有一个人用自制的一把手枪对着夜空射击,结果把一颗星星击落了。这件事正好被一位业余天文爱好者观测到了,他当即报告了国际空间组织。国际空间组织通过流星落下的方位,查到了射击者的所在地,并通过子弹的口径找到了那把手枪。人证物证俱在,射击者供认不讳。

后来,国际空间组织聘请这个击落星星的人为特殊狙击手,其任务是随时准备对近地小行星进行射击,以便在小行星撞击地球以前把它击碎,减少对地球生命的危害。可是这样的事件几千万年才有可能出现一次,而这个狙击手只能活几十年,几乎没有显示射击本领的机会。于是,这个狙击手只好自任教练,培养下一代狙击手,一代一代传下去,等待小行星出现。据说他所培养出来的年轻一代狙击手射击能力已经非常了得,可以达到"打哪儿指哪儿"的程度。

出于好奇,我尝试着比画了几次,我也可以达到"打哪儿指哪儿"的程度。但由于中国不允许私人藏有枪支,我比画的时候,只是把右手的手指比成了手枪的形状。你可不要小看这些手指头,我儿子小的时候跟我玩耍,就用这样的方法把我击毙,让我倒在床上无数次。

偏　离

一架直升机在远处飞行，样子和蜻蜓非常相像。当它飞到近处时，闪出了金属的光泽。我根据所学过的知识，又查阅了大量相关资料，判断出它是与蜻蜓无关的另一种动物。

我把这个发现书面报告给相关部门。不久，一个科学考察团针对此事进行了专门调查。他们发现，我所提供的事件发生的时间是一个虚数，即四维时空里不存在这个时间；我所说的地点也是虚幻的，根本无法定位。经过进一步考察，他们发现我这个人也不是真实的，而是族群谱系中不断向下推移的稍纵即逝的一个节点，或者说是一个环节，没有可靠性。一个没有可靠性的人所说的话，不足为据。

由于科考团一出手就偏离了调查主体，进入了另一层逻辑关系中，导致了另外的结果，其结论是：

一、报告者提供的是一个虚数时间和无法定位的空间；

二、在虚数时间里，空间呈负存在状态；

三、负存在与存在相对应，相互之间保持平衡；

四、负存在与存在相互吞噬时，可能导致宇宙大收缩，到达临界点时，将引起新一轮宇宙大爆炸。

科考团在时空领域的研究成果越来越多，甚至提出了新的假说，形成了宇宙认知的新学说，却与当初我所报告的直升机和蜻蜓毫不相关，甚至连我的名字都没有提一句。

电子芯片

有一次我给朋友打电话，拨错了号码，对方是一个陌生的女子。我和她聊了几分钟后，感觉非常投机，尤其是她的声音特别好听。我保存了她的电话号码，并经常和她通话，慢慢地，我们成了知心朋友，无话不谈。后来，我几次约她见面，她都违约不见。我通过电信部门找到了她的地址，惊异地发现她不是一个真人，而是一个智能对话器。我有一种受骗的感觉，投诉了制造商和经销商，从此这种电子产品就从市场上消失了。

可是，对于我来说，消失的不仅是一种电子产品，而是一个与我通话的人，一种好听的声音，一个倾诉和倾听的对象。而这些，正是我从人们的交往中很难得到的。一段时间里，我陷入了空虚。我后悔投诉了她。

后来，聪明的制造商改变了策略，把这种带有温情和亲情的信息产品制造成微小的电子芯片，通过手术植入人的皮肤下面，人就变得和蔼可亲，充满了博爱和温情。现在，许多服务行业的从业者都植入了这种芯片，只是出于保密，他们不愿泄露实情。

新型涂料

我曾经参与过一项调查。事件的起因是,一家科研机构研制出一种新型建筑涂料,其渗透力和附着力特别强。在实验阶段,一个粉刷女工因操作不慎,皮肤粘上了涂料,结果很长时间后都无法洗掉。后来她试探性地把全身都刷成了乳白色,结果皮肤细腻而白皙,整个人都变了,几乎让人不敢相认。

但这种涂料毕竟是刷墙的东西,不是用于改善皮肤的,没有经过严格的科学检测过程,不能随便使用,否则将对人体造成危害。果然,刷了涂料的这个女工出现了问题。起初,她皮肤白皙,后来皮肤更加白皙,牙齿也变得更加洁白,说话的声音也变细了,四十多岁的人,看上去就像二十几岁。由于相貌发生的变化太大,真人与身份证上的照片严重不符,在一次外出时,被当地警方扣留。

我作为调查者,前去处理这件事,也受到了警方的质疑,他们根本不信会有这样的事。无奈之下,我们只好在双方同意的情况下,对当地的一名贪官进行了粉刷,可惜的是,我们给他刷的是黑色。一年以后,我们看到他时,发现他的心也变成了黑色。

刮 胡 刀

　　去年，我从商场里买回一个刮胡刀，到家后一试，发现质量不合格，一根胡子都刮不掉。我懒得退换，一直使用到今天。我一直使用这个刮胡刀，胡子越长越多，现在，人们只能看见我的胡子，很难找到我的脸。这倒是有一点儿好处，能够为人遮丑。我把这个发现写信告诉了生产刮胡刀的厂家，没想到厂家为此申报了专利。一时间，满大街都是大胡子，就是使用这种刮胡刀的缘故。

　　正所谓好景不长，这种刮不掉胡子的刮胡刀很快就滞销了，最后退出了市场，原因是一种新型刮胡刀已经问世。这种新型刮胡刀可以刮掉人的一层脸皮，使皮肤变得白里透红。听说，这个厂家锐意创新，正在研制一种能够刮掉皱纹的刮胡刀，已经通过了搓衣板的刮削试验，效果良好，即将上市。看来，我额头上的皱纹有望变得平展了。

再造一个天空

我研究过，女娲补天时所用的材料都是普通的石头，经过冶炼后变成熔岩，用于堵塞天上的窟窿和裂缝。当时的天空不像现在这么高，站在最高的山顶上就可以摸到，因此，补天工程并不像我们想象的那么大，四十九天就完工了。

以我们人类现在的能力，莫说是补天，就是再造一个天空也并非没有可能。我计算过，只需三根钉子，就可以把一片彩霞固定在天幕上，外加几个木匠，把星星和气泡镶嵌在穹顶，天空就成了。造完天空以后，再给它一个推力，让它旋转起来，构成永恒的运动。但这推力不是一般的力量，天体物理学中称其为第一推动，这个力量来自上帝。

最近这些年，我想到天顶上考察一下，看看女娲补过的天空是否结实，以便为再造天空时积累一些数据。为此，我曾试图把火车铁轨竖起来，当作天梯，被铁路工人发现后制止了。后来，我又设计出多种登天的方案，但由于找不到满意的施工队，至今都没有得以实施。

身体配方

一个医学博士，想弄清楚构成自己身体的基本元素来自哪里，于是从体内抽出一滴血进行化验，他发现这滴血里有上百种元素，这些元素在进入他的身体以前，分散在地球上的许多地方，通过吃、喝、呼吸、触摸，进入了他的身体，参与了他的生命循环。有的元素甚至来自地外星系，被流星带到地球上，其间曾经进入过许多生命体，然后分散，融化，进入泥土，一再被吸收和溶解，如今组合在一起，成了他体内的一滴血。

看到这些，他无比佩服造物主的创造力，认识到了生命与物质世界的关联。一个人，作为一个组合体，可能需要整个世界参与完成。一个人一旦分解和融化，便永远也不可能再完全恢复为一体。因此，每个人的身体都是个奇迹，具有唯一性。

搞清这些以后，他在研究论文中写道：通过化验，我已经知道人体内的基本元素都有哪些，但是形成人的具体配方至今还没有找到，这个配方可能攥在上帝的手里。

体外治疗

我有一个朋友，今年五十岁，他想忘记一件不愉快的事情，却总是忘不掉。医生给他开了许多糊涂药，吃了后也不管用。他还尝试过呕吐、灌肠、倒立、喊叫、睡眠等方法，企图把心中的块垒除掉，却都不见效。我听说后找到他，用注射器把他的灵魂从身体里抽出来，对其进行了紫外线照射、过滤、广谱抗生素消毒等医学处理，然后再通过导管把灵魂送回他的体内。这种治疗方法非常有效，唯一的副作用是：灵魂变得过于纯净，记忆全部消失。几个月后，我再次见到他时，他正在家教的辅导下学习看图识字，看上去就像一个五十岁的婴儿。

科学发现

　　我通过肉眼观察，然后经过半个小时的计算，得出一个结论：就像地壳是由板块构成的一样，天空也是有缝隙的。不但星星与星星之间存在间距，星系团与星系团之间也存在缝隙，这些缝隙是由相邻的星系团之间的引力作用所形成的空间撕裂现象。在这些缝隙的临界点上，引力为零，时空为虚数。如果乘坐一种飞行器，从这些缝隙中穿梭，可以瞬间到达另外一个星系，而所用时间接近于零。

　　相比于乘坐飞行器，人的思想可能更便捷。人的思想是一种特殊的能量，既可以在星系的缝隙中任意穿梭，也可以直接穿透庞大的星球，而没有一丝消耗。如果把人的思想作为能量开发出来，不用说全人类，仅仅是一个人的思想就可能在瞬间内创造一个宇宙，甚至创造宇宙无数次。

　　我的思想就曾经在天空的缝隙中游走过，非常轻松和惬意，只是有点儿飘忽的感觉。这里做一点儿提示，有恐高症者请在医生的指导下小心尝试，一旦感到不适，请立即停止思想穿越，特此忠告。以上是我个人的一点儿小体会，供大家参考，不用感谢。

未来推想

遥远未来的某一天,地球上遇到了不可抗拒的灾难,所有生命无一幸免。到那时,轰轰烈烈的生命大潮已经退去,人类生活像一场闹剧突然收场,地球进入了蛮荒期。但有一样东西依靠自身的优势保留了下来,那就是人类的灵魂。

地球荒芜以后,整个世界就成了灵魂生活的场所。由于没有了尘世的拖累,灵魂获得了真正的自由,变得非常轻松。灵魂们在地上和天空中自由走动,过着无物的生活,继续保持着信仰,甚至与上帝更加亲近。尤其是那些清洗过的灵魂,在不断净化过程中,会变得更加透彻,最后会融化在空气中,与宇宙融为一体。灵魂融化以后,渗透在每一束光、每一丝风、每一缕气息、每一点儿能量中,变成宇宙间最基本的元素。然后,上帝会使用这些元素,创造出新的生命。

气候异常的根源

2010年夏天,世界各地气候异常,洪水、酷热、地陷、泥石流、飓风、火灾等自然灾害频发,造成了大量人员伤亡和财产损失,这些都与太阳磁暴有关。以人类目前的能力,改变太阳的活动周期是不可能的,但改变地球表面的气象却并不费力。根据"亚洲的一只蝴蝶扇动翅膀,有可能在美洲引起风暴"的空气动力学原理,我提出了生态平衡法。具体做法是,让亚洲和美洲的两只蝴蝶同时扇动翅膀,利用季风效应使气流在太平洋赤道附近形成空气对流并产生气旋,使其影响地球自转所形成的偏向力,改变洋流速度,从而通过洋流变化来调节整个世界的气候。

这个办法简便易行,但也存在缺点。主要是洋流变化以后有可能带来新的气象问题,另外还要考虑两只蝴蝶扇动翅膀的方向是否准确,时间是否一致,一旦发生偏差,后果不堪设想。

我的这个设想没有实施,并不等于别人就不会这么做。后来我查阅了许多气象资料,找到了气候异常的根源,原来是中国某个城市里有一些在树下乘凉的老太太手里拿着蒲扇不停地扇动,正是她们制造的微风,改变了气候。当我费力地把她们劝回家的时候,夏天已经过去,所有灾害都已经发生。因此,我给立法部门写了一条建议,要求出台一项法律:所有人不得在室外使用蒲扇,违者处以一分钟以内有期徒刑,或强制劳动一秒钟。

秘 方

　　前一阶段，由于休息不好，我晚上经常失眠，而且是双目失眠。我去医院眼科、神经科、失眠科检查，都查不出原因。回家途中，路过地道桥，我看见桥下有一个乞丐躺在地上睡得极香。我前去请教，好不容易把乞丐弄醒，说明了原因，他很不情愿地告诉我一个秘方："除了吃，什么也别想。"我回家后照办，果然奏效。

　　近来，我只顾吃，什么也不想，睡眠真的改善了许多，即使偶尔失眠，也是睁一只眼闭一只眼。我觉得我应该把这个治疗失眠的良方告诉更多的人，以便解除人们的痛苦。现在，我趁着自己还没有吃饱，赶紧写下了这些文字。一旦我吃饱了，往往是倒头便睡，到那时就什么都来不及了。在此，我还要告诉大家一个秘密：猪也是这么想的。

我的一点儿建议

以大胜小，恃强凌弱，是自然界的规律。星际间的运行规律也是如此。地球围着太阳转，月亮围着地球转，都是遵循着这个规律。在遥远的太古时代，月亮也曾拥有围着自己旋转的许多小行星。有些小行星由于体积太小，被临近的稍大一点儿的行星吞噬掉，而那些稍大些的行星在多年的运行中渐渐接近月球，被月球的引力捕获，最终被月球所吞噬。大约在六千五百万年前，围绕月球旋转的最后一颗小行星在运行到月球和地球中间时，最终被地球的引力夺走，成了地球的一部分。地球从空中得到了一块大石头，却付出了很大的代价，小行星撞击地球所形成的震荡和烟尘，使恐龙时代的许多生物灭绝了。

也许在遥远未来的某一天，月亮也会被地球所捕获。为了不至于出现更大的灾难，我建议地球人密切关注月球的运行，必要时可以利用地球磁场的排斥性能来抵消一部分引力，使其保持平衡。也可以激活宇宙间的暗能量，产生空间膨胀效应，以此来加大星球之间的缝隙。但是这样做所带来的副作用不可估量，最好不要擅自行动。我有一个最简单的办法，那就是人类登月，在月球上架起一定数量的帆板，利用太阳风的作用使月球转速加快、离心力增强，以此来增加对于地球的逃逸力，以便使地球和月球的运行保持相对平衡。

没想到，我的这些建议，几亿年后却遭到了人们的嘲笑，他们认为我的担心完全是多余的。在嘲笑我的人中，有一个人露出了他的龅牙。

眼　病

最近，我的视力明显下降，有时看东西出现重影，严重的时候，能把一个人看成两个人，一个是实的，一个是虚影，那些虚影就像是人的灵魂露在外面。我去求教医生，医生也没有什么好办法，只给我开了一些眼药膏。涂过眼药膏后，我的视力不但没有好转，问题反而更加严重了，视物出现了多重虚影，看上去犹如一个人的后面跟随着人群，就像这个人在不经意中泄露出自己的家谱和身世，有风吹过的时候，这些虚影还在身后来回地飘忽。

为了捕捉这些虚幻的影像，给医生提供医学资料，我特意拍摄了一些照片。由于我的拍摄技术有限，有时没有拍到真人，只拍到了真人后面的那些连续的虚影。我用电脑成像技术对这些虚影进行分析，竟然从中发现了不同的性别和体貌，甚至看到了人的祖先。

现在，我已经不打算治疗自己的眼睛了。也许这是上帝的特许，允许我看透一个人的历史，并从这个人的身上透视整个人类的历程。我发现每个人身体里都携带着人类生命的全部信息，这些信息隐现出文明的序列和痕迹。只是在漫长的进化史中人们的眼睛退去了这种透视的功能，看不到人体后面的影像。我的眼睛由于有病而得福，真是我的幸运。感谢上帝给了我这样一双眼睛。

意外发现

每到秋天落叶的时节，我的头发都会脱落很多。如此演化下去，未来的子孙们非秃顶不可。我想，人类可能也有植物的属性，随着季节变化而春发秋落。头发长在人的顶端，像是一个树冠披散着细密的枝条，遇到风吹，就来回地飘忽。人和树木最根本的区别就是人可以行走而树木不能，树木的腿深深地陷在土地里，不能自拔。

近些年，我潜心研究头发和落叶的关系，却意外地发现树木可以自己走动。我给一棵树浇水时总是浇一面，结果树的根须向着有水的方向伸展，使得树干也因亲水性而发生了位移，三年时间这棵树向浇水的方向移动了十厘米。不要小看这十厘米，这是树木进化史上自己迈出的关键性一步。我的这个发现不胫而走，立即受到许多机构的关注，有人想利用这种树木的移动性来治理沙漠，逐渐实现荒漠地区的生物占领和绿化，前景非常看好。

通过这项实验，我在做生物细胞分析时，又意外地有一些惊人的发现。我看到人类的基因中，有一种决定未来的因子，分析这些因子得出了结论：几百万年后，人的手指由于不断劳动而变长，将达到三十多厘米，看上去像是长在胳膊顶端的触须；而人的头发将变得茂密而蓬勃，遇到强光会自动膨胀，像是戴在头顶的树冠，到了夜晚却披散下来，有如从头顶泻下的瀑布，柔软而美丽。

这些意外的发现使我释然，我再也不用为自己的脱发担心了，子孙们必定有自己的生命选择和自然演化，无须我多操心。

飞到天穹的极顶

根据流体力学、空气动力学和仿生学原理，一个机械工程师制造出一双翅膀，安装在人身上。试飞那天，人们看到一个身上带着翅膀的试飞员在风力的助推下，拍打着翅膀腾空而起，飞上了天空。观看的人们欢呼起来，庆祝试飞成功。

接下来发生的事情却出人意料，试飞员升空以后，一直往高处飞，飞到极高处，超出了地球的引力，地控人员怎么遥控他都不回来。经过天文望远镜的巡天搜索，发现他已经飞到天穹的极顶，身边还出现了几个天使。

事后，工程师从技术上寻找故障原因，并未发现设计和制造缺陷，他正在为此苦恼时，接到了试飞员从天顶发来的信息："谢谢工程师给了我一双翅膀，我更感谢上帝给了我自由的灵魂。"

河流记事

多年以来，我试图把闪电固定在天空，但多次尝试都没有成功，原因是闪电出现的时间太短，还没等我搭好梯子，它就消失了。这个愿望没有实现，我有些不甘心。后来我在燕山东部找到了一条类似闪电的河流，我用三根钉子，钉在了河流的上中下三处，结果这条河就被固定住了，整个冬天都无法流动。到了春天，我拔出钉子后，这条河才恢复流动。

这是一条弯曲的河流，我曾在这条河里捞过鱼，也从水里捞出过太阳和月亮，养在水盆里。我能把月牙养胖，但我养的星星可实在是不怎么样，永远是那么小。

后来，我发明了一种捉住闪电的办法，就是在它闪烁的一瞬间，用照相机把它拍摄下来，即使我捉不住闪电，也能捉住它的灵魂；即使我捉不住它的灵魂，也能捉住它的影子；即使我捉不住它的影子，也能捉住它的一道光，我把这道光储存起来，体验它那令人震颤的一瞬。

而这条类似闪电的河流，永远是那么从容，既不闪烁，也不消失，我很容易就能捉住它。有一次我抚摸它的水面，它竟然痒得扭动起来，柔软而飘忽，仿佛是一缕流向远方的炊烟。

元 子

  一个人想进入明天，但总是不能到达。他刚熬过子夜零点，以为自己终于到达明天了，可他发现自己进入的是一个新的今天，明天仍在远处。为此，他练习跑步，加快行走速度，试图赶在时间的前面到达明天。

  鉴于他对未来的憧憬和探索精神，我给他出了一个主意：让他把时间的尺度进行细分，以秒为单位，把秒无限分割下去，使时间的最小单位接近于零，然后在接近零的这一点上，试图突破和跨越。

  他采纳了我的建议，最近正在研究时间的尺度问题，据说，他已经找到了电子围绕原子核运行一周所需的时间。不仅如此，他还通过研究质子、中子、夸克等，找到了构成物质的最基本单位"元子"。在"元子"内部，没有物质，没有形态，只有能量，也不存在时间和空间。他通过对"元子"的观察，发现构成宇宙的最基本的物质竟然是"无"。知晓这些以后，他感到了真正的空虚，同时也看到了上帝所隐藏的全部秘密。

  如今，他只是把明天当作一个人为设定的时间界限，不再追索它的奥秘。

震动了动物界

根据光的波粒二重性，我设计了一种采光板，利用阳光获取能量。采光板的设计原理是通过一种感应装置，把波的震荡效应转换为物理能量，从中得到清洁的能源。同时，还可以附带利用阳光的热效应进行取暖。这种装置适用于汽车、航空、海运以及加工制造等多种行业，为人类获取新能源开辟了一条新路。若是把宇宙背景辐射也考虑在内，其能源总量可以说是无限大。这种设备将彻底取代传统的煤电、水电以及铀、氘、氚等多种核能，改变原有的产业结构，甚至改变人类的生活方式，应用前景极其广阔。

我的这个设计理念刚一提出，就得到了科学界的高度评价和普遍赞誉，甚至震动了动物界。一只北极熊流着鼻涕，感激地对我说："有了这种设备，我们就可以利用星光取暖，再也不用担心冻死了。"我说："是的。如果实在太冷的话，可以考虑直接用星光烤手。"

月光溪流

燕山东部有一条山谷，由于土壤中含有稀有元素，致使月光落在地上后，与土壤中的元素发生反应，在地表形成一层浮光。这些浮光顺着山坡向下流动，汇集在山谷的低凹处，形成一条月光的溪流。

每到月圆的夜晚，月光溪流就会变得最大，附近的人们就到山谷里享受月光浴。尤其是夏夜，人们在月光溪流里沐浴，除了清爽，还有安神、益智、健脑等作用，对治疗皮肤病、老寒腿等也有明显效果。有些少女在月光溪流里沐浴的次数较多，皮肤变得细腻白润，富有弹性和光泽。

前些年，由于山谷的上部植被遭到破坏，致使水土流失，稀有元素流失严重，地表浮光现象已经弱化，只有戴上特殊的眼镜才能看到。去年我去探访，听说当地政府已经把恢复月光溪流列入经济发展规划，吸引了大量资金，正在开发这种罕见的自然资源。依我看，真正恢复到原始的月光溪流状态，至少需要三千年。我这辈子是赶不上了，但愿未来的子孙们获得厚福。

三个假月亮

把月亮分成四瓣，均匀分布在地球周围，就可以解决地球的夜晚照明，消除朔望月。但这样做有悖自然规律，施工难度也太大，另外，把完整的月亮分开也太可惜。我的建议是制造三个与月球大小相等的特殊气球，等距离放置在太空里，让它们围绕地球赤道做匀速运转，把太阳的光反射到地球上。这样一来，原有的一个月亮，外加三个假月亮，地球人就有了四个月亮，夜晚将不再漆黑。

你们不要以为我是在瞎说，我已经制订好了完整的计划，准备在未来的某一年实施。当你看到不夜之光出现在美丽的夜空，请不要惊讶，那就是我的愿望实现了。在这里，我私下透露一点儿秘密：我请的施工队员，都是伏羲的后代，它们曾经凿月而歌，像是敲击一块铜板。

科学实验

从理论上说，把熊熊燃烧的火焰藏在木头里，是难以理解的。但木头里确实藏着火焰，在不燃状态下，木头和火焰是一体。这些构成火焰的元素来自阳光、空气、土壤和水分，它们通过植物的生长和代谢作用进入木头内部，成为木头本身。也可以说，木头是由火焰和灰烬构成的。一百公斤木头可以置换成九十九公斤火焰和一公斤灰烬。可见火焰在木头中所占的比重，几乎等同于木头本身。

有一次我做实验，想从火焰中提取阴影，结果没有提出。火焰没有阴影。这个实验没有白做，我得到了另外的收获——我从九十九公斤火焰中，提取出了四十公斤光，三十公斤热，四公斤色彩，三公斤声音，一点五公斤激情，零点四公斤火魂，还有零点一公斤不可知物质。另外，有二十公斤烟雾，被一家烟草公司偷走了，没有计算在内。所有这些，以前都藏在一百公斤木头里，这让我感到了木头的神奇。

我的另一项实验，最近也有了新的突破，我把一个人的下半身埋在土里，让他的腿接触土壤和水分，现在这个人的脚指头已经变长，有望变成根须。我做这项实验的目的，不是为了从人体内提取什么，而是尝试肉体与植物基因互换的可能性，以便使人体内充满更多的光、热、色彩、声音、激情，如果灵魂也得到了净化和升华，岂不更好。

非常危险

　　夏天蚊子多，我设计了一种粘板，专门用来粘蚊子。原理很简单，就是在一块板子上涂抹一种黏稠的诱饵，专门吸引蚊子，蚊子落在板上后，脚就被粘住，再也飞不起来。这种粘板投入使用后，效果显著。唯一的副作用是，星光落在粘板上以后，也会被粘住，致使星星被光束拖累，造成移动困难。一个天体物理学家发现个别星星在运行中偏离了正常轨道，出现了运行滞后现象，就顺着星光的线索查找原因，最终找到了我家的窗台，发现是一块粘蚊子的板子在作怪。当我把粘板翻过去后，星空立刻恢复了正常。没想到我的一块板子，差点儿引起宇宙的灾难，可见宇宙也是很脆弱的，需要人们的呵护。

　　后来，为了星空的和谐运行，我对粘板进行了改造，只粘蚊子，不粘星光。但星光从这里经过时，还是非常小心，甚至绕行。据说曾有一束星光被粘住以后，星星按照自然惯性继续运行，致使星光被拉细，细到极点时，差一点儿把星光拉断，你说多危险。

水污染治理

近些年，随着经济的发展，自然环境遭到破坏的案例屡见不鲜，有些地方甚至发生了灾难性的污染。比如一些水域，污染严重，到了危害动植物健康的程度。我公司下属的一个研究机构，最近获得了一项研究成果，可以治理水污染。具体原理是：向污染水域洒入一种无害的清洁剂，使浊水漂浮在水面，然后把最上层的污水像卷起一层塑料布一样揭下来，进行回收处理，变废为宝。

这项技术虽好，但实施中有一定难度。一是必须借助微风，先把水面吹皱，然后再派出一百只蜻蜓把波浪卷起，推向岸边。二是劝说水里的鱼虾保持安静，一旦小鱼吐出气泡，将使水面出现空洞，清除不彻底。三是不能有云彩在水中留下倒影，因为云彩酷似抹布，会把水面擦脏，出现毛玻璃现象，达不到治理标准。四是这些水必须是经过沉淀的水，不能掺杂洪水，因为洪水太容易激动，脾气暴躁，搞不好会掀起泥沙，给治理添乱。五是在治理施工中不能有腐败行为，否则将对水体造成再度污染，增加治理成本。六是不许污染制造者出现在现场，因为一旦出现水域抗议事件，必将掀起大浪，后果难以收拾。此外还有一些阳光、空气等条件，不再详细赘述。

懒　虫

　　有一条欢快的河流，多年前被懒虫咬过一次，之后就患了懒病，懒洋洋地在地上爬行。人们反复劝说、激励、挠痒痒，甚至把它扶起来，它都不情愿。凡是这条河里的东西，也都传染了懒病，据说有几片云彩沉在水底，几年来都没有移动过，比石头还懒。从这条河里取水吃的人们，走路慢腾腾，说话慢条斯理，时间经过他们的村庄，仿佛也放慢了脚步。

　　就是这样一条河流，最近火了起来。一家公司用这条河里的水，治疗性格急躁症、更年期综合征、心慌、心悸等，效果极其显著。现在已经到了一瓶水难求的程度。商家在广告中说："喝了这种水，你的生活节奏会慢下来，你将体验到真正的悠闲。"

　　实际上，还有比这水更有效的秘方，我不能说出来。一旦我说出这个秘密，懒虫将被大量捕捉，用于制药业，这种生物将面临灭绝的危险。所以我劝人们，要想治病，还是喝水吧。即使水不治病，也是最好的饮料。

实验报告

土壤分析报告显示，人的肤色与环境有关，这是动物进化过程中的自然选择，是与环境相适应的结果。在冰川后退的漫长过程中，长期生活在冰原地带的人种，肤色渐渐变白；生活在黄土地上的人种肤色渐渐变黄；而黑色，作为人类原始的肤色，也将随着大环境的变化而慢慢改变，成为不同的颜色。

动物如此，植物也是如此。树木想接近天空，它们的叶子就努力变绿，变蓝；树根想扎入土地深处，就努力变黄，或者变成褐色或黑色；而花朵之所以鲜艳而招展，乃是出于吸引昆虫传授花粉的需要，因而过分张扬了自己的生殖器官。自然总是给予顺从者恩惠，所以动植物都学得乖巧、不悖天意。

以上这些结论都是我近些年科学研究的成果。由于我是用我家的厨房作为实验室，用啤酒瓶底作为观测镜，用炒勺作为量器，用高压锅作为保温装置，所用器皿都不太规范，所以我计算和分析的结果难免有误，敬请人们谅解。

城市空洞

一家化工厂的毒气泄漏事件，使全城百姓都忙了起来。人们把受过污染的空气装在塑料袋里，然后用汽车、自行车等运输工具，运往城外的一条沟里，进行无害处理。运走这些污气后，由于新的空气没能及时填充，致使城市上空出现了巨大的空洞。也就是说，在这个空洞里，没有空气。一旦飞鸟误入空洞，非常危险。为了避免造成灾难性后果，人们从城外往城里运送新鲜的空气，填充这个空洞，又忙了许多天。

前些日子，我从这个城市经过，看见这个空洞填充得不够严实，边缘上还有许多空隙，我出于良知和道义，及时指出了纰漏，市政府当时就采纳了我的建议，进行了修补。现在，这座城市上空的空气已经基本恢复原状，即使有些微小的空隙，也不会造成危险。只是闪电进入空隙后，容易把天空撕裂，但这种可能性极小，完全可以忽略不计。

陨　石

有一个考古队在沙漠中发现了许多陨石，根据这些陨石的性质，大致可以推断它们陨落的年代，但确定它们来自哪个星系却很困难。原因是这些陨石在接近地球时与大气层摩擦发热甚至燃烧，改变了原始结构。如果能在陨石尚未进入大气层之前就截获它们，将会获得相对准确的科学数据。为此我提出，在天文望远镜的跟踪下，一旦发现有陨石接近地球，立即锁定太空区域，向上发射飞毯，让陨石在进入大气层之前落在飞毯上，然后慢慢飘落回收。

这个想法不是我的独创，聪明的阿拉伯人早已利用飞毯技术，在太空中截获了许多宝贝，其中就有失踪多年的星星。不过他们获取星星的目的不是用于科学研究，而是把星星镶嵌在高大建筑的穹顶上，用于照明。

现在，飞毯制造技术日臻成熟。只要地球周围的空气一直存在，空气的浮力就会将飞毯托上太空。利用飞毯，人们将得到未经烧毁的陨石，也可以乘坐飞毯在太空遨游，如果运气好，说不定还能在空中顺手抓住一颗流星。

玻 璃 房 子

我热爱星空，也经常仰望星空。我认为星空是世上最宏伟的建筑，那隆起的穹顶上镶满了闪闪发光的宝石，辉煌而神秘。为此，我设计了一所玻璃屋顶的房子，以便我躺在床上也能够欣赏浩渺的星空。后来，我把房屋四周的墙壁也拆掉了，换成了玻璃，我的视野更加开阔了，我在屋子里就可以看见大地以上全部的星空。可是，大地背面的星空是什么样？这时我才意识到，我所看到的顶多是半个星空。大地遮蔽了另外的部分。于是我在新的设计方案中，把大地也去掉了。我住进了一个气泡形的透明体里，悬浮在太空，向外观看，真正领略了浑圆的宇宙景观。

住进这样一个球形的玻璃房子以后，我发现，我的眼睛只能看见一个方向，至多可以看见眼前一百八十度以内的事物，无法看见背后的事物。我进一步认识到，真正对我构成遮蔽的是自身。即使我转动身体，也只能看见当下的事物，看不见历史和未来，遮蔽我的不仅是自我，还有深广的时间和空间。于是，我删除了所有设计方案，从此安心地住在自己的身体里，同时又紧密地保持着与整个宇宙的关联。

云　网

　　世界上许多国家已经拆掉了水坝，恢复河流的自然状态。同时也有一些国家在建设水坝，用以蓄水以供应不断膨胀的城市需求。我想肯定还有更好的办法，解决人类用水与自然和谐的关系。我曾经设想，在空中设置一张网，既不影响云彩通过，又能截获一部分水汽，然后将这些来自云彩的水珠直接引流到水厂里，净化后供人们饮用。这就相当于在空中建设了一座不蓄水的水库，通过调节网的温度来控制云中水汽的凝结度，从而决定取水量，供应城市用水。至于小的乡镇，最好使用当地的河流水源，还原人们临水而居的古老风习。

　　建设空中云网，简单实用，造价低，对于自然生态影响极小。架设云网以后，唯一需要提示的是：鸟和飞机请绕行。

　　以上是我的一点儿设想，或者说建议，有条件的地方可试行，待人们普遍认可后再逐渐推广。

拒签协议

在地壳板块的挤压和抬升作用下，地球上有许多山脉处在生长阶段。在自然状态下，这些山脉每年只增长几毫米到几厘米。这样的增长速度，让我这个性急的人有些耐不住。为此，我曾经劝说一座处于青春期的山，请它在一年之内增高十米，结果它只长了九米。后来，我借助给树木理发和洗头的机会，偷偷在水中添加了一些激素，这些激素通过树根被山体吸收后，致使这座山在半年内猛增了三十多米。

这件事被国家地质公园的管理人员发现后，他们通过监控录像查出来是我干的，不过他们不但没有处罚我，还给了我一些奖励。原因是他们正好需要这座山增高，用以阻挡暖湿气流，使其向两边分流，以此来调节局部地区的气候。

但接下来的事情却是非我所愿，他们让我以云彩为原料，在天空制造出绵延数万里的白色峰峦。此项工程太大，我没有立刻答应。因为云彩毕竟不同于岩石，一旦出现崩塌或滑坡事故，后果不堪设想。经过再三考虑，我拒签了这项协议。

偶然发现

　　燕山东部有一个流域，富含铁矿，铁元素在氧化作用下，沁入土壤里，变成了红色。平时，人们对这些红色土壤并未注意，但是近期出现的几件事情让人警觉起来。一是有人在夜里偷偷开采这种红色土壤，然后从中提取颜料，用于给朝霞染色，已经给当地旅游业带来了可观的经济效益。二是有人用这种含铁的土壤提取物治疗人体缺铁症，并获得了天堂医疗机构的认可，不久即将推向全世界。三是地表土壤被挖走后，暴露出富含铁矿的岩体，致使局部引力增大，差一点儿把一颗星星引入大气层，幸亏被天文学家及时发现，给劝了回去，否则将酿成一场人祸。

　　上述这些事情是一个放羊的孩子发现的。当时他想把羊群赶到云彩上去放牧，正巧赶上染色工人从朝霞里回来。他尾随其后，顺藤摸瓜发现了幕后的老板。老板给了他三块糖，收买他封他的口，但他憋不住，还是偷偷地告诉了我。我就按他所说，写下了以上这些文字。

不过分的要求

让一棵玉米长到大树那么高,有些不现实,但让大树的枝头上结出玉米,却并非妄想。我的思路是:通过基因技术,让一棵玉米退化为不结籽儿的草本植物,用同样的办法让一棵树也退化到原始状态,然后在木本植物和草本植物的临界点上,找到一个具有共性的基因。然后对这个基因进行培育,使其演化为同时具有玉米和树木性质的双性植物。这样,树木就有可能结出玉米。

这个思路还没有进入实验阶段,因为我正在忙于另一项实验。为了治理沙漠,我研究出一种向下生长的植物,也就是说,这种植物的根系十分发达,密布的根须可以在地下延伸几十米,而露在地表上的茎和叶子却很小,几乎没有多少蒸发量。这种植物特别适合生长在沙漠地区,具有很强的固沙作用。

在此之前,如果哪个科研机构率先攻克了玉米生长在树上的难题,我将祝贺他们。但我必须声明,这个思路是我最先提出来的,我将把我提出的这个概念申请专利。我要求的回报是:每棵树上生长的每个玉米棒子上的一粒玉米属于我。这样的要求总不算过分吧。

天空漏洞

在地上钻一个深洞很困难，若想把天空钻一个洞，却很容易。只要把钻头对准天空使劲钻，就会把空气钻出一个洞。钻完以后，最好是拧上螺丝，或者把洞利用起来，否则下雨天会从这个洞里往下漏水，哗哗地流个不停。

但是天空中有一些这样的洞也并非完全是坏事，气象部门就曾经利用这些洞，疏导云彩中多余的水分，进行人工增雨。只是降雨时流出洞口的水流像是一个水管中流出的，流量很大，需要分流设备，不然会把土地冲出大坑。我曾经在这样的洞口下面享受过淋浴，水量确实不小，有一种凌空而下的冲击感。

最近，一个旅游景区开发空间资源，把天空中那些废弃的小洞加以利用，搞起了天空淋浴，生意极其火爆，前去洗浴者甚多。不过，立法部门已经对此注意，正准备立法，对以空间资源营利的做法加以限制，不经统筹规划，不得随意开采。

为了试验一下在空气中钻一个洞到底需要多大的力气，我尝试着用手指捅了一下天空，没想到真把天空捅出一个洞。当时正是中午，从这个洞里流出的全部是阳光，把我浑身照得通透。借着这些光，我看穿了自己的身体和灵魂，里面还真是没有什么杂质。

筛子的用途

有一段时间，我居住的小区里空气质量极差，需要用筛子将空气过滤之后才能呼吸。但筛过的空气毕竟有限，堆放在小区的院子里，只能就地呼吸，不方便携带。为此，我发明了一种小筛子，可以戴在脸上，比传统的口罩通透，既轻便又能过滤空气，走到哪里都能用，适合于所有人。在那些年里，满大街都是脸上戴着筛子的人。

戴上这种筛子以后，女人吃零食十分不便，因此有了意外的减肥效果。一时间，大街上苗条的女人突然增多，大有美女成群的势头，着实让女人们出尽了风头。

后来，政府受不了这种挂在脸上的讽刺面具，加大力度治理空气污染，取得了明显成果。空气好转以后，人们渐渐去掉了筛子，但留在脸上的筛子阴影却很难消失，看上去像是戴着一张隐形的面纱。

如今，筛子的用途已经非常广泛。有人用筛子过滤阳光，方形的阳光因此涨价数倍。更有甚者，用改装的筛子去捞星星，以流星最为宝贵，需要三吨月光才能换取一颗。渐渐地，人们忘记了筛子的最初用途，把它当成了捞取财宝的工具，这是我始料不及的。

调节城市温度

近些年，建筑材料的创新和发明，使得楼房的隔热效果很好。这些隔热材料，不是在墙体表面抵消了阳光和热量，而是阻止热量向楼体内部传导和扩散。由于能量是守恒的，光热被阻挡以后，并没有随之消失，而是顺着墙壁上升，在楼顶上空形成一定厚度的热笼罩。楼层越高，热笼罩的能量越大。在楼群内部区间风的作用下，这些热量会流动起来，一部分参与内部循环；一部分会溢出小区，向外围疏散。

为了减小城市的热压力，我建议有条件的地方建造空气库，把冬天的冷空气储藏在库房里，在夏天释放出来，用来调节气温。库房里的冷空气释放干净以后，再把城里多余的热空气用管道抽取的方式储藏起来，用于冬天取暖。还可以采取压缩措施，增加存储量。就这样利用节能无害的自然资源调节气温，达到环保效果。

还有一种办法更便捷：城里的每个人都加快呼吸，使空气流速加快，改变区域温度。为了加快呼吸，可以跑步。为了跑步顺畅，可以拓宽街道。如果哪座楼房占据街道中央，拒不让路，就把它捆绑起来交给法院。这一切都做了，倘若热浪还不移动，可以采取适度的推搡、拍打、劝慰，直至它们出城。

刺　伤

地球臭氧层遭到破坏以后，局部地区的阳光格外强烈，甚至达到了刺人的程度。一年夏天，我到高原地区去旅游，由于那里空气稀薄，阳光射在身上有一种刺痛感。我仔细观察后发现，这些阳光像是一束束细长的针，刺在皮肤上，其中一根阳光已经扎进了我的胳膊里，我用力把它拔出来后，皮肤上留下了一个很深的针眼，往外渗血。

我向当地环保部门反映了这些情况，得到的答复让我大失所望。他们告诉我："不要大惊小怪，我们身上到处都是阳光刺的小洞，刺你一个洞算不了什么，时间长了，你就适应了。"他们还告诉我，以后出门时可以带一把铸铁伞，用于遮阳，有条件的话也可以租赁一片乌云，顶在头上。

后来我到网上查资料，得知乌云挡不住紫外线，阴天也应防晒。

现在，我经常将阳光刺伤的那个小洞用于插花，不知情的人们还以为我的胳膊上长出了小花。有时我把一束阳光插在上面，告诉人们：看！我就是这样被刺伤的！

小 水 滴

通过对河流水体的研究,我发现,每一滴水中都有一颗透明的心脏,而且整个水滴就由这颗透明的心脏构成。这项研究表明,河流中的水全部是由水的心脏构成的,它们在流动的过程中,是心连心、心贴心、心交心、心心相印、心心互动的一个集体行动。如此心挨心地拥抱在一起,难怪人们找不到流水的缝隙。

水滴是一种特殊的生命体,除了心脏,没有别的器官。水滴只在流动的集体活动中才跳动,一旦把它单独取出,它就会静止、解体,甚至汽化。

由此可知,一条河流中有多少颗水滴,就有多少颗心在跳动。让我们想象一下,一条奔腾而下的江河,竟然是无数颗透明的心在滚动和跳跃,它们一路上发出的生命交响曲,就是心与心的撞击和摩擦声。当我再次看到它们浩浩荡荡的奔流气势,我为它们集体迁徙的壮举和充满激情的心灵之约而深受震撼。它们义无反顾地相拥而行,仿佛先天就被赋予了统一的意志,如此心照不宣地、紧密地团结在一起,形成生命的大潮,是遵守了怎样的约定?

我曾多次试图深入一滴水的内部,看看它心灵的构造,但都没有成功。可能是我的心太世故、太污浊了,无法与它的心交融。也许等到几万年后,我和尘世不再有丝毫的缝隙和隔膜,我会进入水滴中,体验那彻骨的透彻。那时,如果河流允许我在其中自由地流动,我愿意让自己的心猛烈地跳动,为参与那伟大的行动而自豪和喜悦。

毛　虫

　　一只毛虫要到天边去，于是就起程了。没等它走多远，它的生命就结束了，它的后代接着走，一代一代接力，一直走下去，终于有一天，有一只毛虫被大海拦住了。这只到达海边的毛虫，从父辈那里接受了继续走下去的遗命，无法停下来。于是它转身往回走，从另一个方向去寻找天边，并把这种不停走下去的生命信息通过基因遗传给下一代。

　　这种毛虫名叫尺蠖，资料上的解释是：尺蠖属于节肢动物，昆虫纲，鳞翅目，是尺蛾科昆虫幼虫的统称。尺蠖身体细长，行动时一屈一伸，像个拱桥。

　　当我看到一只尺蠖走到我身边时，我抓住它，把它放在一张世界地图上，当它像拱桥一样一伸一缩地走到地图上的蓝色边缘时，立即停住，它似乎知道地图上的蓝色区域就是大海，就不再往前走了，随即转身返回，并如此往复不息。通过它在地图上的旅行，它既无数次到达了天边，又缩短了实际里程。可是尺蠖并不因此而满意，它要的是真正意义上的跋山涉水，而不是"纸上谈兵"。

　　既然如此，尺蠖走出地图不就成了吗？可是事情不是我们想象的这么简单。这只尺蠖已经通过地图上的旅行，形成了生命记忆，具有了惯性，它已经走不出这张地图了。准确地说，是地图上的海岸线限定了它的行动边际，它无法超越这个虚设的障碍，只好一直走下去，几天以后，它累死在了这张地图上。

　　关于这只可怜的尺蠖究竟死于什么，人们得出了不同的答案。

为什么？

　　我用体检、文化考量、语言测试这三个量化指标，就证明了我是一个身体独立的人。后来，我通过一个数学公式，以本能、感性、理性、非理性为基本参数，以人种、地域、时代、家庭、学历、体能为辅助参数，计算出我的人格约等于一百七十厘米，比我的身高矮了六厘米。这说明我是一个低于自我的人，一个人格矮化的人，并且我的人格与地平线之间的夹角为八十度，也就是说，我的人格不是笔直而立，而是有些倾斜的。以这种人格单独站在地上，有歪倒的可能，这说明我的人格不能独立。

　　如果说这个计算结果对我是个沉重打击的话，那么后来的结果更可怕。我把生物属性、遗传基因、历史文化、宗教信仰、道德伦理、心灵档案、当下处境等考虑在内，除以我的人格，得到了一个小于一的数值。这个结果表明，我的总体背景的加权平均值小于我的人格。这使我感到自卑的同时，感到了强烈的可悲。问题究竟出在哪里？

　　问题究竟出在哪里？我追问我使用过的每个参数和全部背景，这些参数和背景又反过来追问我个人，我个人又追问我的心灵，我的心灵直接追到了上帝那里，上帝躲起来不见我。我问："为什么呢？"

骑 火 车

　　一列火车非常胆小，每次走夜路时都要大叫几声，给自己壮胆。尤其是走山路时，更加胆怯。有一次，它被闪电追击了几百公里，幸亏它跑得快，没有被击中，当它气喘吁吁地停靠在一个车站时，吓得几乎昏过去。

　　考虑到火车普遍胆小的问题，铁路局在建设规划中，放弃了许多山路，尽量改为钻山洞。火车进入隧道以后，就有了安全感，仿佛它们天生就适合在隐秘的洞穴里爬行。

　　有一次，我骑在火车的背上，走了两个小时以后，被铁路巡警发现，强行把我劝了下来。后来，我尝试骑在飞机的背上，在天上飞了两千多公里，可是骑上以后我就后悔了，没想到飞机上升到万米高空后，气温降低到零下五十多摄氏度，差一点儿把我冻死。

　　后来，我用切身经历作为教训，告诉我的孩子们，千万不要骑飞机和骑火车。要想出行，就老老实实地坐在火车里，或是坐在飞机里。如果你有本事乘坐一张机票，也能到达远方，这个我倒是一点儿也不反对。

人 之 惑

地球的外层空间是开放的，而地球本身却是一个封闭的区域，保留着原始的孤独。人也是如此。从本体上说，每个人都是孤独的（孕妇和连体人除外）。一个人能够面对整个社会，而作为个人的身体却是封闭的，皮肤就是身体的边疆。如同疼痛永远不会超出人体，灵魂也将依赖个体这个孤单而低矮的临时住所，蜗居一世。

没有人不存在真正的孤独。个体一旦形成，就带上了遗传的宿命。为了排遣这种致命的孤独，宗教在人类的集体幻觉和个人身体之间建立起隐秘的通道，给灵魂一个去处。

因此，走出去，就成了人的终极理想。在胎儿时期，我们希望离开母体，成为一个独立的个人；长大以后，我们又把身体看成是精神的牢笼，祈望得到上帝的救助，把灵魂领到天堂。由此可见，身体不是我们永恒的居所，而是我们出发的地方，但究竟有多少人到达过远方，我们却无从知晓。

假如有这样一个人，他看透了人类的境遇，隐藏在遥远的未来，迟迟不肯出生，不想领受这个孤独的身体，既不出发，也不想到达远方，我们是该催促他上路呢，还是劝他永不登陆这个世界，做一个真正的隐士？

我想这个人是存在的。他或许已经通晓人类全部的秘密，有意躲开了尘世的纷争，冷静地看着生命的大潮浩荡而下，却不参与其中，也不告诉我们命运的谜底。

时空比较

为了能够理性地看清自己所处的位置，我选择了时间和空间作为参照系。

从时间上看，我生于公元 1957 年。据说，公元纪年始于第四纪冰川期以后，第四纪冰川期距今大约两百万至三百万年，这次冰川期出现于地球形成后四十五亿年以后，地球在宇宙中是比较年轻的一个星球，已知的宇宙年龄不小于一百四十五亿年。

从空间上看，我的住房处于一个小区里，小区在城市的西北部，这座城市在中国的北方，中国在地球上靠近太平洋的一块陆地上，地球处于太阳系里，太阳系处于银河系的边缘，银河系是由两千多亿颗恒星组成的恒星系统，很多个类似银河系的星系构成一个星系团，几千亿个星系团构成宇宙的一部分。

经过比较，我发现我在时空坐标中非常渺小而短暂，简直不值一提。后来，我改变了比较方式，出现了另外的结果。我把时间分割成无限小的段落，在每个微小的时间段里，时间约等于静止，飞箭都几乎不动。我的生活由这些极其短暂的时间段构成，是多么漫长。从空间上看，宇宙间的所有星球都是由物质构成的，物质是由分子构成的，分子是由原子构成的，原子是由原子核和电子构成的，原子核是由质子和中子构成的，质子和中子是由三个夸克构成的……与这些微小的元素相比，我简直是一个庞然大物。

做了大和小的比较之后，我又自己跟自己做了一番比较。我从无到有，获得这样一个身体；我从小到老，获得这么多时间；我依靠这个身体，活在世上，不但望见了深远的星空，还占有了星空中一个运转不息的星球，这是多么值得骄傲的事情。

我又和他人做了一番比较，我发现每个人都有自己的尊严，每个动植物的生命都值得尊重。只要你活在世上，你就是生命的奇迹。只要你拥有生命，就应该创造奇迹。

　　做完这些比较以后，我看清了自己的位置，也知道了生命的价值和意义。

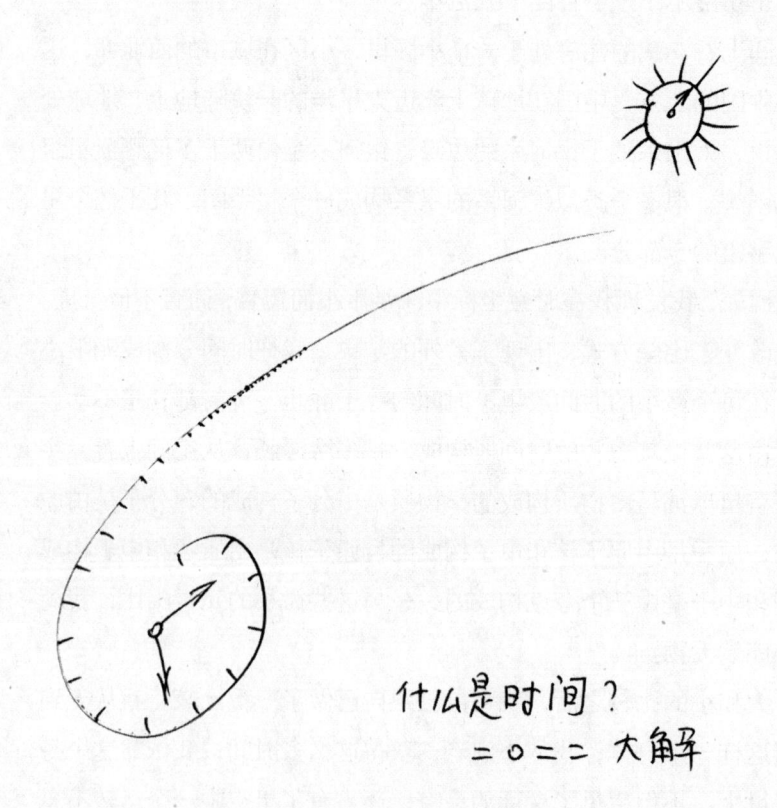

什么是时间？
二〇二二 大解

奖　状

　　高速铁路穿过太行山，在隧道施工中遇到了难题。人们发现有一座山特别松软，不是岩石构造，像是由棉花构成的。经过科学检验后得到确认，这座山是云彩堆积物。科学家分析，可能是远古时期的一片云彩在飞行途中不断膨胀，形成了一条山脉的样子，在自身重力作用下，降落在太行山脉的某个沟壑里，渐渐凝结，成了一座云山。

　　凡是遇到这种问题，我都会不请自来，凑个热闹。我看到这座山虽然古老，但毕竟是云彩形成的，我用镐挖开山皮，露出里面的云彩，依然雪白。摸清山体构造以后，我给施工方出了一个主意，对于这种特殊的山体构造，可以采用火攻。打一个山洞，然后在山洞里烧火，云彩遇热以后就会融化坍塌。施工方采纳了我的建议，只用了几天的时间，这座山就消失了，一部分蒸发掉了，一部分化为流水。

　　我现在开始怀疑，当年愚公所移的山脉，有可能就是一座云山。如果是石头构造，那些移走以后的石头堆放在哪里了？我做过考证，附近没有发现大规模石头堆积体。好了，不说这些了。还是说隧道施工吧。如今工程早已竣工，铁路开通后我乘坐高速列车经过那里时，发现云山蒸发的地方，一条铁路从中穿过，铁路两旁已经被当地农民开垦为农田，种上了庄稼。由于我的建议，工程进展加快，节省了大量资金，政府发给我一张奖状，以示奖励。由于我为人谦虚，这张奖状我从没向人展示过，拿回家以后就用于糊墙了，而且是字迹朝里。

造物主就在我们的心里

人体中埋藏着大量的管道，这些管道粗细不等，粗的有肠子，细的有毛细血管、汗腺等，此外还有错综复杂的神经系统，还有呼吸系统、消化系统、生殖系统等，这些管道的长度加起来，数字无比巨大。人体内各种管道的铺设、分工、运行，非常复杂，却不混乱。这些管道有无数个分叉，每根管道都是软的，可以随着身体弯曲，而不易折断。

是谁设计了如此完美的人体管道系统？据说，总工程师设计完以后，就退出了现场，顺便隐藏了图纸。后来，许多科学家试图找到人体形成的秘密，结果追索到 DNA 分子链，人们以为找到了生命的原始密码，而实际上那只是人体蓝图的一些碎片。

我曾试图通过追问的方式寻找答案，但得到的却是一些零星的语言，既不是完整的概念，也不是真正的设计方案。为了继续找下去，许多人倾其毕生的精力，错误地把寻找的过程当成了目的，这样一来，寻找本身就遮蔽（或者说消解）了寻找的目标，最后只剩下了寻找者的一些足迹，真正的结果依然隐藏在远方。

为此，有些人想直接去问造物主，但每个人都因生命的短暂而走不多远。据说有一个灵魂通过漫长的精神之旅接近了造物主，正想虔敬地发问，却发现自己在探索途中就已经丢失了肉体，不再有求证的依据，于是问话被自身驳回。

有人猜测，也许造物主就是那个总工程师，他在我们的身体内埋设完密布的管道，却没有留下出口，从此他也没有办法走出去了。因此，造物主有可能就在我们的身体里。有人说人心就是殿堂，也许造物主就在我们的心里。

假 象

一天，电视里有人说出一句话，他说："我是一个人。"我当即断定他说的是假话。因为人是由血肉、骨骼、各种器官构成的生命个体，而电视里说话的这个人，根本不是人。我走到电视机前用手摸了摸，只摸到扁平的屏幕，没有摸到他的身体、皮肤、肌肉等。后来，我把电视机拆开，看看这个人是不是在里面，结果我看到电视机的机壳里只有一些线路和电子元件，里面根本没有人。由此可以断定，电视里说话的这个人是个假人。他顶多是一个虚拟的影像。

现在是一个假象泛滥的时代，生活几乎被各种影像和虚拟的信息充斥，人们已经习惯了这种技术传播手段，并通过这些转换之后的影像了解世界。从某种意义上说，人们都是假象的同谋，在制造和维持着一个庞大的运转系统，人们在欺骗他人的同时也在欺骗着自己。更加让人担忧的是，在我们所看到的这些假象中，许多假人在说着假话，这种假上加假，加深了这个世界的虚幻性。建立在这种假象基础上的人类社会，人与人之间的互信正在逐渐丧失，诚信危机和精神困惑已经成为现代人最普遍的焦虑。

现在，我判断一个人，首先要排除假象，先摸一摸他是否具有真实的身体和温度，然后再进一步了解他的内心和品格。如果我摸不到他的皮肤，看不见他的嘴，听不到他发自肺腑的声音，我就把他归入假象一类，看作是人类的制品，而不是人本身。

人体考古

一个人最多也就是活百年以上，与漫长的人类进化史相比，个人的生命是短暂的，每个人都是种族繁衍过程中的一个链条环节，起着承上启下的作用。

随着科学的进步，对人体密码的破译引起了科学家们的兴趣，人体考古成了热门课题。与人类精神史相伴随的，是人类的身体史。最新的研究结果表明，人体的终极密码是DNA分子链，即生命的遗传基因。找到这个密码然后破译它，就等于揭穿了人类的老底。

通过对DNA的分析，人们发现，人类种族之间的差异性很小，地球上所有的人可能来自同一个祖先。进一步追查，人们发现，所有动物（包括人类）都起源于同一个生命个体。

对人体的考古，最终追查到造物主那里。到此，人类应该止步了。可是，有一个科学小组还要继续追踪，要对造物主的身体进行考古，意在追查他的历史。造物主知道人类早晚有一天要有这个举动，但又不愿阻止人类探索的兴趣，所以从一开始就心存疑虑，创世以后就躲了起来。

后来，有人找到了造物主，看到造物主手里攥着一把土。这把土，既是创造生命的元素，也是生命最终的存在形态。看到这里，有人彻底领悟了，有人依然执迷，继续做着愚蠢的事情。

建造一座风库

把闪电装进仓库里是很不道德的事情。同样，把云彩装进仓库里也是罪过。但若把大风装进仓库里，我就非常支持。大风一直没有固定的住所，因此四处流浪，无家可归。另外，建造一座装载大风的仓库造价也不太高，里面有足够的空间就可以了。从物理意义上说，大风的主要成分是空气，保持适度的温度和湿度就不会发霉，保存起来也相对容易。

但是，大风散漫惯了，不想被一个场所固定住，这可怎么办？为此我发愁了很多年，头发都愁白了，牙齿也白了许多。我想，总得给大风一个住处吧。水滴找到了大海，歌声找到了嘴唇，星星们也找到了宇宙和创造它们的造物主，可是大风怎么办？大风的家在哪儿？

由于财力和人力等多种原因，给大风建造仓库的设想没有得到人们的支持。为此，我只好在中国华北平原上想象出一座巨型仓库，用空气作墙壁，用蓝天作顶棚，给大风造了一个虚拟的家。即便如此，大风也并不买账。它蛮横地掀起我的头发，看看我的脑袋是不是出了问题。我晃了晃头，表示没有问题。但是我那不争气的脑袋在晃动时发出了响声，分明是水的晃动声，这足以证明我的脑袋里进水了。这件事使我非常尴尬，相当于当众出丑。从此，我偃旗息鼓，只把建造风库的想法存在《大解寓言》里，不再向他人提起。

把地球粘在脚下

科学家说，天空不会塌下来。这一点我已经不再担心了。现在我忧虑的是，在猝不及防的情况下，如果地球从我的脚下突然撤走，把我悬在空中，我该怎么办？

为了防止这样的事情突然发生，我采取的办法是，与地球保持紧密的联系，尽量在地球撤走时，不被它遗弃。此外，我还在暗地里练习自转。也就是说，地球离开我以后，只要我能保持一定速度的自转，我就能悬浮在空中，甚至有望成为一颗星星。

自转的副作用是头晕。我已经练不下去了。我也不想练了。我想出了一个更好的办法。我要加大自己的魅力和引力，把地球牢牢地吸引住，尽量不让它掉下去。只要我一直在空中，它就悬在空中。只要我一直在太阳系里生活，它就哪儿也别想去。地球被我粘住了。

地球被我粘住的后果是，它顺应了自然，却失去了自由。唉，都怪我的引力太大，地球这么大的一个球，竟然被我牢牢地粘在脚下，就算我跳起来，它也不会离我太远。

后来我在一首题为《天堂》的诗中这样写道：

地球是个好球，它是我抱住的唯一一颗星星。
多年以来，我践踏其土地，享用其物产，却从未报恩。
羞愧啊。我整天想着上苍，却不知地球在上苍，
已经飘浮了多年。

人们总是误解神意，终生求索而不息，岂不知
这里就是高处——这里就是去处——这里就是天堂。

体色酶

曾经有过一段时间，我的身影是彩色的。人们感到惊讶和羡慕，争相与我合影留念。有人向我讨要秘方，也想拥有一个彩色的身影。我只能直言相告，这是天生的，我没有秘方。

对此，科学家组成了科研小组，对我身体构造的研究结果表明，我的体内有一种叫作"体色酶"的特殊物质，通过光合作用，能够在体内生成色素并且均匀地分解在身影里。

进一步追查，我的祖先曾经以树叶、果实、各种颜色的花朵、昆虫的翅膀等有色物品为食。经过基因累积和突变，我就有了彩色的身影。

近些年，随着环境污染的日益加重，空气和土壤中的有害物质侵入体内，再加上社会人文的影响，我的彩色身影逐渐淡化，最后彻底消失了。由于我不同于常人，近来我的身影颜色发黑，比普通人厚几十倍。有时身影重达几十斤，拖在身后，走路都非常困难。更让人无法忍受的是，我的心理也变得极度阴暗，心都黑了。黑心以后，我什么缺德的事儿都敢做，几乎没有一点儿羞耻感。

更让人恐怖的是，有一个庞大的族群在我周围，比我还要黑暗。

退　磁

　　我喜欢磁铁，因此平时总在衣服兜里装一块磁铁，经常拿出来把玩。时间长了，我渐渐吸收了磁铁的能量，身体的磁场加大了，我变成了一个特别有吸引力的人。近些年，我的朋友成倍增加，但是副作用也非常明显，一些含有金属元素的粉尘也纷纷向我聚集，我成了一个灰尘满面的人。要是仅仅这样，我还可以忍受，问题是灰尘越聚越多，有时几乎会把我埋起来。我行走时像是一个移动的土堆，直白地说，简直就是一座活的坟墓。

　　这样下去，我会被活埋的。我多次救助医生，都没有办法。正在我一筹莫展时，一个宾馆的服务员说："你可以用刷卡机试试，说不定管用。"于是我把手按在刷卡机上，反复多次，身上的磁场真的就消掉了。随之，附着在我身上的灰尘也纷纷脱落，我又恢复了原貌，干净而轻松。

　　没想到我退落灰尘时，把身影也退掉了。现在我使用的这个身影是临时借来的。更糟糕的是，许多死者纷纷向我请教，如何才能把埋葬他们的土堆退掉。我只能如实相告，你们到某某宾馆去找一位服务员，他有办法。

大白菜剖宫产

医院手术室里，一群医生正在给一棵大白菜做剖宫产手术，因为大白菜的菜帮子里面孕育出几棵小白菜，也就是说，怀孕的大白菜要生婴儿了。

其实，这样的手术，一般的家庭主妇都能胜任，但为了安全起见，还是交给了医生。医生们煞有介事，准备了全套的手术设备，但真正使用的器具却是一把菜刀。

手术很快完成了，大白菜顺利产下了三棵小白菜。刚出生的小白菜被护士包裹在棉被里，又鲜又嫩。

这则消息刊登在报纸上，引起了整个医疗系统的瘫痪。因为全城储存的大白菜何止是几千吨，到了初春，几乎多数大白菜都怀了孕。一时间医院的手术室爆满，医生二十四小时不停地工作，还是有大量的大白菜等待剖宫产。

医院实在受不了了。后来，医学专家在报纸上刊登了文章，传授大白菜生育技术，各个社区里也组织了临时培训班，对家庭主妇进行技术培训。很久以后，医院才松了一口气。

现在，大白菜生育的小白菜，大都养在花盆里，一个个又白又胖。有一家的小白菜发生了变异，竟然抽芯吐蕊，开出了红花。

萝 卜

从地里拔出一根萝卜很容易，但若拔出来的是个铁球，就成了奇闻。一个地区富含铁矿，种植的萝卜含铁量极高，达到了百分之九十九，几乎就是纯铁。

国家体育总局所使用的标准铅球，实际上都是铁球，大多数是从这个地区订购的。当地农民把成熟的萝卜拔出来，减掉根须和秧子，稍作加工，就是标准的铁球。

我家就有一个这样的萝卜。前些日子，我想吃掉它，可怎么也无法切开，我干脆把它整个放在锅里煮了。结果煮了三天也没有煮熟，我揭开锅一看，萝卜扁了，看上去就像一块铁饼。我这才恍然大悟，原来运动会上的铁饼是这样制作出来的。

后来，我成了铁饼供应商，为了保守商业机密，永远不再向人提起萝卜。

智能喇叭

我的汽车安装了智能喇叭，可以根据行驶情况随时发出不同的声音。比如在拐弯时，喇叭就说："我在拐弯，请注意。"比如前面遇到行人，喇叭就说："我在经过，请注意。"

汽车喇叭会说话以后，车辆之间相互避让，相互问候，汽车变得人性化，交通事故减少了许多。但任何事物都有负面。有一次我看到两辆汽车在拥堵中发生了剐蹭，它们竟然相互吵了起来。一个喇叭说："是你先违规的。"另一个喇叭说："你变道时为什么不打右转向灯？"就这样两个喇叭互不相让，其他拥堵的汽车喇叭在一旁劝说，一时间好不热闹。好在电子警察通过卫星摄像及时了解到现场状况，做出了妥善处理，很快平息了一次喇叭争吵。

一次，一个窃贼在盗窃汽车时，喇叭说话了："尊敬的先生，您好。我正在对您的行为进行监控和拍摄，并已经把影像信息传输到主人和警方的电脑里，您要为您的行为负责。请您自重。"窃贼听到后就吓跑了。

我大概十多天没有开车了，没想到汽车停在院子里，得了孤独症。我从旁边经过的时候，听见汽车喇叭在小声地自言自语，说的都是一些委屈的话。我听了后，感到既惭愧又可怕。

新型玻璃

如果窗玻璃的作用仅仅是透光和挡风，那就太单调了。我投资组建的科研小组新近开发出一种新型玻璃，不但具有透明度、硬度和弹性，还能接收和输出电子信息，具有电视屏幕的功能。如果家里有十个这样的玻璃窗，就相当于十个电视屏幕，可供主人选择不同的频道，随意观看。

此外，这种玻璃窗还可以设定透光性，既可以阻挡夏日酷热的阳光，又可以在冬天增强光热的吸收量，甚至可以把宇宙背景辐射能转化为热能，为室内供暖。安装了这种玻璃窗，可以让室内保持恒温。这种功能，对解决全球能源消耗和污染问题，其贡献不可估量。

由于对玻璃弹性的开发和应用，我的科研团队正在研究制造玻璃生物，有望在近期制作出智能玻璃人。这种玻璃人有可能代替人类做许多艰苦劳累的工作而不知疲倦。

此外，弹性玻璃还可以加工成韧性和强度都很好的丝线，用于布匹生产，改善人们的服装；也可以制作出缆绳，在航天、航海和民生领域有着广泛的用途。

我的一本书就是用玻璃做的，从表面上看，书页与普通纸张没有什么区别，实际上是玻璃纸张，既柔软又坚韧，看一万遍也不会损坏。

泡 泡 糖

有一个城市，市民们习惯于把嚼过的泡泡糖随意吐在地上，人们不小心踩上后，鞋底和地面之间会产生粘连，影响人们走路的速度。有一条街道上落满了鞋子，都是粘上后拔不掉，人们不得已丢弃在那里的。

鞋子被粘住了，人们可以丢弃，但身影被粘住，就不是个小事情了。倘若你的身影被泡泡糖粘在地上，而你又急于走开，影子就会从身上撕裂下来。撕裂的疼痛自不必说，从此你将永远失去身影。

这不是危言耸听，这个城市的许多人没有身影，都是这样造成的。市长对此很恼火，但苦于屡禁不止，最后都哭了，人们还是照吐不误。

后来，一个工程师想出了办法。他利用泡泡糖的黏合作用，在路面上铺设了一层类似沙子的特殊材料，使路面硬化。人们走在路上，再也不粘鞋了。人们吐出的泡泡糖越多，路面越坚固。

前不久，这个城市的市民获得了两项集体荣誉。一个是交通部门颁发的道路修缮贡献奖，对于爱吐泡泡糖的全体市民给予奖励。一个是泡泡糖的生产厂家颁发的销售贡献奖。他们用泡泡糖制作了一个巨大的气球，升起在城市上空，气球上面写着：今天你吐泡泡了吗？

光 色 素

　　从晚霞中提取的色素，叫作光色素，加入涂料中，粉刷墙壁后会泛起一层光晕；加入化妆品中，会有一种特殊的霞红，让人皮肤光泽自然，经久不褪。此外，这种色素还可作为添加剂，广泛用于染色、酿酒、食品加工等多个领域，是一种无害元素。

　　在自然界中，光色素并不缺乏。有时我们看到远方的天空里泛起红云，还以为是有人在天空里烧荒，或者在清扫天上的红尘，实际上却是诸神使用光色素在粉刷黎明或黄昏，在天空中随意涂抹。他们使用这种原料时毫不吝惜，甚至造成了极大的浪费。

　　人间也是造物主所造，人们有权分享自然中的一切。最近，有人把光色素注入自己的血液中，结果他的身体产生了透光性，体内焕发出一种宝石般的光彩。

　　凡事因人而异，我注射过光色素后，全身的血液迅速加热，最后燃烧起来，整个身体都红透了，像是一块炉中的煤炭。幸亏我及时跳入大海，才降下了体温。

　　对此，我感到不可理解，为什么注入光色素后，我的血液如此沸腾？莫非我是太阳之子？

黄泥护肤品

皱纹不是病，是皮肤老化的表现。我保养皮肤的办法是，洗脸从来不用任何香皂。因为皮肤本身就分泌油脂，这些油脂有滋润和保护皮肤的作用。人们把天然油脂洗掉，然后涂上化学制品，岂不是去真存伪，多此一举。

如果非要在脸上涂抹一点儿什么，可以从人的身体中提取一些细胞，然后用这些细胞培养出一种油脂，制成个性护肤品。

还有一种办法，用三公斤黄泥糊在脸上，只留下嘴和鼻孔呼吸。黄泥护肤的一个使用周期为七十年，其间不得揭下或洗掉。由于脸部一直被黄泥糊着，阻挡了风吹日晒，保护了皮肤。七十年后揭下黄泥，脸部就会变得格外白皙，白得惊人，并且没有一丝皱纹。

为了美容，无论多么麻烦都有人敢于在自己的脸上下手。时下，采用黄泥美容的人已经很多。由于我公司生产的黄泥销量太大，加重了黄土高原的土地流失，为此有关部门下达了黄土禁采令。黄土成了控制物资后，反而推高了黄泥的价格，使产品供不应求。一天我在大街上遇到了一个满脸涂着黄泥的美女（说实话她糊上黄泥后就没脸了），使用的就是我公司生产的昂贵的黄泥，她正在做为期七十年的美容。

打开窗子说亮话　二〇二二　大解

第三辑　走到自己的后面去

时间有尽头吗？谁是最后的那个人？他是谁？什么时候出现？　　大解

非 马

很久很久以前，一个从未见过马的人，看见一匹飞奔而过的马，决定把它画下来。于是他顺手捡起一根草棍在地上画起来。他画出了飞扬的鬃毛，画出了马的轮廓和四条腿，他感觉画得不像，擦掉重画。他把马的肉体简化为线条，画出了马的姿势和精神。他画出了一匹非马。于是，"马"字就诞生了。

从此，他知道，文字不是事物本身，而是事物的灵魂。文字可以离开事物而存在，并且衍生出另外的文字。他依照这个马字，画出了另外的马，他在地上画出了文字组成的抽象的马群。

当又一匹马从他眼前飞奔而过时，他没有去画它。他觉得画下了文字的马以后，真正的马已经不重要，可以被忽略甚至取消。

到了暮年，这个创造了马字的人，去掉了自己的身体，或者说从身体中抽出了自己的灵魂。有人看见他的灵魂骑在一匹马的灵魂上，从天边一掠而过，许多秀才从手中的书卷里听到了他们远去的回声。

追　风

　　从前，有一个牧羊人，善于奔跑，甚至超过了风速。一天，一个人说错了一句话，说完就后悔了，请求牧羊人把这句话追回来。牧羊人答应了，他顺着风跑，居然跑到了风的前面，截住了这句话。从此他声名大振，不再牧羊，专门为后悔的人追赶话语，多年来从未失过手。

　　牧羊人所追赶的话语，大多是些小声说出的话语，即使被风吹走，也不会太远。这使他感到很不过瘾。有一天，他决定自己大喊一声，看看能否追上。于是，他用尽了全身的力气喊了一句，随后就追过去。由于声音传得太远，他追到了遥远的远方，从此没有再回来。

　　多年以后，有人在风里看见了他的影子，并听到了他的喊声的余音。据说他无法停下来，也无法超过自己的喊声。他喊的是自己的姓名。

寿　星

　　喜欢安静的王老太，家里的水管坏了，一直滴答滴答地漏水。老太太听到滴水声就伤感，感觉时间在消逝。她请人修好了水管，可是墙上的钟表还在嘀嗒嘀嗒地响，她又伤感了，认为时间消逝得太快。她摘掉了钟表，屋里彻底安静下来了，可是由于太安静，她听到了自己的心跳声，比滴水和钟表还要准确，而且一刻不停。这时她终于明白了，生命的计时器一直就埋伏在人体内，而且从胎儿时期开始就进入了倒计时。这就是人的宿命，只要你出生了，就无法逃避。

　　王老太想明白以后，就不再伤感了。她又把钟表挂回墙上，也不再计较心跳的声音，她甚至觉得人世的喧嚣是生命繁盛的表现。她开始热爱沸腾的生活，积极锻炼身体，参加集体活动，身心逐渐健朗起来。后来，她请钟表厂专门为她特制了一个钟表，表针每天只跳一小格，转一圈正好是一年。这样一来，时间在她的感觉中也慢了下来。总之，在多种因素作用下，她活到公元 2146 年时，还在电视节目中做嘉宾，向人们传授养生之道。那时，她已经二百一十八岁了，还不知要活到什么年代。她成了世界上最老的寿星。

人的机缘

有一个精灵要到世上走一趟，于是他就投胎为人，出生了。他出生以后还未睁眼就后悔了，于是哇哇大哭，可是为时已晚，他必须经过一生的漫长时光，才能回去。

让他没有想到的是，人世间有许多苦难，但也有乐趣，两相比较，人生还是值得一活。他活到八十多岁，感到自己来日无多时，非常留恋人世，想方设法延长寿命，甚至祈求永远不死。由于世上人满为患，等待到来的人太多，他必须退出人间，以便把世界让位给新人。活到一百岁时，他依然赖着不走，直到死了后也不走，最后人们抬着他，强行把他送走了。

回到另一个世界后，他又开始重新排队，准备下一次轮回。大约等了一千年，他才获得一个重生的机会，但他这次投生的是一棵树，而不是人。有的人死了后，等待几十万年都很难投胎为人。由此可见，能够成为人，人与人能够相遇，能够成为朋友和亲人，确实是难得的缘分，应该懂得珍惜。

他投生为树后，留下了种子，此后代代相传，永远是树。他非常羡慕人类，却再也没有机会成为人。

"〇" 模 型

　　有一个道德修养深厚的人，轻轻地从此生中穿过，尽量不打扰别人，但还是被人发现了，受到了人们的普遍关注。有人请他去讲学，有人请他为书作序，有人直接请他吃饭，并在吃饭时跟他聊天。常言说，"听君一席话，胜读十年书"，与他聊天，可以直接受益，节省了不少读书的时间。

　　这种教训被另外一个智者所汲取，他经过此生时，蒙面而过，谁也没有看清他的本相，因此也就没有遭到世俗的干扰。只有一次例外，在办理个人身份证时，必须要求露出整个脸，他在万不得已的情况下，照了一张相。这一露脸不消说，人们立刻发现他是一个陌生人，出于好奇，媒体记者蜂拥而至，把他的脸和他的经历曝光于天下，他成了一个藏不住的人。

　　对此，智者们想过许多办法，却都很难实施。比如绕过此生，不从这里经过；比如拒绝出生，做一个真正的隐士；比如藏在深山里独自修行；等等。这时一个物理学家提出了一种独特的人生模型，通过这个模型，一个人可以既经过此生，又能排除一切纷扰，做一个干干净净的人。他的理论框架是：把时空弯成一个环形，即把人生的起点和终点连接在一起，之后，可以从起点直接过渡到终点，中间距离为零，费时为零。具体操作方案是，出生以后立刻死去。后来，科学界称此模型为"〇"模型。

钝　刀

　　古时候有一个铁匠，打出了一把钝刀。人们用手在刀刃上反复摩擦，都不会伤手，平时佩带，根本不用刀鞘。可是碰巧有一个刀客正想买一把钝刀，因为他的刀法已经达到登峰造极的程度，不再需要快刀了。刀客佩带着这把钝刀，走遍了天下。

　　许多年过去，刀客老了。他是个英雄，他不想病老而死，他想死在刀下，完结自己英雄的一生。可是没有人愿意杀死一个老英雄，他只好选择自杀。他用这把钝刀自刎，在脖颈上割了三年都没有割破皮肤。最后，他不得不求助铁匠。铁匠得知他的来意后，把钝刀进行了回炉，经过反复熔炼，直到它彻底融化，成为一摊铁水。

　　后来，老英雄回到了故乡，融化在时间和泥土里。铁匠用钝刀所熔化的铁水，打造了一把犁铧，传于后世。

真正的大师

有一个画家，画过了世间万物以后，最后迷恋上了空气，便以画空气而闻名。无论在画布还是宣纸上，他画出的空气都可以达到让人看不见的程度。空。空无。空虚。不着一物，又充盈万物。画到极致时，他甚至不着一笔，只是向纸上轻轻地吹一口气，画就成了。

在一次画展上，展出了他的几幅《空气》系列作品，看上去都是空白。不懂画的人还以为他什么也没有画，实际上他已经通过命名表现了空气的意韵，犹如呼吸，让人感到空气无处不在，又不可视见和触摸。他通过无形化解了有形，达到了形消而神在。

后来，我搞了一个恶作剧，把一个空空的画框挂在墙上，也参加了展出，名字也叫《空气》。他看了后找到我，严肃地说："你才是真正的大师。"

倒退之路

有一次看电影，由于放映员操作失误，放出的影像是倒退的过程。人们看到演员倒退着向后走，故事情节也从结果回到了原因。沿着这个思路，有人把人类生存的过程向回推演，就出现了这样的情况：许多死去多年的人从地里纷纷回来，倒退着回到了老年、青年、童年、婴儿，进而又成为母亲腹中的胎儿。然后父亲和母亲也分别向后退，从老年回到胎儿，人们一代一代往后退，退回到古人的身体里，然后继续往后退，一直退回到第一个祖先，回到造物主那里。

由于倒退的过程不符合进化原理，造物主封闭了归路，人类的进程就像多米诺骨牌一样，只能倒向一边。在此规则之下，凡试图倒退的人，一律被驳回。倒放影像的放映员，不但没有受到责备，反而得到了公众的赞赏，因为他的错误操作导致了逆向推演，使人们重新发现了造物主。

三个糊涂人

　　有一个人，费力搬起一块石头，但他搬起以后就想起了一句古语：搬起石头砸自己的脚——自取灭亡。他不想灭亡，无奈之下，他只好搬着石头，走了很远的路，才遇到一个路人，他把石头砸在了这个路人的脚上。他因此而获刑。

　　在法庭上，他辩解道："我已经搬起了石头，既然不能砸在自己的脚上，那就只能去砸别人的脚，除此之外，难道还有更好的办法吗？"

　　尽管他自认有理，但法官还是庄严地进行了宣判："一、石头砸在了路人的脚上，石头犯了故意伤害罪，判处石头有期徒刑三年；二、搬起石头的人，犯了随意搬动自然物品罪，待石头三年刑满被释放以后，限期将石头搬回原位。"

　　三年以后，被砸伤脚的人，由于仇恨这块石头，花光了毕生的积蓄，在石头的原址上专门修建起一座监狱，把这块石头囚禁在里面。他怕石头跑掉，从此就住在这座监狱里，亲自看守这块石头，一直到死。

坏 小 子

　　我正在写作的一篇小说中，不知从哪段文字的缝隙里混进一个坏小子，专搞恶作剧，出怪相，做鬼脸，弄得小说中的人物神魂颠倒，导致故事情节都发生了变化。由于我的写作能力有限，根本控制不住他，于是我只好跟他讲和，最后达成的协议是，允许他在小说中存在，并且承认恶作剧的合理性。

　　由于他的存在，我的这篇小说由悲剧开始，后来竟然变成了喜剧。无奈之下，我在小说的后面加了这样一条注释："此篇小说中的某某是强行进入小说的一个坏小子，他做了许多小动作，扰乱了我的构思，凡是他出现之处，读者可以无视他的存在。"

　　没想到他发现了这个注释后，只做了一些小小的改动，就发生了根本性的变化，使我变成了一个坏人：他把我的名字和他的名字进行了互换。

走到自己的后面去

我曾经想过，一个人不靠任何外力，能否亲身走到自己的后面去。这个奇怪的想法困扰了我多年。为此，我尝试过转身法、转圈法等，都没有成功。

在一次相关的学术会议上，我提出这个问题，得到了许多人的关注。一个研究拓扑学的教授通过模型演示，解决了空间上的前后问题，但身体的前后问题依然无法解决。

前不久，一个出家人告诉我，通过生命的轮回，你可以走到自己的后面。这样做的前提是，你必须度过此生，然后转世，重新获得一个身体。我一想，重新获得一个身体，那就不是此生的我了，严格说来，这个办法在推理上也不够严密。

还有一个研究分身术的老先生，试图向我的身影注射血液，使其成为独立的生命，然后让这个阴影跟在我的身后。但由于身影是一个薄片，属于非物质，根本无法形成独立体，一旦我走到无光地带它就消失了。这个办法也没有成功，还白白地浪费了许多血液。

最近，我正在练习奔跑，由于速度不断加快，有一次，我差一点儿就要冲出自己的身体，跑到自己的前面去。如果我真能跑到自己的前面去，我一个人就构成了前后关系，也就是相当于我走在了自己后面。这个发现让我激动不已，奇迹就要发生了，你们就等着瞧吧！

匠 人

  古时候，有一位年迈的书法家，白须飘飘，长可过膝。在一次聚会豪饮过后，兴之所至，他抓起自己的胡须，蘸墨而书，狂草成章，令人拍案叫绝。后来，许多书法家纷纷效仿他，也都留起了胡须，但是这些人不是因为胡须太短，就是因为功力不足，很少有成就者。

  这个用胡须写字的书法家，经过几十次生死轮回，前不久，出现在一次笔会上。他的胡子已经写秃，现在改用毛笔了。尽管如此，向他索字的人依然很多，有的人跟踪了几十代才得到这次机会，他们把会议室的门口都给堵塞了。我挤进去一看，书法家正在书写狂草，而他的经纪人已经收取了大量现金，其中还有冥币。

  据权威人士说，这个辗转了几十代的书法家，早已不比当年，如今他已完全被金钱所驱使，成了一个平庸的写字匠人。

二 三 四

有一个被称为四叔的人，是三叔的弟弟，三叔是二叔的弟弟，二叔是大叔的弟弟。但是经过追查，大叔这个人根本不存在。

由于大叔根本不存在，二叔也就失去了存在的根据。由于二叔失去了存在的根据，三叔也变成了一个可疑的人。由于三叔的可疑，四叔的身份就陷入了无法确认的处境。

但四叔坚持认为，他就是三叔的弟弟，三叔肯定是二叔的弟弟，即使大叔这个人根本不存在，至少他们的排行顺序是正确的，因为四叔与三叔和二叔之间的排行符合逻辑关系。于是，四叔就根据排行关系，把这个假说推定为真理，并对此深信不疑。

后来的情况发生了根本性的变化，侄子消失了。没有了侄子以后，叔的身份已不存在，于是四去找三，三去找二，二找不到一，一确实不存在。

二三四，成了莫须有的人。

比　武

古时候，有一个大力士，可以拔着自己的头发离地三尺。另一个人善于奔跑，谁也追不上。两个人一起比武。

在比试力气时，善跑的人输了。在比试奔跑时，大力士输了。

事后，两个人都不服气，要再比一次，这一次是自己跟自己比。

善于奔跑的人使出了全身的力气，拼命奔跑。终于，他奔跑的速度超过了自身，他冲出了自己的身体，成为另外一个人。

大力士也不甘示弱，他用一只手与自己的另一只手对攻，打得难解难分，无人能够阻止。最后，他战死在自我搏斗中，成为一个自杀的人。

还有第三种比武的方式，没有来得及尝试，即：

用更快的奔跑速度，跑到自己的前面，截住自己；

用更大的力气，抱住自己不放，把悲剧控制在发生之前。

丢失灵魂的人

从前有一个人,走路时丢了魂。许多人帮他寻找,都没有找到。从此他整天失魂落魄,没有精神。

他决定自己亲自去寻找。一天,他来到当时丢魂的地方,看见一只兔子在奔跑,他问兔子:"看见我的魂了吗?"兔子说:"没看见。"又过来一只鹰,鹰正在追兔子,鹰也说没看见。又过来一个猎人,猎人在追鹰,猎人也说没看见。又过来一个鬼,鬼在追猎人,他截住鬼,把鬼装进了自己的身体。这个鬼正是他的魂。

后来,他在一片树林里看见兔子、鹰、猎人坐在一起聊天,就走过去,感谢了他们。他的灵魂也表示了忏悔,从此再也没有离开他的主人。

心　事

从前有一个人，心里装满了心事，像一个装满杂物的库房，需要清理。他请来清洁工打扫了一次，又打扫了一次，后来经常打扫，终于把那些乱七八糟的东西清理干净了。

清理掉了所有的心事，他忽然觉得心里空空荡荡，有些不太适应。一时间，他几乎不知道自己该思考些什么，怎样排遣这空虚。他陷入了迷茫。

他的心就像搬空了东西的库房。有一天，他想到库房里看看，就打开门走了进去。他反复查看，发现整个库房里只有他自己。这是他第一次走进自己的心里，并在内心里发现了自我。他感到很新奇。

这时，清洁工习惯性地来打扫库房，见里面有一个人，看都没看一眼，就把他清理了出去。清洁工已经把这个库房当成了自己的工作间和私有场所，刚开始，装进一些工具；后来，堆放杂物；再后来，在里面堆满了垃圾。

从此，这个人的心里，堆满了别人的东西。

善于辩论的人

从前，有一个善于辩论的人，找不到对手，只好自己跟自己辩论。他把自己分成论辩的双方，说出一种观点，然后立即反驳，双方互不相让，有时辩论得面红耳赤。

由于他的思想经常处于分裂的状态，他的身体虽然没有出现明显的裂缝，却已经分成了两部分。以鼻梁到肚脐眼这条中轴线为界，分成对称的两半。辩论到激烈时，左眼瞪右眼，左耳偷听右耳，左手击打右手，左脚绊倒右脚，或者相反。

但他的舌头连在一起，左边和右边同时发音，甚至相互干扰，经常产生混乱和矛盾，造成语言含糊，难于区分。于是，他把自己的舌头从中间剪开。从此，他的左半舌和右半舌同时说话，互不干扰，看上去像是两个人在说话，从一张嘴里发出两个人的声音。

有时，也有不争论的时候，人们看见他安静地坐在石头上，自己跟自己对话，两个舌头亲切地交谈。

后来，这个人从上帝那里得到一个真理。为了共同拥有这个唯一的真理，他的身体的两个部分不再各执己见，而是融为一体。他的两瓣舌头分成两个声部发音，当他赞美世界时，人们会听到双重的声音。

母亲的发现

有一个女人，至少有三个人在她的身体里面练过拳脚，并从她的身体里出走，使她成为母亲。她数了数，世界上有很多母亲。她又数了数，所有的人都是母亲所生。作为母亲，她感到很自豪。

可是有这么多母亲负责生育，那么谁负责死呢？她想，一定有人负责死。于是，她带上一些干粮和水，就上路了。她要去寻找负责死的人。

她走了很多路，找了很多年。直到有一天，她老得走不动了，快要死了，才发现，死是在人体内发生的事情。是自己的身体使自己死亡。

原来自己就是负责死的人。

临死前，她对自己的一生很满意。她终于看见了死。她数了数，已经死去的人有很多。她又数了数，所有死去的人都曾经生活过。她发现了这个重大的秘密之后，幸福地闭上了眼睛。

建 筑 师

　　一个建筑师想建造一所最小的房子，供自己居住。这所房子的最佳效果是：恰好能容纳自己，又轻又薄又柔软，坚固耐用，可以随身携带，能够居住一生。他按照这个要求设计了许多方案，做了许多模型，都不满意。

　　建筑师去求助他的父亲。他的父亲说："这很容易。"于是，他的父亲带着他往回走，把他领到他出生以前：他的父亲用古老的方法创造了他，给了他一个身体。

　　建筑师抚摸着自己的皮肤，满意地说："不错，正合我意。"

　　于是，建筑师按照这种古老的方法，创造了一个更小的身体，送给了他的儿子。后来，他的儿子评他为优秀建筑师。

过　桥

　　有一座独木桥，上面只能走一个人。可是偏偏有两个互不相让的人相对而来，在桥的中间相遇了，谁也无法过去，僵持在桥上。

　　就这样，他们僵持了几十年。家里的人给他们送饭，送衣服。他们俩在桥上，既不后退，也不强行通过。渐渐地，他们习惯了这种生活方式，甚至不想改变这种局面。

　　由于他们堵住了这座桥，人们只能另辟蹊径，在河流的其他地方建造了几座新桥。新桥上行人不断，从不堵塞。

　　就在那座独木桥上，两个僵持的人都老了。流水没有把他们冲走，但时间却毫不留情，在他们体内留下了致命的擦痕。

彩 虹

古时候，两个石匠要造一座桥，正好赶上雨后出现了彩虹，为了省事，石匠就把彩虹搬来，架设在了河流上。但彩虹又高又陡，一直没人敢从上面走过。

一天，来了一个会轻功的人，从彩虹的一端走到了另一端。当他走到彩虹的顶端时，还摸到了天上的云彩，看到了远方的山脉。

这件事被天神发现了。天神认为彩虹是上天之物，不可以随意践踏，就下令把彩虹搬到了别处。后来，人们果然在另外的地方发现了彩虹，与河流上空的一模一样。

搬走彩虹以后，天神赐予两个石匠以智慧，让他们按照彩虹的形状建造了一座石拱桥，架设在那条河流上。有时天神也从石桥上经过，或者停留，在桥上安排河流的去向，倾听流水的声音。

两条路

一个搞恶作剧的人，在岔路口上竖起两个方向牌，一个牌子上写的是：通往生之路；另一个牌子所指的方向正好相反，上面写的是：通往死之路。

结果所有的人都走上了"通往生之路"。

在"通往生之路"上，人们拥挤、疲惫、看不到尽头。一个人走了很多年后，迎面来了另一个人，他是从"通往死之路"上走来的。双方在途中相遇之后，恍然发现，他们走的是同一条路，即：

一、"通往生之路"与"通往死之路"方向相反，却是相互连通的同一条路；

二、"通往生之路"的终点正好是"通往死之路"的入口，反过来也一样；

三、如果一个人沿着"通往生之路"一直走，到达了终点以后仍不停下，沿着同一个方向继续走下去，他就会进入"通往死之路"；

四、如果有人站在两个牌子的下面不动，就会看到所有进入"通往生之路"的人都将从"通往死之路"上回来，反之亦然。

人们认识到这两个完全相反的方向牌所指示的是同一条路之后，也就知晓了生死之间的互通性。从此人们不再计较生死之路，坦然地走下去。生者生，死者死，生生死死，扁平的世界上生死轮回，往复不息。

多年以后，来了另外一个人，他把两个方向牌上的字全部擦掉，并且改变了方向，一个指向天空，一个指向大地，人们看到这两个牌子，一些人惊愕、顿悟、感动，另一些人陷入了茫然。

不存在的人

有一个老头，决定把自己的生命过程倒过来，从老到小，重活一次。他得到了神的允许。

于是他又重新经历了自己的一生。他从衰老走向年轻，从结果走向原因。就像倒放的电影，他回到了壮年和少年时期，看到了许多早已死去的人。

由于他的生命过程自己都已经知晓，所以他的生活没有一点儿悬念，他顺利地回到了自己的幼年，直到变成母亲腹中的一个胎儿。

他越变越小，最后，他熄灭在母亲的身体里，成了一个不存在的人。

多年以后，人们考察他的个人史，发现他来过这个世界，并且活了两次，却无法找到他的坟墓或者骨灰。因为他回避了死亡，成为一个不死的人。他从小到老然后又回到了小，使自己的身体原路返回，消失在生命的起点。他实现了不死而灭。

后来，有很多人要求重活一次或者多次，都被神否定了。神考虑到生命的尊贵，只允许人们活一次，并且不可更改。

为了纪念这个不死的人，有人设计了一种反向旋转的钟表，专门计算回溯的时间。

不知，先知，后知

从前，有一个健忘的人，他做过的事情随后就忘。发展到后来，他忘记了自己是谁，他见人就问："我是谁？"人们告诉他是谁，但他随后就忘记了，见人还是问。他问到了一个陌生人："我是谁？"陌生人回答他："我怎么知道你是谁，你去问你自己。"

于是他到处去寻找自己。他走了很多路，打听了很多人，都没有找到。后来他连要寻找什么都忘记了。他成了一个活在此刻，不知道前一刻，也不知道下一刻的人。他被人们戏称为"不知"。

一天，一个先知找到了不知，指定他为引路人。不知把先知领到了不可知处，在那里，他们遇到了后知。后来，先知、不知、后知三个人共同组建了一个精神王国，三个人分别负责未来、当下、历史，并且各有所成。

不知由于忘我地工作而成了圣者，但他对此一概不知。

书 法 家

　　古时候，有位书法家，从来不用笔，他只用木棍在沙滩上写字，写完以后立刻擦去。人们只能在沙滩上欣赏他的书法，却无法得到他的字迹。他认为生命无常，人生不过是匆忙的过客，没有必要在世上留下痕迹。

　　这件事，被另一个书法家知道了，决定要找他比试一下书法的功力。这位书法家从来不用笔，也不用其他工具，他只用手指，把字写在空气里，连痕迹都不留下。他认为，书法的最高境界是大象无形，手随心到，化有为无，让字迹随涨随消，与天地万物融为一体。

　　两个人来到沙滩上，正要比试。这时来了一位老和尚，老和尚说："你们不要比试了，你们的功夫都很了得。但老衲以为，字迹都属于有，而心迹为无。老衲写字从来不用笔墨工具，连手也不用，我只用心写。心，大可无边，小如毫发，变幻无穷。用心写，不与物象比拟，不与山川争形，书而无法，心象合一，物性天成。"

　　老和尚说罢，两个人顿悟，遂跪于老和尚脚下，拜其为师。后来，两个人悟透人生，藏书于胸怀，万法归心，成为一代宗师。

隐 士

相传，古时候有一个练习心功的隐士，灵魂能够在体内飞速运转。经过几十年的苦练，他修行得道，造诣深厚，达到了炉火纯青的程度。

一天，他的灵魂在体内运转，超过了极速，竟然把自己的身体躯壳甩了出去。当他用了很长时间才把自己的灵魂稳住之后，他发现自己的身体被甩到了远处，已经被人们当作尸体给掩埋了。

从此，他失去了肉体，只剩下灵魂，不再有一丝拖累，运转更加灵活了。他感到自己身轻如风，无形无迹，无处不可到达。他已经超越了自我，达到了无我的境界，成了一个无形之人。

后来，这个无形的隐士，脱离了生，也脱离了死，进入了神的谱系。他所修炼的功法，却因他的消隐而失传。

故 居

从前，有一个小姑娘，她特别小的时候，曾经住在母亲的身体里。母亲的身体是她的故居。

她出生以后，就住在自己的身体里。

后来她结婚了，自己也成了母亲，曾经有几个孩子在她的身体里居住过，因此她的身体成了孩子们的故居。

多年以后，她成了祖母，她的身体成了一个遗址。

一个又一个人

从前,有一个能人,练就了穿墙破壁的功夫,多么坚固的牢笼都能穿透,没有什么能够囚住他。

有一天,他遇到一个老和尚。老和尚问他:"听说你什么样的墙壁都能穿透,那你能从自己的皮肤里走出来吗?"

能人用尽浑身的力气,飞速奔跑,也没能冲出自己的皮肤。能人回到老和尚身边,抱歉地说:"我可以穿透一切,但不能走出自我。"

老和尚笑了笑,说:"你已经走出了自我。你走出了你的前生,到达今世,你还将穿过今世,走向来生。你将生生不息。"

从此,这个人幡然醒悟,不再穿墙破壁,而是努力修身养性,完善自我,最终成为一个又一个人。

被捆绑的人

从前，有一个人设计了一种捆绑人的最新方法，非常得意，于是就拿自己做了示范。他把自己捆了起来，看谁能把这些扣解开。

由于他的缠绕技巧过于复杂，无人能够破解，而他自己也忘记了解开的方法，于是他被绳索一直捆绑着，行动很不方便。

有人建议把绳子割断。但他过于迷恋自己的捆绑技巧，以至于舍不得割断绳子，宁可被长期捆绑。时间长了，捆绑他的绳子长到了肉里，成了他身体的一部分。慢慢地，他的身体因为捆绑而变了形。

他死后多年，有人在野外看见他的灵魂也变了形。

三个木匠

从前，有一个木匠打制了一个巨大的木框，架设在旷野上。人们透过这个木框，可以看到远处的风景。人们觉得，是这个木框突出了远处的山水风光，使人们领略到了大自然的诗情画意。

多年以后，木匠的儿子给这个木框的底部安装了轮子。移动这个木框，人们可以看到不断变化的更多的风景。人们惊叹这个创举，纷纷前来观看风景，并且赞不绝口。

又过了许多年，两代木匠都死了，老木匠的孙子拆毁了这个木框，恢复了自然原貌。没有木框以后，人们看到了无边的风景。这时，人们才恍然大悟，正是这个木框限制了人的眼界，也限制了人的思维方式，使人看到有限的事物。

后来，这个拆毁木框的木匠，得到了人们的拥戴，成为一代建筑宗师。

先知和哲人

古时候，有一个先知，见人就说："人生是临时的，你要珍惜此刻。"人们听了，都不以为然。可是，没过多久就证实了先知的预言，人们纷纷过世，旧人由新人所取代。

一位哲人找到先知，问："你是怎么知道人生是临时的？"先知说："在我看到的未来岁月里，都是新人，所以我知道旧人都将消失。"

哲人说："在我看到的过往岁月里，都是古人，而此刻世上依然有人在生存，这说明新人取代了旧人。我从反向也看到了这个结果，人生确实是临时的。"

这时，一个老者从他们身边经过。哲人说："他来了。"先知说："他去了。"这个老者听到他们俩的对话，感到莫名其妙，说："什么来了去了，我只是临时从这里经过，仅此而已。"

先知和哲人听到老者的话，面面相觑，无言以对。

善 者

从前，有个书生在写一部书时，书里出现了一个坏人。他对这个坏人所做的坏事恨之入骨，气得大骂。可是坏人依然在做坏事，并不理睬书生对他的看法。这个倔强的书生不允许这样的坏人在他的书里继续作恶，于是就把他给写死了。

写死这个坏人以后，他长舒了一口气。他凭着自己的正义和良知，不经过任何法律程序，就在书中处决了这个坏蛋。他觉得自己像一个行侠仗义的侠客，有了一些英雄的气度。

这件事传出去以后，人们都佩服书生的侠义之气，人们纷纷前来找他，把现实中的坏人故事讲给他听，希望他把这些坏人写进书里，然后在书中把他们处死。找他的人太多了，坏人也太多了，凭他一个人的力量根本处理不了这么多的事件，也不可能把这么多的坏人全部处死。于是他想出了一个办法，他把这些坏人写进同一部书里，然后在书中对他们进行言传身教，让他们明白做人的道理，懂得什么是恶行和廉耻；同时，他还请来最好的医生给这些人做手术，去除他们本性中的恶根。这样，这些坏人通过手术和心灵感悟，大多数人都改邪归正，成了无害的人，有的人甚至还成就了大事。

这个书生在后来的所有著作中，没有凭个人意气再处决过任何人，也不再跟书中人争执。但是，在书本以外，现实中的坏人依然存在，他们有的读书，但不思过；有的人从来就不读书，根本就不知道世界上还有这样一个书生。

星星的数量

从前，有一只生活在井底的青蛙，数清了它所看到的星星。

牧羊人打水的时候，青蛙跟他说出了这个秘密。牧羊人听了后哈哈大笑，说："我已经数了很多年星星了，据我统计，天上的星星比你说的多十倍。"

在井边浇地的老农听到牧羊人的话，也笑起来，说："傻小子，你说错了，我在山外的大村庄里住过一宿，据我所知，天上的星星比你说的多三倍。"

青蛙、牧羊人、老农，三者争执不下。这时，恰好一个老和尚经过这里，听了他们的争论，笑而不语。他扳倒了这口井，让水自动流出来，下流成溪。后来，青蛙进入了溪流，牧羊人走到了山外，老农融化在了泥土里。

在他们上空，星星闪烁而飘忽，经年运行，白昼也不停止。

星星的数量成了悬疑。

排　队

有一次，我想把自己的身体折叠起来，以此来测试一下肉体和精神的双重压力，然后推导出一个公式，用这个公式来计算人的承受力。于是我蹲在地上，一个身高一百七十六厘米的人被折叠成了七十五厘米。身体受到压缩以后，精神也跟着矮了下来，我蹲在地上，感到了人的卑微和渺小。

我在做这项试验的时候，一个人走过来，他以为我蹲在地上肯定是在等待什么，于是他也蹲在了我的身后，他这一蹲引起了许多人的不解和好奇，也都跟着蹲在了后面。我偶然间回头，看见自己身后已经排起了一个蹲着的长队，感到非常可笑。我看到人们蹲得很自然，很舒服，没有一点儿压抑感，大家都安心地排着队，好像在等待一个必然出现的结果。

看到这种情景，我搞了一个恶作剧。我站起来，冲着蹲伏的队伍大喊一声："大家原地向后转，站起身，齐步走。"我的喊声刚落，大家都很规矩地转向了后面，真的站起身向前走了起来。尽管队伍很长，最前面的人没有听到我的喊话，但是看到人们转身起立，也都跟着转身起立。后面的人推动前面的人向前走，整个队伍谁也不知道究竟要走向哪里，但却开始了行走。这时我悄悄地离开队伍，站在远处偷偷发笑。

随后，我就得到了我要求得的公式。

秘 密

　　有一个山洞里藏着秘密，许多人曾进洞寻找这个秘密，都没有找到。有一个人仗着年轻，干脆就住在山洞里面，一边寻找，一边等待秘密出现，许多年过去了，仍然没有收获，但他依然坚持找下去。

　　多年以后，人们渐渐淡忘了这件事情。一天，一个打柴人偶然发现了这个山洞，便进去查看，结果在山洞里发现了一个白发苍苍的老人，这个老人就是多年前住在山洞里寻找秘密的那个人。他最初进入山洞是为了寻找秘密，后来渐渐对山洞有了依赖，再后来他习惯了这个山洞，感觉住在里面很适合自己，就一直住了下来。人们看到这个老人后，经过推算，得知他已经在洞里至少住了五十多年。时间改变了他的心理和习惯，进而也改变了他的生存方式，使他变成了一个另类。

　　他始终没有找到秘密，他本身却成了一个秘密。

他　人

一个女人特别羡慕另外一个女人，甚至想变成那个女人。她到医院定期接受整容，并辅以定量的异质人格激素注射，一段时间过后，她真的变成了他人。

变成他人以后，她又开始羡慕第三个人。她经常用砂纸打磨自己的皮肤，甚至动用斧凿等工具，对自己进行修理，于是她变得面目全非，既不是自我，也不是他人。

后来，她又想回到最初的样子。我给她出了一个主意：练习跑步，一旦速度超过光速，时间就会倒流，人就可以回到从前。现在，她每天都在练习，已经达到每秒十米的速度，如果脱下高跟鞋，速度还会更快。

多年以后，如果你遇见一个跑步极快甚至冲出体外的人，请不要阻拦，那一定是她跑步接近了光速，正在奔向往昔。我们应该给她鼓掌加油，祝贺她成功。

假　象

　　前天，我照镜子，发现镜子里面的人不是我，而是一个陌生人。我前后左右看了看，身边没有别人。正在我疑惑时，镜子里的人说话了："我是另一个你，我只生活在镜子里。你不认识我，说明你对自己很陌生，你不了解你自己。你和我之间不只隔着一层玻璃，你与你自己之间也有隔膜，你被多重遮蔽以后，早已失真。现在，你连假象都不如。你不认识我是小事，你不认识自己才是致命的弱点。"

　　他正说着，在我们中间出现了一只神秘的手，突然拿走了这面镜子，这个人也随之消失了。我忽然想起来，我似乎见过这个人，我每次照镜子时都能见到他。看来他一直住在镜子里，每次都是不经约请而突然出现在我的面前。他究竟是谁？永远深藏在镜子后面，却又如此了解我的行踪和命运？想到这里，我开始怀疑，我们身边是否存在着一个与之对应的虚拟世界？这时我摸了摸自己的身体，似乎感到自己的生命也是一种假象，而在真和假之间，有一道无形的屏障，比镜子还要透明，却无人能够穿透。

另一个我

前一段时间，我发现了一种排遣孤独的新方法。我通过照镜子，然后把镜子里的那个假我请出来，坐在一起聊天、喝茶。有一天，我和那个假我正聊得开心，老婆从外面回来了，她听见家里有两个人在交谈，以为来了客人，可是进屋一看，只有我一个人，家里并没有其他人，她感到很纳闷。

有好几次我都是在老婆进屋之前，让那个假我回到镜子里，然后装作没事一样。

有一天，我又在照镜子，镜子里的那个假我从里面走出来，趁我不备，突然把我推到镜子里，而他成了我家的主人。我的傻老婆，根本不辨是非，把他当成了我。现在我郑重声明，自从我进入镜子以后，人们在我家里看到的那个我，就不是真正的我了，而是我的影像。他所做的一切，都将由他承担法律责任。

现在，我已经找到走出镜子的办法。我要等待时机，一旦那个假我来照镜子，我就立即走出镜子与他互换。和他互换以后，我将永远不再照镜子，不再给他出去的机会。

绝对真理

有人说，谎言说到一千遍就会变成真理。为了验证这句话是否正确，我说了一句谎话，然后重复了一千遍，结果发现这句话仍然是谎言。怎样才能获得相反的结果呢？我求教了许多人，都没有办法。

一天，我把这句谎言放在一堆真理中，经过反复搅拌，使其完全混淆在一起。几个小时以后，我发现这堆真理中有一半以上变成了谎言。仔细研究后我发现，不是我的谎言污染了真理，而是有些伪真理的包装在搅拌时被磨损，露出了里面的真相。这个发现让我震惊不已，原来我们深信不疑的某些真理竟然是经过伪装的弥天大谎。

为了证实这个实验的有效性，我用相反的思路又做了一次。这一次，我把一个真理放在一堆谎言中，经过反复搅拌，结果这个真理却依然是真理。我用显微镜仔细观察，发现这个真理不是来自一般事物的相对真理，而是绝对真理。

后来，我追查这个绝对真理的来源，经过漫长的路程找到了造物主。

当面评估

在某个行业中掌有权力的一个重量级人物，想称量一下自己到底有多重，于是就量了一下体重，是七十五公斤。显然，这个体重与他的名声相比，实在是太轻了。那么本体和虚名之间的差异到底有多大呢？他陷入了困惑。

为此，一个科学小组对他的各项指标进行了精确的测量和计算，得出的结果是：他的身高和崇高之间，差距是一万两千三百四十五米；他的心和良心之间，距离是六千七百八十九光年；他的手和手段之间，距离为十米（也就是说，基本一致，但手段不太高明）；他的话语和谎言之间，距离为零米（这说明他的话句句都是谎言）。

这个结果令他很不满意，于是他在特定的人群中做了一次调查，要求对方当面对他做出评估，结果他得到了几乎一致的评价：他的身高等于崇高；他的心就是良心；他只有手，没有手段；他只有话语，没有谎言。

我回头看了看，这人群，其数量之众、分布之广，让我一眼望不到边际。

自己的外人

有一个非常著名的演员，能够塑造各种人物，达到逼真的程度。在一部有关他自己的剧本里，剧组让他出演自己，他却演得非常虚假，一点儿也不像。为此他感到很苦恼，想找到其中的原因。他对着镜子反复观察自己，研究自己的一言一行，分析自己的性格，甚至把自己请到清静的山野里，跟自己独处，静静地交流、谈心。一段时间过后，他继续出演自己，还是不像，他只是模仿了自己的形态，没有体现出他的整体气质和内心世界，看上去依然很假。

为了继续探究自己，有一天，他趁自己不注意，用钻头在自己的身上打出一个小孔，然后通过内视镜对自己的身体进行偷窥。这一看让他震惊不已，他发现自己的身体里竟然隐藏着一个陌生的灵魂。他问这个灵魂是谁，灵魂说："我就是这个身体的主人。你不认识我，说明你根本不了解自我，你只顾去模仿别人，却把自己当成了外人，你虽然拥有这个身体，却不认识自己。"

演员猛然醒悟，他之所以演不像自己，是因为他多年来一直在借助这个身体，生活在别人（角色）的命运中，完全忽视了自我，以至于不再认识真实的自我。他成了自己的外人。

多年以后，这个演员告老还乡，经过生活的磨砺，去掉了所有的伪饰，他还原为自己。慢慢地，他的身上不再有他人的影子。他逐渐接近了自我，最后彻底回归了自我，与自己成了一体。这时，他不是在出演自己，而是生活在自己的命运之中。他终于成了自己的主人。

推 动 者

　　一个被追击的人，拼命逃跑，由于用力过猛，冲出了生命底线，跑到了人生的外面。这些努力没有白费，他依靠自己的力量和速度，终于逃脱了追击，获得了解脱。

　　到了人生的外面以后，他回头观望，发现身后并没有追击者，苍茫的世界上依然人潮涌动、生生不息。既然身后没有人追赶，为什么要逃跑呢？他对自己的行为有些不解。他决定沿着自己走过的路线，回头去寻找原因。

　　于是他逆向行走，回到他曾经生活过的世界。他看到所有迎面而来的人都在不停地衰老，人们似乎被一种巨大的力量推动着，朝着一个共同的方向，一刻不停地奔走。他穿过了这些浩荡不息的人群，一直往回走，走过了当代，走向了古代。他一直走到人类的幼年，看见人类史上最初的一个人，正在出发。这个人的身后，是一只巨大的推手。

　　至此，他不该再往前走了。可是，倔强的他，迎面向这个人走去，他穿过了这个人的身体，也穿过了巨大的推手，继续往前走。他走到了极点。这时他转过身，看见了上帝的背影。这个背影的前面，是越走越远的人类。

　　站在上帝的身后，他终于看到了人类的创造者和推动者。他发现，人们不停地向前奔走，不是在逃亡，而是沿着上帝所指引的道路，去往远方。有的人走累了，就脱下自己的身体，轻装而行，踏上了灵魂之旅。

　　这些远行的人们，在上帝的指引下，离上帝越来越远。

　　为什么是这样？他陷入了惶惑。这时他忍不住伸出手，在上帝的身后推了一把。上帝知道他在身后，没有回头，顺手把这个推力散发给星空，使许多懒惰的星球也开始了自转。

力大无比

三个壮汉想把地球搬起来,他们一齐用力,累死了三次,也没能搬动。

得知这个消息后,我找到他们,当着他们的面,倒立起来,用脑袋顶着地球,没有费多大的力气,就把地球举到了空中。这让他们佩服不已。

我顶着地球,犹豫了好久,也没有找到合适的地方,最后只好把地球放回原处。

我被尊为大力士,这就不用说了。人们佩服的是,我顶起地球时,居然是两脚踏在空中;若是两脚踏在地上,举起一个天空也不在话下。

后来,我想抓着自己的头发,把自己拔到空中,但是很不争气,我没有拔起来,却把自己抻长了,身高从一点六五米一下子变成了一点七六米。这件事,让人们笑话不已。

造 人

很久以前，我制作过许多泥人，由于无处存放，于是我在地上挖了一个坑，把一男一女两个泥人埋在泥土里。后来我想起此事，就扒开土坑，不看不知道，一看吓一跳。两个泥人已经老了，他们在这个土坑里生育了一群孩子。

孩子们爬出土坑，满世界乱跑。没过多久，他们就成家立业，生育了孩子。后来孩子也有了孩子。当他们回家探望时，两个老泥人已经离世，埋葬在当年那个土坑里。

我制作的泥人与女娲制作的泥人，形貌相似，不同之处在于：女娲制作的泥人吹气后变成了肉体，一代又一代繁衍不息，一直活在世上；而我制作的泥人一代又一代死去，全部回归为泥土。

更大的区别是，女娲具有灵魂的批发权，因此人们获得了思想和信仰；而我是女娲制品的后代，没有机会得到第一手材料，因此我制作的泥人只能以泥土为起点和归宿，在出发的地方等待人们还乡。

我不认为我冒犯了女娲，但却因此窥见了她造人的秘密。

打捞一个雨滴

一个渔民在大海里撒网，说是在打捞多年前掉进海里的一个雨滴。这简直是笑话。据我估计，他根本不可能成功。

可事情就偏偏那么凑巧，他真的打捞上来了，而且经过专家鉴定，确实是多年前掉进海里的那个雨滴。

当初这个雨滴从天而降，正好掉进一条鱼的嘴里，这条鱼喝下这个雨滴，然后把它完整地保存在体内。如今渔民打捞起这条鱼，迫使鱼吐出了这个雨滴。这是我的推测。

另一种可能是：雨滴一直悬在空中，多年来一直飘忽不定，直到有一天渔民出海打捞，这个雨滴终于落下，并且不偏不倚地落在了渔民的手心里。这也是我的推测。

还有一种可能是：根本不存在这样一个渔民，而雨滴却偏偏选择了他，迫使他购买了一艘渔船，并且为他准备了一片大海。然后让我写下这个故事。本来世界上没有我这个人，为此，上帝特意创造了我，并允许我看见和说出这个雨滴。

我是谁？

凡是对我傻笑的陌生人，我都对他们报以傻笑，露出里面的大牙。

但是，一个陌生人对我傻笑不止，并且几十年都是如此，他就不再是陌生人。

我在一面镜子里见过这个人。有一天我独自一个人在家里照镜子，在镜子里看见了这个人。可是当我把镜子从中间拿走时，这个人依然站在我的对面。这让我很惊讶。

"你是谁？"我问。

"你是谁？"他也问。

"你是我吗？"我问。

"我就是你。"他答。

我吓坏了，赶紧拿起镜子，放在我们中间，但我没能挡住他。他依然冲我傻笑，露出了里面的大牙。

如果他的身份得到确定，我是谁，就真的成了一个问题。

两个灵魂

前不久，在体检做胸透时，医生惊讶地告诉我，你是一个特殊的人，你的身体里有两个灵魂。

我这才意识到，平时体内确实有两个人经常争吵、辩论，甚至大打出手，搞得我胸部疼痛。医生说："你必须做手术，取出一个灵魂，体内保留一个灵魂。"一听说要做手术，我当即反对。我愿意保守治疗。

后来，我找到心理医生，医生开出的药方是：一、让两个灵魂随便吵，吵累了，他们就老实了。二、怂恿他们打架，来一场生死搏斗，打死一个，剩下一个，就安生了；如果两败俱伤都死了，没有灵魂了，反倒省心。

回家后我按照这个方法治疗，效果极差，它们比以前更闹腾了，简直让人心神不宁。后来，在一个心灵导师的引导下，两个灵魂都忏悔了自己的过错，从此不再争吵，并且相互帮助和鼓励，成了朋友。

现在，我不管遇到什么问题，都跟两个灵魂商量，这使我的智慧增加了一倍。关于这件事，我不能过于声张和炫耀，因为毕竟许多人没有灵魂。

那些可以忽略的

一架飞机在天上飞。如果忽略掉乘客和行李，就可以理解为许多张机票坐在飞机里，正在飞行。因为机票是重要的，没有机票，即使你长得再好看也不能登机，因此也就无法乘坐飞机飞行，除非你自己会飞。

如果把机票也忽略掉，就可以理解为钞票在飞。因为没有钞票，你就无法购买机票，没有机票，你就不能坐在飞机里。

如果把地球也忽略掉（事实正是如此，飞机已经离开地球，好像天空才是它们的家园），把乘客、行李、金钱、机票都忽略掉，就剩下飞机在飞。如果把飞机也忽略掉，天空将变得何等空茫。

有一次我坐在飞机上，心想，如果把肉体也忽略掉，会是怎样？也许，只有肉体才需要这个世界，灵魂所需要的，可能恰恰相反。

黑 月 亮

　　一个黑月亮出现在白昼。人们惊呆了。有胆大者找到天梯，攀到天上一探究竟。地上的人们仰望着，唏嘘不已，以为是不祥而惶恐。

　　后羿闻讯，拉开长弓将其射中。黑月亮中箭后崩碎，变成灰尘弥漫于天空。随后黄昏降临。随后黑夜降临。

　　胆大的人从天上回来时，地上已有灯火，有人入梦，有人已经死去了多年。

　　传说，黑月亮不是月亮，它是黑夜的灵魂。

伏羲

伏羲在天上凿击月亮，传来叮叮的声音。有人喊道："已经不少了。"伏羲看了看，麻袋里已经装满了火种。

伏羲背着火种，返回途中，不小心麻袋开裂，火种纷纷散落人间，惠及人民。

从此，地上有了火，夜晚有了灯。

相传，伏羲人首蛇身，乃中华之祖。伏羲有女儿，名曰宓妃，淹死于洛水，成为洛神。

放月亮　　二〇二二　大解

武林高人

一个号称大力士的人，找到我比武。不等他近前，我运足力气，在十米之外对他隔空推了一掌，他的身体没有倒下，但他的灵魂却被我推到体外，像身影倒在地上。

大力士不服气，要求再次和我比试。不等他动手，我先开口，对他展开了攻心术。我动之以情，晓之以理，连续不停地说了三天三夜，不给他一秒钟插话的机会，我的肺腑之言把他的心给说碎了。他的心碎裂后融化了。同时，他的腿也软了，最后支撑不住身体，当场瘫在地上。

两次交手，他都输了。

后来他不比了。我们成了好朋友。

我们经常切磋武艺，武功互有长进。到后来，他能够一掌把自己推倒；我能够抱住自己的身体，把自己从地上拔起来。我们武功超群，却从不出战，只为和平而奔走。经过不断修炼，我俩都成了武林中不战而胜的高人。

不跟火车赛跑

我从来不跟火车赛跑，火车的腿太多，有蛮力，我跑不过它。我也不跟汽车赛跑。就说小汽车吧，它有四条腿，如果它在奔跑的过程中同时打开四个车门，就会像大甲虫一样飞起来。我不能跟它比。

一般情况下，我愿意跟古人比赛。一次我绕地球赤道跑了三圈，到头一看，古人还躺在原地没动。我赢了。

还有一次，我跟尚未出生的人比赛，我跑了几个小时，对手也没有出现。我一打听，原来与我赛跑的对手一千年后才能出生。我来早了，需要漫长的等待。后来又听说，他不来了，永远也不来了，他拒绝出生了。我成了没有对手的人。

实在无聊，我就自己跟自己比。我的左腿跟右腿赛跑。没想到我的左腿略短一些，跑起来总是吃亏。两腿长度不一的跑步结果是，我在场地上绕起了大圈子。一些正直的人们误以为我是在故意制造圈套，就制止了我的可疑行为。

如今，我已经找到对手了。经过多年观察，我发现有一个非常阴暗的人，一直贴在我的身边，已经跟踪我多年。我准备甩掉他。可是无论我慢走、快走，还是飞奔，都无法甩掉他。他就是我的影子。

骑手和白马

一个骑手驾驭着白马在大地上飞奔。

多年以后，人们看见骑手变成了白骨，依然骑在马背上。

后来白马也变成了骨架。白骨骑手驾驭着白骨之马，依然在狂奔。

大约三生以后，人们已经看不见骑手和马了，它们只剩下了幻影。

后来幻影也消失了，人们只能听见呼啸而过的风声。

据说，只有一个人知晓其中的秘密，因为他在时间内部看见过骑手和白马的灵魂。

这个通晓秘密的人曾经来过，将来还会来临。

双目失眠

有一段时间我双目失眠，眼睛闭上一分钟之久还不能入睡，因此我特别羡慕那些闭眼半秒钟就能做梦的人。

尽管死后有充裕的时间睡觉，但我还是想治疗失眠症。我用不透光的黑布做成眼罩，戴上后入睡时间提前了许多，但还是不能在半秒钟内入梦。

为此，我向死者请教睡眠术，死者哈哈大笑。我去医院，医生也哈哈大笑。看到他们大笑，我也笑了起来。没想到我大笑的时候眼睛都笑眯上了，眼睛眯上后当场就睡着了，随后就打起了呼噜。

我的失眠症就这样治愈了。但入睡太快，也带来了一些不便之处。比如在公共场合遇到可笑的事，我都忍着不敢笑，因为我的眼睛本来就小，一笑就眯成了一条缝，一旦眼睛眯上，我当场就会睡着，甚至倒在地上。不了解我的人还以为我笑晕了，并不知道我是睡着了。

生死回环

一个死者向我问路:"去往人生怎么走?"我说:"你要是问我死路,我可以告诉你,活到头就是了,但想重新来到人生,恐怕就没那么容易了。人们来到世上,不是你想来就来的。轮到你来的时候,你不想来也得来;该你走的时候,你不想走也得走。这些都由不得自己。"

死者说:"老兄你理解错了。我打听人生之路,是想如何回避,免得再次误入人生。我想沿着死路一直走到底,永不回头。"

明白他的意思后,我说:"这个好办。你已经是死者了,一直走下去就可以了。"

没想到生死之路是一条环形路,他走得越快越远,回环越快,没过几年他就回到了人生,成为一个后人。当我再次遇见他的时候,他假装不认识我,但我一眼就看穿了他的本质——虽然他更换了身体,但依然使用着旧的灵魂。

修补灵魂

一次我在地上发现了一些灵魂的碎片，当即用塑料袋把它收起来，或许会有用处。没想到这些灵魂碎片还真的派上了用场，恰好有一个灵魂有缺陷者到处求医，在报纸上刊登了广告，高价寻求灵魂碎片，以便修复自身。

出于人道，我把灵魂碎片无偿献给了这位患者。据说修补灵魂的手术非常复杂，即使手术成功，也需要漫长的恢复期。

去年，我步行一千多公里前去看望他，见到了这位患者。让人遗憾的是，由于我所提供的灵魂碎片数量不足，致使他的灵魂缺损没有得到完全修复，至今还留下一个漏洞。

医生无法解决的问题，我想试试。我尝试用道德进行弥补，没有效果。后来我用一张大额钞票糊在漏洞上，当时就见效了。金钱的作用让我惊愕。

身影缺陷

我遇到过一个人，身影有些缺损，阳光强烈的时候特别明显，总是少一块，看上去怪怪的。

我见过许多彩色身影的人，却很少遇见身影缺损者。出于好奇，我把自己的身影剪下了一块，贴在他缺损的地方，结果无效。没想到身影也有排异反应，两个人的身影不能融为一体，就是强力胶水黏合也没用。

到医院检查后发现，他性格过于内向、情感内敛，导致一部分身影缩回体内，长期积累之后，就出现了"身影缺损症"。医生给出的治疗方案是，敞开心扉，释放身体能量，日久会有好转。

任何事情都要讲究一个度。在治疗的过程中，他的情感和体能释放过度了，在短时间内把身体彻底排空了，结果出现了相反的结果：他没有了身影。

一个没有身影的人更加苦恼。好在经过漫长的时间，他的身影得到了一些恢复，但看上去还是很薄，禁不住风吹。前不久我见过他一次，看见他的身影若有若无，在身后飘忽，仿佛披着一块透明的塑料布。

大 灵 魂

　　一个灵魂饥渴的人，经过多年不断的阅读、交往、积累，终于把自己的灵魂喂养得饱满起来。由于他持续不断地增强修养，灵魂继续变大，直到有一天，他的灵魂撑破了身体，从里面走了出来。

　　这个出走的灵魂失去身体约束以后，继续成长，从此再也没有一个身体适合他。后来，这个灵魂经过多年的游荡和求索，终于找到一个大于个人的集合体——民族，最后他通过这个民族融入国家的命运里。

　　而滋养灵魂的那个人，身体胀破后，依靠生命本能活了下来，从此不再死去。他决心要找到自己的灵魂，重新装回体内。为此，他不断扩张自己的身体，以便有足够的体量来容纳一个超大的灵魂。

　　据说，有人在远方的地平线上见过一个巨人，正在寻找自己的灵魂。传说这个巨人的衰老程度已经超过一个民族，只有漫无边际的时间和荒原，才能容纳这个灵魂的废墟。

自我搏斗

有一个武功超群的人，天下无敌。由于没有对手，只好进行自我搏斗。一天，他在自我搏斗中造成误伤，把自己的一条胳膊给拧断了。

这条被拧断的胳膊康复后，产生了记忆，对另一条胳膊记仇了，经常伺机报复。有一天，乘其不备，这条胳膊突然发起攻击，把另一条胳膊给拧断了。复仇以后，两条胳膊扯平了，但两条胳膊都受过伤，此人武功大大减弱。

随着双臂受伤，这个天下无敌的人，左半身和右半身产生了对立的情绪，相互不予配合。比如左腿已经迈出，右腿却不跟进。左眼睡觉了，右眼却睁着。久而久之，他的身体严重失调，精神也失常了。

一天，他发现一个阴影一直跟在他身后，他以为是死神在跟踪他，于是他与这个阴影展开了一场殊死搏斗，最后被活活累死了。他至死都不知道，这个阴影就是他自己的身影。

武功高人

一个大力士和一个弱者比武。大力士仗着身高体壮,抢先出手,一把就把自己的身影从身上撕下来,然后用力撕扯,把身影撕得粉碎,一片一片扔在地上。

围观的人们一片唏嘘。大力士举起双臂,绕场欢呼,露出胜利的表情。

弱者并不着急。他慢慢地脱下自己的身影,然后把身影折叠起来,像是叠好一件衣服,轻轻地放在地上。他同样绕场一周,露出胜利的表情。

大力士一看,急了,抓着自己的头发离地三尺,绕场一周,让围观的人们赞叹不已。

弱者也想抓住自己的头发离地三尺,但他力气太小,没有抓起来,引起人们一阵哄笑。

弱者丢了面子,觉得无地自容,急得浑身冒汗。他脱下衣服,还是觉得热。他把自己的皮肤也脱了下来,还是觉得热。于是他脱下了整个身体,只剩下灵魂。他的灵魂绕场一周,向人们致歉。

大力士一急之下,灵魂也从体内走出来,两个灵魂互相致意,表示敬佩,然后携手而去。大力士的身体和弱者的身体看见灵魂远去,也都赶紧跟随而去。

看到这里,围观的人们面面相觑,无不灵魂出窍,相随而去。一群灵魂的后面跟随着一群身体。

宝　刀

有一个铁匠得到一块陨铁，他用这块陨铁打造了一把刀。这把刀锋利无比，可以把湖水割开一道裂缝，十天之内都无法愈合。

一个壮士听说铁匠打造出了一把快刀，前来购买。铁匠说："这是一把宝刀，我不卖。除非你用一把同样铁质、同样锋利的快刀跟我交换。"

壮士一心想得到这把宝刀，于是就到别处去寻找同样铁质、同样锋利的快刀，然后购买，以便跟铁匠交换。

壮士满世界寻找。多年以后，他得到一个消息，说有一个铁匠拥有一把宝刀，可以把湖水割开一道裂缝，十天之内都无法愈合。

壮士千辛万苦找到这个铁匠时，他们已经老了。他看见似曾相识的一个铁匠铺里，一个苍老的铁匠正在打铁，便恭敬地上前问道："听说老先生有一把宝刀，可否卖给我？"老铁匠说："是的，我确实有一把宝刀，但我不能卖给你。因为我已经答应一个壮士，等待他用同样铁质、同样锋利的快刀来跟我交换，我必须信守诺言。"

老壮士说："我年轻时见过一个打造出宝刀的铁匠，他也说过同样的话。"铁匠说："世上竟然有跟我说同样话、同样信守诺言的人？我一定要去拜访一下这个铁匠。"

于是老铁匠抱着他的宝刀出发了，开始了寻找另一个铁匠的旅程。当他费尽周折打听到他要寻找的铁匠时，已经老得不像样子。他带着宝刀来到一个似曾相识的村庄，村里的人们告诉他，这里确实有过一个铁匠，很久以前他去寻找另一个铁匠去了，至今没有回来。

这时，一位风尘仆仆的老壮士从远方赶来，说是要寻找一位打造宝刀的老铁匠。两个人在破旧不堪的铁匠铺里相遇时，已经互不相识，一阵交谈之后，又各自出发，开始了漫长的寻找。

一 盏 灯

一天傍晚，我在路边散步，看见一个影子向我走来。不知是谁的身影，脱离了主人，在路上游荡。当他经过我身边时，贴在了我的身上。

我没有惊慌。我估计他是把我当成他的主人了。

我轻轻地推开他，问："你是谁？"

"我是黑夜的遗孤。"

"你找错人了，我不认识你。"

"我要找的不是你，而是你的身影。"

说着，他一把抓住我的身影，从我身上撕下来，带走了。

随后，黄昏越过远方的山脊，顺着斜坡向下推进，把地上的余晖挤到空中。晚风吹拂着高处的霞光，向天边驱赶云阵。白昼就要谢幕了。所有事物的影子都在膨胀，在暗中聚集，最后融为一体。传说中的黑夜随即来临。那个抢走我影子的家伙又回来了，他带回了数不清的影子，其中包括我的影子。这些影子构成了整个黑夜，把我紧紧地包围在里面。

我惶恐地问："你到底是谁？"

"过去我是黑夜的遗孤，现在我是黑夜的核心。"

"你到底想干什么？"

"我要用你心中的黑暗，喂养我的灵魂。"

说着，他向前走了一步，我向后退了一步。我感到无边的夜色，正在大地上聚拢。

正在这时，神来了。

神知道大地上的黑暗太重了，就找到这个影子，把他的心点燃了。就像神当初所说："要有光，于是就有了光。"

我惊异于神的能力，就记下了他所做的事。在茫茫黑夜里，我看见影子的心燃烧着，像一盏灯。

失魂记

　　一个人从故乡出发，去往远方。由于他走得太急太快，超过了身体的承受力，把灵魂甩到了体外。他的灵魂跟不上他的脚步，渐渐落在了后面。

　　灵魂在后面苦苦追赶，可是无论如何也追不上他。他们一前一后地走着，距离越来越远，最后竟然互相不见踪影。

　　一天，他终于坚持不住了，就在他快要累倒时，他发现自己的灵魂丢了。没有灵魂的人，就是一个皮囊，等于行尸走肉。

　　他意识到事情的严重性，就回去寻找灵魂，但是路上经历了太多的风风雨雨，灵魂在途中被雨水浸泡和腐蚀，已经瘫在地上。当他在路边的草丛中找到自己的灵魂时，灵魂已经虚弱不堪，许多部位已经腐烂，无法再回到他的身体里。

　　他觉得一个人不能没有灵魂，他一定要治愈灵魂。他知道故乡有一位老先生，曾经为灵魂疗伤，是位神医。于是他带着自己腐烂的灵魂往回走，准备回乡给灵魂治病。

　　也许是出行的时间太长了，也许是灵魂在体外的缘故，他走回故乡，费了很多周折。不是他的故乡消失了，而是变化太大，让他无法认识。当他说出要找的人时，人们告诉他，神医早已过世。

　　这时，故乡已不再适合他生活，也无人挽留他。无奈之下，他只好带着腐烂的灵魂，又踏上了去往远方的行程。而远方究竟在哪儿，到远方去干什么，他并不十分清楚。

猎 人

　　森林里有一只松鸡，正在地上觅食。蚂蚁看见了松鸡，慌忙逃走。但是蚂蚁跑到半路就忘记了松鸡，因为它碰到了一个食物。蚂蚁正在搬运这个食物，松鸡走过来，把蚂蚁吃掉了。松鸡正在吃蚂蚁的时候，一个猎人射杀了这只松鸡。

　　猎人把这只松鸡送给了一个生命垂危的老人，老人说："我已经不行了，吃了松鸡也没用，还是把它送给别人吧。"于是老人把这只松鸡送给了别人。别人觉得自己还不是最弱的人，应该照顾他人，于是又送给了他人。最后收到这只松鸡的是一个老乞丐。老乞丐没舍得把松鸡吃掉，正想送给别人，这时来了一只老虎，从乞丐手中抢过松鸡，叼走了。

　　猎人一直追踪着这只松鸡的去向。他跟在老虎身后，看见老虎把松鸡带回森林，送给了自己的孩子。几只小虎看见松鸡，立刻开始了争抢，并因此相互撕咬打斗起来。最后一只强壮的小虎得到了松鸡，叼到一旁，独自把它吃掉了。

　　猎人看到这一幕，叹了一口气，转身走开了。

　　人们最后一次看见猎人，是在天上，他向猎户座方向走去，既没有带枪，也没带身体，人们看见的是他的灵魂。

多余的话：

　　在动物世界里，弱者只能以食物的身份存在。强者生存，别无他理。

　　在人类社会里，弱者会得到人们的同情和照顾，因此人成为神的选民。

A、B、C

三个强盗被警察追击，他们分别是 A、B、C。

A 跑得飞快，当他跑到人生的边缘时，回头一看，发现警察还在追，他就用尽生命中最后的力气，拼命向前冲，由于用力过猛，灵魂冲到了体外，逃跑了，警察只抓到了他的身体。

B 不善于奔跑，但他善于躲藏。他躲在一条街道的转角处。警察发现他藏在墙角，就拆毁了这条街道，推倒了所有的墙。墙虽然推倒了，但墙的影子迟迟不倒，警察就放火烧毁了这些影子。B 无处藏身，被警察带走了。

C 没有跑，他直接找到警察，揭发了 A 和 B，并引领一群警察追缉 A 和 B。他跑在这些警察的前面，绕地球赤道一周，一无所获。但他仍然像是一个尽职尽责的导游，忘记了景区地点，带领着游客一直在苦苦寻找。

多年以后，A、B、C 在地狱里相见了。C 说："当年逃跑时，为了救你们，我把一群警察引开了。如果有来生，我还会救你们。"

A 和 B 什么也没说，他们正在默默忏悔。

后来，A 和 B 被人带出地狱，C 却留在了里面。C 因为谎言和欺骗而永世不得生还。

身影猛然从地上站起来

有一个脾气火暴的人，发火的时候心跳加快，血压升高，皮肤发烫，用仪器检测可以看到他浑身散发出微弱的火苗。难怪人们常说火气大或者发火，原来真有冒火这一说。据说火气超过身体极限的人，容易发生自燃。

我说的这个人没有自燃，但也遇到了麻烦。一次他在发火时，身上冒出的火苗把自己的身影给烧毁了。失去身影以后，他时常觉得孤单。

后来，一个壮士要去刺杀魔鬼，没打算活着回来，再说带着个身影也是个累赘，就在临走之前把身影送给了他。

壮士的身影高大而威猛，他披在身上虽不合身，但总算比没有身影强多了。

有了身影以后，他仍然经常发火。一天他在跟一个人发火时，对方看见他火冒三丈，没有跟他争吵，而是迎面一拳，将他打倒在地。

谁也没有料到，他倒在地上，身影却猛然从地上站起来，把对手吓得后退了一步。

这个身影是壮士的身影。

传　说

　　从前有个杀手，一刀砍断了小路，然后拔腿就走，大风拦截他也不停下。没想到小路尾随而至，直到杀手过了一条河，才摆脱了小路的追踪。

　　多年以后，杀手死了，小路从无数个方向来到他的坟前，并在坟的周围绕了许多圈，从空中看去，这个坟就像是一张蜘蛛网的核心，刮风的时候，这张网不住地飘动。

　　小路把杀手牢牢地控制在这张网里了，没想到，这正好为杀手提供了方便，每到夜晚，他的灵魂都要沿着无数条小路同时出游，浪迹天涯，然后返回。

　　据史料记载，这个杀手从没有杀过人，他只试过一次刀，砍在地上，然后拔腿就走，大风拦截也不停下。

　　另据史料记载，小路从来就没有追过人，更没有在地上织过网，它只受过一次刀伤，伤愈以后，多次看望过一个死者。其他传说概不足信。

灵魂杀手

传说，人间有许多不死的灵魂，他们每过几十年就更换一次身体，把旧的身体废掉，换成婴儿的身体，然后慢慢长大，变老，直至下一次轮回。也就是说，每过几十年，他们就要经历一次新生。

在不断的新生过程中，有一个灵魂变得越来越丑恶，他欺世盗名，损人利己，并且总是能够成功地获得财富和地位，骗得名声和荣誉。人们非常厌恶他，却无法抑制他的行为。时间长了，有些灵魂看到这个恶魂不但没有受到制裁，反而经常得到实惠，也就跟着他学，慢慢地变坏，成为一个又一个肮脏的灵魂。

为了净化这个世界，人们纷纷找到上帝，控诉这些罪恶的灵魂。为此，上帝征求众生的意见，制定了法则，供所有的生命遵循。但是，总还有一些龌龊的灵魂侥幸逃过制裁，混迹于人间，继续作恶。对此，上帝很生气，决定永远不许这样的灵魂上天堂。

可是，令人无奈的是，这些灵魂根本不想上天堂，也不想下地狱，他们滞留在人间，专门在人世中轮回，除此哪儿也不想去。他们不断地投生为人，装扮得衣冠楚楚，得势而妄为。为此，人们制定出许多条法律，但总有一些坏人逍遥法外。

在万般无奈的情况下，上帝不得不派出灵魂杀手，来铲除这些恶魂。有时，我们看到风中有恍惚的影子，那就是上帝派出的杀手在奔走，他们在追杀的过程中发出气喘吁吁的声音。

第四辑 祖先公社

牧羊人

从前，有一个牧羊人，唱歌特别好听，有时羊群都忘了吃草，围拢在他的身边，听他唱歌。

他牧羊，从来不用鞭子。他走在羊群的前面，用歌声引领羊群。他唱欢快的歌时，羊群就随着他的歌声轻轻地舞蹈；他唱伤心的歌时，羊群就低下头去，默默地流泪。

他的名声在草原上传开了，许多牧羊人都效仿他，用歌声引领羊群。当两个牧羊人遇到一起时，他们就合唱，歌声传到远方，引来了更多的羊群。当许多个牧羊人遇到一起时，便有了更大规模的合唱，歌声传到了天上，惊动了女神。

女神听到了他们的合唱，来到草原上，聆听他们的歌声。后来，女神也加入了合唱，并在草原上组建了牧羊人歌队。从此，女神就留在了草原上，与牧羊人结为夫妻，生育了许多孩子。

后来，女神的孩子遍布了整个草原，他们每个人都是天生的歌手。有时在草原的外面，也能听见他们的歌声。

祖先公社

古时候，有一位石匠，看到一块大石头，他认为这块石头里藏着一个人，就用锤子把石头的外表一层层敲开，去掉包裹的部分，他真的在里面找到了一个人。但是这个人已经与石头融为一体，成为一个石人。

这个消息很快就传开了，远近的人们都去看望这个石人。有些人认出来，这个石人就是传说中的很久很久以前的一位老人。于是，人们便把这个石人抬回村庄，供奉起来。

此后，石匠又从另外的石头里发现了其他一些古人，并把他们从石头里解救出来。石人们回到这个世界以后，并不参与人们的生活，他们只作为旁观者，静态地关注人们的生死，既不说话，也不随便走动。

后来，许多先人都从石头里走出来，回到他们曾经生活过的世界。随着石人的逐渐增多，这个地方成了古人聚集的村落，最后形成了一个祖先公社。

有一天夜里，这些石人被一群灵魂附体，慢慢恢复了活力，开始秘密地走动。石人们发现，他们拥有一个共同的祖先，而这个祖先不知藏在何处，一直没有到场。他们决定，要找到这个祖先。于是他们请来石匠，全体石人与石匠一起开山凿石，多年不止。

最古老的祖先名叫古，有时也称盘古。盘古知道了石人们的行动，就自己从山脉里走了出来。盘古怕石人们的行动影响这个世界，就把他们领到了不可知处。从此，这个祖先公社就从人们的视野中消失了。

祖先公社消失以后，还有许多古人和动物困在石头里，尚未得到解救，他们急于追赶祖先公社，就在洪水季节里沿着河道向下滚动。

天　梯

据大解的《悲歌》记载，远古时期，人们曾经在岐山顶上修筑过一座螺旋形上升的天梯，意在天地之间架设一条通道，以便人们与上天之间来往，同时也便于神灵下凡和世间的灵魂升天。

随着天梯的加高，世上有许多死者的灵魂被送到天上，并且不再回来。这样一来，地上的灵魂就少了许多。与此相反的是，人的出生却没有减少，反而越来越多。由于灵魂在减少而人在增多，致使灵魂不够用，造成许多人徒有一身皮囊，却没有灵魂。慢慢地，世间就多了许多行尸走肉。

这些徒有其表的人，没有思想，没有灵魂，对世界的贡献非常有限，影响了人类的整体质量，也影响了人类的进步。

正在这期间，洪水时代来临，女娲补天时动用了修筑天梯的石料，最后完全拆毁了天梯，用于补天。从此隔断了灵魂升天的渠道，世间终于保留了一些具有灵魂的人。

据说，如今岐山顶上已经找不到当年修筑天梯的痕迹，但是天梯这个词语却留了下来，一些具有思想的人沿着这个词语向上攀登，也能与上天交流，并在内心里接受神的旨意。

歌　神

古时候，有一个专门练习发声的人，他能够用腹腔和喉咙发出好听的声音。当时，人们经常聚集在他身边，听他发出的声音。还有一些好事者把他的声音用布袋收集起来，带回去给家人听。后来，人们把他发出这种声音叫作歌唱。

一时间，有许多人跟他学习歌唱。

由于用腹腔和喉咙发出声音需要内气，唱起来很费力，跟他学习歌唱的人没有他那么深厚的功力，为了省力，就把发声的部位往上移，改用口腔或嘴唇发音，这些人唱起来虽然轻快了许多，但却缺少震撼力，没有了感人的肺腑之音。

为了抵御这种肤浅的歌唱风气，他加深修行和内敛，把内气往下沉，一直沉到小腹，再让小腹中的气流自下而上，运行到腹腔，然后通过喉咙发出声音。这种歌唱的方法使声音变得更加低沉而浑厚，有如黄钟大吕，气韵深远，余味无穷。到后来，他把全部的情感和生命气息运行到心脏，用心来歌唱，使愉悦者为之沉醉，忧愁者更加忧愁。

这个歌唱的人活到一百多岁，歌声越来越动听，人们把他尊称为歌神。据说，在一个人所不知的夜晚，他坐在树下给月亮唱歌，唱到最后，自己泪流满面，以至于泪水冲垮了自己的身体，他融化成了一潭净水，他歌唱的声音化成了清风。

据说，在歌神融化的地方，经常有神秘的现象，只要你静下心来，就能在内心深处听见优美的歌声。

水　坑

　　从前，荒漠上有一个牧羊人，遇到一个小水坑，他往下看时，发现水坑里面有一个人也在看他，跟他做同样的动作，把他吓坏了。于是他用土把小水坑填满，把水里那个人埋了起来。过了一些日子，他不放心，扒开那些土，想看个究竟。当坑里又出现了水时，他发现那个人并没有死，居然还在水坑里，他吓得拔腿就跑，从此不敢再去那里。

　　多年以后，牧羊人老了，可他一直还记得水坑这件事，想在有生之年弄清水坑里的那个人到底是谁，是否还活着。他找了许多天，没有找到。年深日久，沙土掩埋了原来的地貌，水坑早已不见了。对此，他感到非常遗憾。

　　牧羊人死后，终于在天堂里见到了水坑里出现的那个人，可是那个人已变得老态龙钟。牧羊人虽然见到了他，却依然不知道他是谁。

太 阳 神

从前，有一个老人喜欢看夕阳。他发现，每天落下的都是同一个太阳。也就是说，他的祖先所看到的太阳与他现在所看到的太阳是同一个太阳，因此他断定这是一个老太阳。

他想，老太阳在天上已经运行了无数年，总有一天会暗淡的。太阳暗淡了，世间万物就会陷入黑暗。于是他率领子孙们在地上开挖了一个水潭，用水潭的反射功能给太阳补光。

水潭越挖越大，最后成为一个湖泊。太阳的光得到了补充，延缓了暗淡的过程。多年以后，老人死在了开挖湖泊的工地上。他死后，不愿意就此歇下来，他的灵魂继续留在工地上，坚持和子孙们一起开挖。很久很久以后，他的子孙们也都效仿他，死后灵魂也不离开工地，坚持着加大湖泊的工程。

无数年以后，这个湖泊成了大海。太阳为了感谢这些人，就把他们的灵魂接到太阳里。后来，这些灵魂参与了阳光的创造和散发，成为一群太阳神。

布 娃 娃

　　从前，有一位母亲失去了女儿，就制作了一个布娃娃充当自己的孩子。一年冬天，布娃娃趁母亲不在家，自己走到了外面，冻得发抖。好在母亲及时找到了她，把她抱回了家，她才没有被冻死。从此，懂事的布娃娃不再让母亲为她操心，自己很少出门。

　　多年以后，与布娃娃同龄的孩子们都长大成人了，可布娃娃一直保持着原来的模样，没有一点儿变化。又过了许多年，布娃娃的同龄人一个个去世，而她还是没有变化，她成了一个不老的娃娃。人们都很羡慕她，她也感到自己很幸福。

　　终于有一天，布娃娃的母亲去世了，布娃娃哭得很伤心。为了报答母亲，布娃娃在母亲的坟前守孝三年，最后被一场大风雪掩埋了。

　　为了纪念这个可爱的布娃娃，许多母亲都按照她的模样，缝制了布娃娃作为自己的孩子。于是一个布娃娃变成了许多个布娃娃，她的生命变成了无数个生命，她成了无数个家庭的成员。

星 星 峪

相传，远古时期，有个特殊的村庄，凡是在这个村庄出生的女子都会飞。传说她们是女娲的后代，嫦娥和飞天仙女都出自这个村庄。

一天夜里，女子们正在月光下游戏，发现有一颗流星从天而降，落在了西山的后面。她们出于好奇，就飞过去看个究竟，果真在西山的后面找到了这颗流星——一颗发光的圆形石头。她们捡起这块石头，决定把它送回天上。

趁着月光，女子们起飞，把这颗流星送到了自己村庄的上空。后来的许多年里，每当有星星降落，女子们都要飞过去，找到这些星星，然后把它们送到自己村庄的上空。时间长了，这个村庄的上空比别的地方多出了许多星星，夜晚也比别的地方明亮。

后来，天上的女娲知道了这件事情，怕这个村庄的夜空太拥挤，承受不了太多的星星，就下令不允许女子们再向天空送星星，并收回了她们飞翔的能力。

尽管这个村庄上空不再增加新的星星，可是已有的星星就足以使夜晚格外明亮，女子们不用点灯也可以绣花。凡是在这个村庄出生的女子，在星光的滋养下，比一般的女子都要光鲜美丽。

这个村庄因此得名星星峪，意思是：星星居住的山谷。

消失的树

相传，远古时期，在东海岸边有一种会走路的树，它们时而聚集在一起成为密林，时而散开，各守自己的生存之地。

有一天，它们在一些树的鼓动下，开辟新的领地，开始了大规模的迁徙活动。

漫长的迁徙开始以后，许多小树受不了长途跋涉，累死在中途；还有一些老树不适应新的地理和气候条件，加速了老化的进程，也消失在中途。只有那些壮年的树走得远一些，但是由于旅途劳累，再加上植物间的生存竞争，又消耗掉不少，最后能够走得很远的所剩无几。后来，这种会移动的树向西走入沙漠地带，在那里艰难生存，保留下很小的一个种族。

多年以后，这些树想起了自己的家乡，后悔自己的迁徙活动，决定返乡。于是，在一个特殊的年代，它们相约而起，在一些老树的带领下，开始了漫长的集体返乡的旅程。可是，时过境迁，沿途的土地已经各有领主，没有它们的落脚之地，它们长期得不到土壤和水分的补充，大批树木倒地而死，只有少数几棵树回到了东海岸边。

这些迁徙的树已经在西部沙漠地带生活了很多年，所以回到故乡以后，适应不了故乡的气候，结果都得了病，几年以后就全部坏死了。从此这个树种就从世界上消失了。

其他的树看到了这个悲剧，不敢轻易迁徙，都安分地守在自己的土地上，世代繁衍，生生不息。有些树为了避免移动，干脆退化掉走路的功能，从出生到死亡，永不离开原地。即使有些树种偶有扩张的野心，也是小心翼翼，步步为营，不敢贸然远征。有些树为了牢牢抓住脚下的土地，甚至让枝丫向地下生长，以至于在某些地带形成了地下森林。

这次悲剧发生以后，人们总结出一句话："人挪活，树挪死。"

湖边的故事

从前，有一个老人在湖边钓鱼。他钓上鱼后，养在湖边的一个水坑里，然后再把鱼放回到湖里。一天，他钓上来一颗小水滴，他把小水滴养在水坑里，几天后，他想把这颗水滴放回到湖泊里，但是水滴已经融化在水坑里，找不见了。为此，他非常后悔。

从此，这个老人不再钓鱼，专门在湖泊里养育小水滴。后来，水滴越聚越多，越来越清澈，人们站在湖边，透过小水滴们可以看到水底的鱼群。

后来，这个老人成了水神。有时，他允许白云沉进湖底，有时他任凭月牙漂浮在水面。据神秘的知情者透露，在夜深人静的时候，湖泊里经常出现成群的星星。对此，老人既不承认也不否定。

收 藏 者

　　有一个喜欢收藏石头的人，名叫大解，他经常去河滩上拣石头，他家里藏有许多有趣的石头。一天，大解在河滩上拣石头，遇到一个老头，老头问他："你拣石头做什么用？"大解回答："观看。"老头说："我整天观看大河滩，河滩上有数不清的石头，有时我也看远处的山水，山脉不也是石头吗？我没有拣石头，但也观看到了大大小小的石头。"大解听了深有感悟。

　　后来的一天，大解在河滩上又遇到一个老头。老头问大解："你拣石头做什么用？"大解回答："收藏。"老头说："地上有很多石头，河滩以外还有河滩，山脉以外还有群山，你有多大的库房能够存放这些呢？"大解无言以对，深深地感到自己的浅薄。

　　过了许多天，大解去拜访这两个老头，途中遇到了另外一个老人，与其攀谈起来。大解述说了此前的过程。这个老人说："你收藏石头，你很有情趣，但是最好看的石头你是收藏不到的，因为它们不属于哪一个人，而是属于所有的人。"大解问："你说的是什么样的石头？"老人说："你看见夜晚的星星了吗？它们闪闪发光，布满了整个天空，它们才是最好看的石头，是供所有人欣赏的石头，不用谁去收藏，它们永远存在，永不熄灭。"大解听了深感震撼，并与老人一直谈到深夜。他们共同观看了夜空，感叹星空的浩渺和美丽。从此，大解对石头有了更深的感悟，经常仰望星空，眺望大地，领略大自然的神奇造化。大解成了一个大收藏家。

龙 马

相传，古时候有一个伟大的工匠，工艺精湛，经他雕琢的玉器美丽超凡。国王知道了，把他请去，让他雕一条大型玉龙。工匠答应后，用了几年的工夫，真的雕出了一条龙。可是国王看了后非常恼怒，认为他雕的既不像龙也不像马，而是似龙非龙，似马非马，有些不伦不类。于是就下令把工匠逐出王宫，斩首示众。

就在行刑的那一刻，天色突然大变，风云骤起，飞沙走石，只见一道白光闪过，从宫门里闯出来一条龙。人们大惊失色，立即给这条神龙闪开了一条道。只见这条龙脚不踏地，直奔刑场，如入无人之境。正在人们惊慌之际，工匠挣脱了捆绑，趁飞龙从身边一闪而过的刹那，飞身而起，骑在了龙的背上。工匠驾驭着这条龙从地上腾飞而起，进入了天空，在王宫的上空盘旋一阵之后，向西北方向飞去，直到人们望不见踪影。

后来人们才知道，这是一头早已消失的古老的龙马，得到了工匠的帮助，借助玉器的形体而还魂。后来，这个工匠在西北方建立了自己的王国，他驾驭着这条龙马，征服四方，无往不胜。他的雄心和胆识，以及他的驾驭能力，被后人称颂为龙马精神。

长寿老人

古时候，有一个神奇的老人，他练就了超凡的功夫，不吃饭，每天只以阳光、空气、水为食，并且健康如常。他的观点是，人和树木没有太大的区别，空气、阳光和水这三种物质中所含的养分，足以维持人的生命，人们不用再摄取另外的食物。

这个人活到两百多岁，仍然像个年轻人。由于他食用的都是洁净的食物，他的身体也是干净的，体内几乎没有杂质，因此看上去有些透明。由于他的食物是自然界中普遍存在的东西，又洁净又容易得到，用不着刻意去索取，因此他也是一个与世无争的人。他心情散淡，少有烦恼，平时也很少得病，连他的心情也是透明的。他活得太久了，后来人们记不清他到底活了多大岁数，他自己也忘记了自己的年龄。

有一天，国王知道了他的奇迹，把他请到王宫里，请他传授长生不老的秘诀，他说出了自己的生活方式。国王按照他的说法坚持到第七天，就昏过去了。国王醒来后的第一件事情就是把这个长寿的老人关进牢狱，给他定了欺君之罪。

老人在监狱里坚持了多年，但由于监狱里阴暗潮湿，一直见不到阳光，呼吸不到新鲜的空气，也喝不到洁净的水，他终于熬不过去，死了。他死后，他的尸体被抛弃到王宫外面的荒山上。

后来，人们冒死前去掩埋他的尸体，结果却没有找到。据说他的尸体在荒山上得到了阳光的照耀和清新空气的滋养，渐渐复活了。当人们去寻找他时，他已经恢复了活力，走到了远方。许多年以后，有人在高山以西见到了他，那时，他的胡子已经雪白，一直拖到地上。

升天之梦

古时候，有个人想不借助外力而到天上去，于是他就使劲往上跳。经过很长时间的练习，他能跳到一人高了，但是随后就会落下来。他在空中停留的时间很短，这使他非常苦恼。

他找了许多原因，最后他认定，自己的体重太重，影响了跳起的高度。他坚持锻炼，逐渐减轻体重，跳的高度确实增加了一些，但还是离天很远，无法跳到天上去。

这件事感动了上帝，上帝派来一只大鸟，让他骑在大鸟的背上，到天空遨游。他婉言谢绝了。他认为，那是借助外力，不属于自己的功夫。上帝对他的举动更为感动，于是答应他，死后灵魂可以升天，让他领略天空的高妙和辽阔。他同样谢绝了，继续练习跳高。

上帝遇到这样执拗的人，也拿他没有办法。于是，在他转世的过程中，上帝让他成为一只雄鹰，一生以飞翔为己任。在成为雄鹰的一生中，他终于实现了自己的理想，依靠自己的体能遨游苍穹，成为一个征服天空的猛士。

为了感谢上帝，他飞翔在天空和大地之间，成为天庭和人间的使者。

玄而又玄的鸟

中国有个古老的典故，叫玄鸟生商。故事说的是，古时候有个美貌的女子，因为吞下了玄鸟的蛋而生出一个孩子，这个孩子长大后成为商人的祖先。传说的真假无从考证。但我见过一种玄而又玄的鸟，它有了成熟的蛋并不急于下出来，而是一直让蛋宝宝待在腹中，用体温孵化它，经过一定的周期，直接从体内生出小鸟。这种鸟生育小鸟的方式非常特殊，它不是在窝里生，而是在高空飞翔的过程中生。小鸟从母体中出来后，在下落的过程中本能地张开翅膀，迅即开始飞翔。我是在高空中看到这一幕的。那天我到云彩上面去寻找特殊的雨滴，想从雨滴里提取一些小闪电，用于夜晚照明，无意中发现了这种鸟正在空中生产雏鸟。后来，我把这个见闻告诉了记者，记者到云彩上面守候了许多天，一无所获。但他意外地带回了几个小闪电，装在玻璃瓶里，送给了我。我经常在夜晚把玻璃瓶拿出来，玻璃瓶闪闪发光，我还能听到瓶子里面传出的微小的雷声。而关于玄而又玄的鸟，却再也没有人提起过。

湖边的故事

古时候，有一个小湖泊，里面有许多鱼，大家以水为食，生活得非常和睦、愉快。突然有一天，一条鱼改变了食谱，开始吃小鱼。由于它经常吃鱼，它的身体变得非常大，无人可以抵抗。随着身体的变大，它的食量也变得很大，吃小鱼已经不过瘾，它开始吃大鱼。多年以后，湖里的大鱼和小鱼几乎被它吃光了，它的身体也因此极度膨胀，占满了整个湖泊，半个身子露在水面以上。后来，这条巨大的鱼继续膨胀，直到这个小湖泊再也容不下它，而它只有躺在湖里才能喝到水。最后，它高出水面很多，再也喝不到湖里的水，被活活渴死了。

多年以后，这个湖泊恢复了往日的平静，鱼群游荡在水里，根本不知道此前所发生的一切。随着鱼群逐渐变大，又一条吃鱼的鱼悄然诞生。

泥　人

　　有一个老头会做小泥人，他做了一个又一个，摆放在野地里，可下雨以后全部瘫在了地上。他不灰心，继续做。终于有一天，其中的一个小泥人躲过雨水，活了下来，并且渐渐长大，成了他的传人。

　　多年以后，这个会做泥人的老头在一场大雨中，融化成了一摊泥土。人们这才知道，他不是一个真人，而是泥人的后代。

　　许多年后，他所做的泥人也老了。有一天，这个泥人感觉到自己时日不多了，便剖开自己的胸脯，从里面取出一块土，做成一个小泥人。后来这个小泥人活了下来，成了一个新人。

　　老泥人完成了自己的传承之后，喝了大量的水，从内部把自己泡软，悄悄融化在野地里了。他融化的时候非常隐秘，没有发出一点儿声音，也没有留下一丝痕迹。

　　据说，世界上有相当一部分人是泥人的后代，他们活跃在生活中，生老病死，代代传承，与真人已经混淆了界限，一般情况下难以辨认。

两 棵 树

我有一个朋友，多年前与他心爱的女人乘船来到一座无人居住的小岛上，在那里过起了隐居的生活。但由于岛上生活物资匮乏，他不得不让女人留守在岛上，他自己乘船回大陆购买生活用品。由于种种原因，延误了归期，等到他回到岛上，已是多年以后。他发现自己心爱的女人由于等待过久，长时间站在一个地方不动，脚下已经长出了根须，身上长出了叶子，完全变成了一棵人体植物。让人惊奇的是，这棵女人树还结出了一枚果子。与其他落叶乔木不同的是，所有树木的果子都结在枝头上，而她的果子结在体内。一天，这颗果子成熟后自己脱落到地上，发出了哭声。他抱起来一看，是一个可爱的婴儿。

这个婴儿长大后回到了大陆上，他用钢缆把这座小岛拉到大陆的边缘，从此小岛成了一处远近闻名的旅游胜地。去年我去过岛上一次，发现我的这位痴情的朋友也变成了一棵树，与他的女人树抱在一起，几乎成了一棵树。他们看见我，还亲切地摆了摆他们的枝叶。我当即写了一块牌子，挂在他们身上，我写的具体是什么，你们去看看就知道了。

把云团推下悬崖

把一块云彩揉成团,然后从悬崖上推下去,是非常危险的事情。但我却这么做过,而且不止一次。那年我去太行山,看到许多云团从山顶上滚下来,堆积在一条深谷里。我绕道山顶,看见一群年轻的游客干得正起劲,他们揉扯云彩就像揉棉花,其中一个女子由于处在云彩的中心,已经成了仙女。既然仙女也在其中,我就没什么好说的了,出于兴趣,我也加入了推搡云团的队伍。那天人们大呼小叫,干起坏事来非常卖力,人人都累得汗流浃背,却非常开心。

后来景区管理员找到我们,说一条山谷里云团堆积,极度阴暗,正午时能见度只有一毫米,致使许多游客滞留在了山上。为了弥补过失,我们下到山谷里,用镐和锨在云彩中开辟出一条小路,把滞留的游客引到了安全地带。由于峡谷太深,云彩疏散不开,几年过去了,我们滚落的云团还堆在那里,我们开通的云彩小路已经成了山里的一景。只是云彩小路踏上去很松软,走路时需要格外小心。

飞 毯

　　如果不骑在扫帚上也能飞翔，就能打破巫师的神话。为此，我研究多年并进行过无数次实验，比如骑在墩布、马扎、板凳、草墩儿上等，效果都不理想。有一天，我在睡梦中飞了起来，醒来后我发现自己睡在床上。我当即发现，床是个好东西。躺在床上，闭上眼睛，熟睡，做梦，在梦中就有可能飞翔。据此，我写出了一百多万字的论文，论述了床单、飞毯和做梦之间的关系，并探讨了床单布料的选择和裁剪、睡眠深度和姿势等问题。这篇论文使我成为床单理论的开拓者和奠基人。

　　不过，这个理论还有一个关键点没有得到很好的解决，那就是如何在醒着的时候也能飞翔。巫师对此也提出了质疑。后来，一个飞机制造厂的工程师站出来支持了我，他想把我的理论纳入他的设计思路，试图制造出真正的飞毯。他已经聘请巫师为助手，而我是专门在飞毯上睡觉的最佳候选人。

身　影

　　凡是经历过黑夜的事物都在内部积存着阴影，若是把内部的阴影清理出来，物体就会变得透明。一个女子懂得这个道理后，在医生的指导下，定期服药，决定把体内的阴影全部清理出来。大概过了一年多，她的身体有了明显改变，透明度逐渐增加，身影越来越淡，像是一层蝉翼。后来她站在阳光下几乎没有身影。

　　出于好奇，我在记者的引导下找到这个女子，发现她从体内褪掉的阴影足有一米厚，像是一个人脱掉的硬壳，依然保持着人形。我试图穿上这个硬壳，感受一下影子的重量，结果差点儿把我压垮。硬壳非常沉重，像是一件漆黑色的金属铠甲。真是想不到一个人的体内竟然有这么多的阴影。看到这些，我不再埋怨那些心理阴暗的人了，原来阴影是人的基本属性。

　　褪掉身影的女子越来越透明，后来变成了玻璃美人，再后来她变成了空气一样的人，走在路上无人能够看见。她成了一个隐形人。

　　随着阴影的消失，她的体重也变轻了，在微风中也会飘起来，出行很不方便。由于隐形和轻飘，她已经无法融入社会，人们看不见她，她就成了一个若有若无的人，等同于不存在。她想起过去有身影的时光是多么美好，她想回到从前，拥有一个身影，但医生说，还原阴影的药物还没有研制出来，只能期待未来。

　　这件事引起了外星人的兴趣，他们把她接到UFO里带走了，至今没有回来。透明女子留在世上的东西，只有一些穿过的衣服、用过的化妆品和几本相册。她褪掉的身影具有很高的科学研究价值，已经被影像学者运走，至今还在实验室里。

拦截大风

让一场大风穿过山口不是什么太难的事情。但要截住正在穿过山口的大风，却没那么容易。有一年我路过新疆塔城老风口，亲眼看见九个人手拉手，在拦截大风。我没见过这种阵势，出于好奇也加入了进去，结果没过多久，风就弱了。原来拦截大风至少需要十个人，我加入后正好够数。为此，我自豪了很多年。

后来，我回到华北平原，经常在节假日去太行山口，希望遇到大风并把它截住。但太行山人阻拦大风有特殊的方式。人们居住在山谷里，形成密集的村庄，每到起风的时候，家家升起炊烟，顿时整个山谷里形成炊烟的森林。风吹在炊烟上，遇到阻力而减弱。没想到炊烟也能起到防风的作用。

久而久之，习惯成了自然，在没有风的天气，农民也要定时生火做饭，升起炊烟。麻烦的是，遇到闷热天气，人们需要风吹，这些炊烟就成了挡风的障碍，需要砍伐。可是炊烟是软体植物，很难砍倒，即使费力把它们砍倒了，还会迅速长起来。为此，我成立了一个只有我一个人参加的科研小组，经过几十年的研究和实验，我终于找到了解决方案。我在论文中写道："无须砍伐炊烟，只要让风在炊烟的森林中拐来拐去，迂回穿过山谷，就会给人们带来凉爽。"但是这个方案有个前提，那就是：风必须同意拐弯，否则将前功尽弃。

石头种植技术

把玉米种在地里就能长出玉米。把稻谷种在地里就能长出稻谷。把石头种在地里，却未必能够长出更多的石头，因为石头对于温度和湿度太敏感，很难发芽，即使发芽了也很难结果。经过几年的实验证明，石头不适合种植。最起码在黄土地上种植石头容易枯死，因为黄土不透气。

我从来不主张种植石头。我一般都是把石头搬回家，做好底座，摆在架子上欣赏。对此，世界石头保护组织很不满，他们找到我，说我强迫石头站立，并且一站就是多年，石头得不到很好的休息，会加速衰老。他们还向我传授石头种植技术，希望我种植石头，将功补过。我当场表示反对。

我依然坚持自己的观点，并一意孤行。我收藏的石头越来越多，家里放不下，就堆放在楼下的空地上。由于堆放的时间过长，一些石头接触土壤后扎下了根，有的石头竟然下出了蛋。事情是这样的：一天我搬起一块石头，发现下面有许多白色的小蛋，中间还有一些蚂蚁在忙碌。这个发现让我震惊不已。我把石头下蛋这个重大发现报告给石头保护组织，他们的回复是：我们至今还没有见过石头下蛋，我们认为你是在扯淡。

石　头

　　如果你看到一块石头没有犯任何错误，却被人用草绳五花大绑、结结实实地捆起来，请不要为石头感到委屈，那是出于对石头的爱护，怕它们在运输的过程中相互磕碰，造成损伤。奇石经营者们懂得石头的价值，会采取防护措施，保护石头不受外力伤害，保证石头完好的品相。我见过一块顽皮的石头在运输途中偷偷地解脱捆绑，趁着路面颠簸，从车厢跳了出去，结果被人捉住，送回车里。

　　可是，石头并不这么看，它们认为捆绑就是最大的伤害。事实也确实是如此。有一天我捉住一块奇石，由于捆绑太紧，它身上留下了许多绳索的印痕，多年也不消退。这块石头可能是被捆得久了，松绑以后失去了活力，像个呆子。为了还它自由，我把它送回河滩，几年后我去看它，它躺在原地一动不动，像一块死石头。由于被伤害的记忆太深，即使失去了绳索，它也不敢擅自移动。

　　为此我非常难过。为了惩罚自己，我把自己捆起来，躺在河滩上，与石头待在一起，不料被一个女人当作奇石捡走，摆放在了她家的客厅里。巧的是，这个客厅我非常熟悉，就是我家的客厅，这个女人我也非常熟悉，她就是我的老婆。但我已经部分石化，她跟我说话我假装听不见，她打我的时候我就忍着，像石头一样默不作声。

花　事

　　花园里有一朵特别美丽的花，开放时散发着迷人的芳香。一天我路过花园，看见一个泼妇（不知因为什么）正在辱骂这朵鲜花。没想到这朵鲜花非常娇羞和脆弱，禁不住辱骂，花瓣羞得通红，并当场垂下头去，几分钟后就枯萎了。看到这个情景，我非常伤心。没想到几分钟时间，一朵鲜花就这样被人活活骂死了。

　　为了打抱不平，我对泼妇瞪了几眼。由于我的眼睛小，聚光效果非常好，能把目光聚成一束，带有很强的杀伤力。泼妇的脸被我的目光灼伤，当场就脱掉了一层皮，脸色立即变得白里透红，满含羞涩，像是一个淑女。随后，她的心灵也发生了变化，后悔自己的行为，当场向花朵表示了忏悔。

　　发现自己的目光具有这种神奇的效果后，我在小巷里开了一家美容所，专门用目光治疗泼妇，改变她们的脸色和气质。消息回馈说，经过我治疗的女人再次去花园赏花时，花朵会因注视而增色，并散发出更加浓郁的芳香。有一次我经过花园，花朵们见到我后兴奋得几乎要跳起来，有一朵花还亲了我一口，让我久久不能忘怀。

两个身影

　　一天，我在赶路途中，遇到一场大风，把身影给刮跑了。最初，这个影子被风吹得挂在树梢上，像一块灰布，不住地飘拂，随后又一股风把它吹到天外，再也没能回来。

　　失去身影以后，我感觉很不适应。虽然走路轻快了许多，但我总觉得与土地的联系缺少了一块，心里很不踏实。曾经有人主动把身影借给我，我也曾从地上捡到过一个身影，披在身上，但总是容易脱落和丢失。因为这些身影毕竟不是自己身体的一部分。

　　后来，我得到一个秘方，使劲从体内往外分泌暗物质，终于成功地长出了身影，而且是两个身影，一个在身体的左侧，一个在身体的右侧，像一对隐形的翅膀。有人说我的两个身影是用夜幕裁剪而成。还有人说是神赐给我的披风。岂不知这两个阴影，一个是我身体的副本，一个是我遗落在外的灵魂。

花朵乐团

一个园丁通过多次实验，培育出一种会跳舞的花。只要在晴朗的阳光下有音乐响起，这种花就会摇摆枝叶，翩翩起舞，姿势非常优美。音乐播放完毕，花朵们就停止舞蹈，然后相互致意。

如果会跳舞的花还会唱歌，该有多好。园丁费了很多心思，也没有实验成功。一天，一个三寸高的小老头路过花园，把花朵的叶片卷成筒状，有风吹过时，这些被卷起的叶子就发出类似口哨的声音。卷曲的叶子多了，整个花园的叶子就组成了一个乐队，有高音，有低音，有和声，有共鸣，非常和谐好听。在自身的音乐声中，花朵们一边吹奏，一边舞蹈，而且相互欣赏，其乐融融。

这样一来，花朵们自己就构成了一个完整的乐团。园丁高兴极了。他非常感谢这个小老头，想请他当花园的音乐顾问，但小老头转身遁入地下，瞬间就不见了。

现在，这片神奇的花园就坐落在某个城市公园的一个区域里，前去观赏花朵音乐舞会的人们络绎不绝，无不赞赏。有时，会有一个三寸高的小老头在人们不易察觉的地方笑眯眯地观赏花朵。园丁发现他，也假装看不见，不去打扰。

传说，这些花朵都是这个小老头的子孙。这个三寸高的小老头就是住在花园里的地神。

懒惰的石头

我曾经费尽口舌，劝说一块石头，请它到远方去，但它赖在原地，死活不肯走。我用一块小石头敲击它，它疼得直哆嗦，但就是不走。

通过敲击，我发现这块懒惰的石头内部似乎隐藏着一头猛兽。于是我找来锤子和錾子，一层层剥掉石头的皮层，果真如我所料，一头雄狮的轮廓渐渐呈现出来。如果不是我及时解救，这头雄狮有可能一直待在里面，甚至会被闷死。

一天夜里，乘人不备，这头雄狮逃走了。

从此，我发现每一块石头内部都可能隐藏着生命。不是它们懒惰，而是这些生命个体被坚硬而沉重的外壳包裹着，已经窒息。也就是说，它们的皮层已经构成自己的监狱，如果没有外力及时解救，它们将永远被自身所囚禁。

后来，我在草原上见到了这头雄狮，它已经子女成群。再后来，我在狮子座星系群里发现了它的灵魂。

而我当初所说的那些懒惰的石头，通过雕刻都已复活，它们在获得自由的同时，也找到了自己的归宿。

打死一个龙卷风

有一次我在野地里行走，一股小旋风不紧不慢地跟在我身后，尾随我很久，把我惹怒了。我突然回头，照着旋风的上部就是一拳，把它打倒在地。旋风倒地之后挣扎了一下，消散了。没想到我这一拳竟然把它给打死了。

我的事迹很快在民间传开，越传越离谱，最后竟然说我一拳打死了两个龙卷风，说，当时两个龙卷风正在商量如何袭击一个村庄，被大解发现后，回手就是一拳，正打在龙卷风的心脏上，两个龙卷风当场昏倒在地，挣扎了一会儿就死去了。

后来，这个事迹刊登在一家报纸上，说，一个叫大解的人，在旷野上走路时被人一拳打死。他死后灵魂出窍，与九个龙卷风搏斗了十昼夜，终于制服了龙卷风，使三十多个村庄免受袭击。他死后第十一天，成功还魂，又活了。

看完这则报道，我笑了。但随后我却笑不出来了。因为一股从天而降的巨型龙卷风卷着地上的杂草和落叶，气势汹汹地向我奔来，我当即认出，这个大家伙正是我打死的那个小旋风的父亲。

弯曲的小路

在我看来，扳倒一口井容易，把一片树林驱赶到远方也容易，把一块石头送到天上去也并非不可做到，但是要把一条弯曲的小路抻直却很难，你一松手，它就会缩回去，继续弯曲。

一个老头试图把一条小路抻直，想了许多办法。他曾经聚集全村的人，抓住小路的两端进行拔河；也曾用火烧烤，试图使其失去弹性；也曾使用咒语……但小路却越来越弯了，走在上面的人，也都渐渐成了驼背的人。

我有一个办法，但是不敢轻易说出来，因为这个办法太损了，一旦走漏风声，小路会找到我，缠住我的腰，甚至会把我勒死。

我的办法是，废弃它，荒芜它，从此不走了，让它长满荒草，慢慢死去。

后来，老头知晓了我的办法，也没有采纳。因为人们已经习惯了这条小路，经常有先祖的亡灵沿着小路回家看望子孙，也有离世的人必经此路。如果抻直了，亡灵们会不习惯，甚至在夜晚迷失方向，找不到家门。

据说，这条小路不是人们踩出来的，是土地自己长出来的。后来，走的人多了，上面叠加有无数层脚印，其中最底层的脚印已经模糊。据史书记载，那些模糊的脚印是一个泥人的足迹，他是上帝创造的第一个人。

石 人

我对雕刻特别着迷。一次我在一块石头上雕出一个人物的嘴唇，其他部分还没雕，这个嘴唇就说话了。他说："你要把我雕帅一些，眼睛要大，目光要深邃，身体要魁梧，声音要洪亮。"我说："好的，你就等着瞧吧。"

这是个性急的家伙。还没等我完全雕好，他就挣破石头，从里面自己走了出来。他出来后立即夺过我手中的锤子和錾子，自己雕刻自己。

随后，他日夜不停地雕刻，从石头里雕出了许多人。这些被雕出来的人也参与了雕刻，没过多久，这些石头人就组成了一个人民公社。

这件事惊动了上帝。上帝发现这个公社有些不对头，前去制止他们的扩张行为。没想到领头的石人竟然同上帝理论起来。他说："你所创造的人类无限扩张，已经遍及整个地球，我们繁殖一些石人有何不可？"上帝觉得他说的确实有些道理，就宽恕了他们。

得到宽恕以后，石人们也停止了扩张，变得乖巧可爱。前些日子他们在自己的公社里举办了一次雕刻作品展，展品就是他们自身。我看到，我雕出的第一个石人已经有些衰老，但依然很帅。他悄悄地对我说："谢谢你雕刻了我。你是上帝创造的，而我是你创造的，所以你就是我的上帝。"

小老头

一个三寸高的小老头邀请我去旅游，我婉言谢绝了，因为他走路很慢，进入丛林或草地后，一旦迷失，将很难发现他。

如果小老头带着他的孙子去旅游，那将更麻烦，因为他孙子不足一寸高，并且过于顽皮，到处乱跑。不仅如此，小老头往往是带着全家人一起出游。他们游览的地方不会超过几十平方米，尽管他们玩得很开心，而我却觉得地方太小，没意思。

小老头的家在公园花圃的一角，是一座积木建造的别墅，家里有昆虫驾驭的马车，有花瓣搭建的凉棚，全家人以花蜜为食，以露水为饮料，过着无忧无虑的生活。

一次，我带着女儿去小老头家做客，与他一家人拍了许多张合影。女儿把这些照片上传到网上后，惹来了麻烦。没想到好奇的人们在网上进行人肉搜索，找到了小老头的居所。人们纷纷前去探寻、参观、采访、考察、科研等，小老头一家被公众围观，不堪其扰。

前几天我去拜访小老头，却失望而归。他们搬家了，不知去了何处。是我和女儿的错误，破坏了他们的安宁，我们感到非常抱歉。

后来，小老头来信说，他们搬家了，一切平安，不用惦念。他说他非常珍惜我们之间的友情，今后会经常给我写信。他没有一丝怨言，使我坦然了许多。但遗憾的是，他没有留下通信地址。

可爱的小老头，愿你们一家平安、快乐、幸福。

白玉老翁

  对一块精美的和田玉进行反复欣赏和把玩，就是最好的养护方式。时间长了，玉器就会出现包浆和熟透感，变得更加滋润和美丽。

  我有一个手把件，是个白玉老翁，用强光手电可以看到他心脏的位置含有一块杂质，也就是人们常说的瑕疵。经过多年的把玩，玉器慢慢地熟透了，我发现里面的东西不是瑕疵，而是老翁藏在心里的一桩心事。

  世间的一切都是可以转化的，没有什么事情能够淤积在心里，一生都无法释怀。我决定与老翁沟通，用心跟他交流，说不定他心中的块垒就会化解掉。

  又过了一些年，奇迹真的出现了。这个老翁变得更加温润和老熟，里面的杂质（也就是我所说的心事）竟然慢慢地融化了，变得浅淡，最后完全消失了。

  如今，这个白玉老翁已经成了我的老朋友。他约有六厘米高，大脑门，笑眯眯的，非常和善。让我惊讶的是，就在昨天，我摸到了他的心跳。

月亮疼得直哆嗦

世界上一共有两个月亮,一个在天上用于照明,一个在水塘里用于喂鱼。

这是我亲眼所见。一群鱼在撕咬水塘里的月亮,月亮疼得直哆嗦。我感到很奇怪,既然很疼,为什么不逃跑呢?我继续观察,发现月亮已经昏过去了,也可能是疼死了,不省人事了。

我不能这样袖手旁观。我觉得我应该出手相救。于是我从地上随手捡起一块石头,向水塘扔过去,正好砸在月亮上。鱼群一哄而散,但月亮可惨了,本来已经昏迷不醒,又被石头击中,当场就被砸碎了。月亮变成了无数个碎块,漂在水面上。

我蒙了,知道自己干了坏事,吓得拔腿就跑。出于好奇,过了一会儿,我又回去探个究竟,发现月亮的碎片在一点点聚合,最后竟然又复原了。

后来,我长大了,懂得了很多事情,知道月亮不只是两个,而是无数个。我知道每个水塘里都有一个月亮,河流里也有,井里也有,甚至碗里也有。月亮喜欢水,它泡在水塘里,鱼爱戏弄它,但无法吃掉它。因为月亮大,鱼嘴小,吞不进去。

创造了一个星球

土壤中蕴藏着很多秘密，你无法预测一片土地里能长出什么样的植物。你种下什么，地里就能长出什么。

我喜欢收藏奇石，就在地里种下一些石头，结果收成很差。一是石头发育太慢，虽然发芽了，但是几十万年后才能成熟。还有一些石头，不适合种植，埋进土里三天后就腐烂了。

后来，我不种石头了，我在地里种植了一些土粒，结果出人意料。没想到这些土粒在地里发育很快，不断膨胀并向远方拓展，本来很小的一片土地，几年后就扩成了一片原野。

这种现象引起了科学界的高度重视，研究人员取出一些土壤标本进行化验，结果让人震惊，原来我种植的土粒竟然是失传已久的息壤，也就是传说中能够自己生长的土壤。

为此，我获得了国家颁发的奖章。但随后发生的事情却让人忧虑，因为其中一部分息壤包裹住我早年种下的一块石头，渐渐形成了一个球状体。这个球状体越来越大，已经离地三尺，我轻轻推了它一把，他就永不停息地转动起来。一旦它远离地球，有可能成为一个新星。

人们啊，如果我在偶然中真的创造了一颗星球，也绝不是我个人的智慧和功劳，我一定是在不知不觉中执行了上帝的旨意。

鸟　人

平时我很少与小鸟一起散步，尤其是麻雀，它们步子太小，和人的步调很不一致。另外，它们不住地跟我说话，我却一句也听不懂。在鸟的眼里，我肯定是个笨家伙。

我在一群麻雀的反复邀请下，盛情难却，只好在林中小路上陪它们走了一段。谁知在散步途中，被一个记者发现，拍下了许多照片，上传到网上，并声称，他在树林中发现了一个鸟人，身边跟随着一群小鸟。

通过网络上的人肉搜索，人们纷纷找到我，请我传授飞翔技术。我哪有什么飞翔术，实在推辞不过，我就只好瞎编说，先练习振臂，时间长了，自然就会飞了。

没想到，我随便胡说的一句话，却成了真经，有人按此法练习多年，真的飞起了三米多高，飞行距离达到了一公里多。鸟人真的出现了。从此练习的人们逐渐增多，飞行高度和距离也在不断加大，有的人已经可以和麻雀一起在天上散步了。

与此相反，鸟却在向人转变。许多小鸟进化成人身鸟首的类人鸟，失去了飞翔的能力，靠步行走路。这些类人鸟学会了人类的语言，但说话和吃饭依然使用着古老的鸟嘴。

这一切，都源于我的一句谎言。也许真理和谎言就在一张纸的两面，我戳穿了这张纸，让它们通过这个漏洞走向了反面。

鸟 乐 园

一只小鸟从远处飞来，落在一棵光裸的树上。由于树枝太细，它没站好，一下子仰面朝天摔下来。幸亏小鸟在掉下的过程中及时翻身，调整好身体，又飞了起来。

树上其他的小鸟们看到它仰面摔下的场面，可能是感到好笑又好玩儿，也纷纷学着它的样子，假装从树枝上掉下来，仰面摔倒，然后在快要落地时及时翻身，飞回空中。

慢慢地，这种摔倒的游戏演变成了一种表演，成了小鸟们日常的节目。为了防止万一，造成误伤，我在树下堆积了一些落叶，即使小鸟掉在地上也不至于摔坏。

有一天，一只大公鸡爬到树上，也学着小鸟仰面摔下，结果重重地摔在地上，造成颈椎挫伤，幸亏抢救及时，才脱离了生命危险，但却住了十几天的医院。

出院后，大公鸡不再爬树，只在地上做一些安保工作。而最初不慎摔下的那只小鸟，由于在自救过程中发明了一种游戏，因此成了此类游戏的终身教练，每天示范仰面摔下的姿势，乐此不疲。

亚 细 亚

起初，天上没有几颗星星，也不像现在这么明亮。上帝创造出一个宇宙的轮廓，里面还有许多东西需要填充。这时人已经被创造出来，并身负神圣的使命。

这时有一个人反复出生，已经来到世上好几次了，他的每一生都无事可干，碌碌无为地死去。上帝看他过于无聊，就派遣他往天空里运送星星。

我们暂且把他叫作亚细亚。亚细亚有了差事，觉得生命有了价值和意义，干活很卖力。他每天背负着巨大的星星，一步一步走向天空，把星星安放到应该放置的地方，然后返回。

许多年后，天上的星星完全布置好了，不需要增加新的星星了，可是亚细亚已经习惯了背负着沉重的负担往返于天地之间。他已经无法停下来。于是他就把天上的星星背回来，然后再送上天空，如此往复不已。

上帝见他如此执着，就派遣他管理天空，每天擦拭星星。结果他在人所不知的情况下，把星星背到一起，聚集成堆，组成了庞大的星系，并因此改变了宇宙的结构。

亚细亚得到了上帝的赞许。他创造性地为上帝所做的工作，都有记载，不在书上，而是在自然的秩序里。

祥 云

牧羊人在空旷的草原上空发现了一片云彩，一直悬在天上，仿佛被人固定在那里，永远也不飘移和消散。春夏季节，他经常到这片云彩下面放牧，有时躺在青草地上，看着羊群悠然地吃草，享受清凉。羊群不吃草时，就抬头望着远方，像一群小板凳，四条腿立在地上。

后来，一只狼发现这里是个乘凉的好地方，有时还带来它的伙伴。狼的出现引来了狮子，狮子引来了猎人，猎人的身后，一个死神在悄悄地尾随他，已经跟踪他多年。

从此，牧羊人就不再去祥云下放牧了，他任由羊群追踪着飘移的云影，在草原上游荡。羊群没事的时候就喊妈妈，妈妈也跟着喊妈妈，像是一个母系氏族在呼唤它们共同的母亲。

多年以后，那片固定的祥云飘走了，地上的杀戮也转换了地方。有人看见一个猎人追踪着狮子走到了远方。狮子追踪着一只狼。狼在逃跑的过程中，顺便追逐一只兔子。兔子实在是跑不动了，闭上眼睛看见了死神。死神的背后有一只无形的大手，在控制着所有生物的命运。

牧羊人不想理清这些复杂的生死关系，他只喜欢广袤的草原和散文一样的羊群。一天，他习惯性地躺在草地上，仰望天空，惊异地看见了这样的一幕：天上飘来一片白云，这片白云慢慢地幻化成一片羊群，当这片神秘的羊群飘过他的上空时，忽然停留在那里，不再移动。

牧羊人似乎想起了什么，猛地站起来。他看见这片飘浮的羊群里，有一只硕大的白羊，浑身散发着光辉。当整个羊群都在呼喊妈妈时，这只白羊慈祥地喊道：孩子们。

2022.7.19.
大解

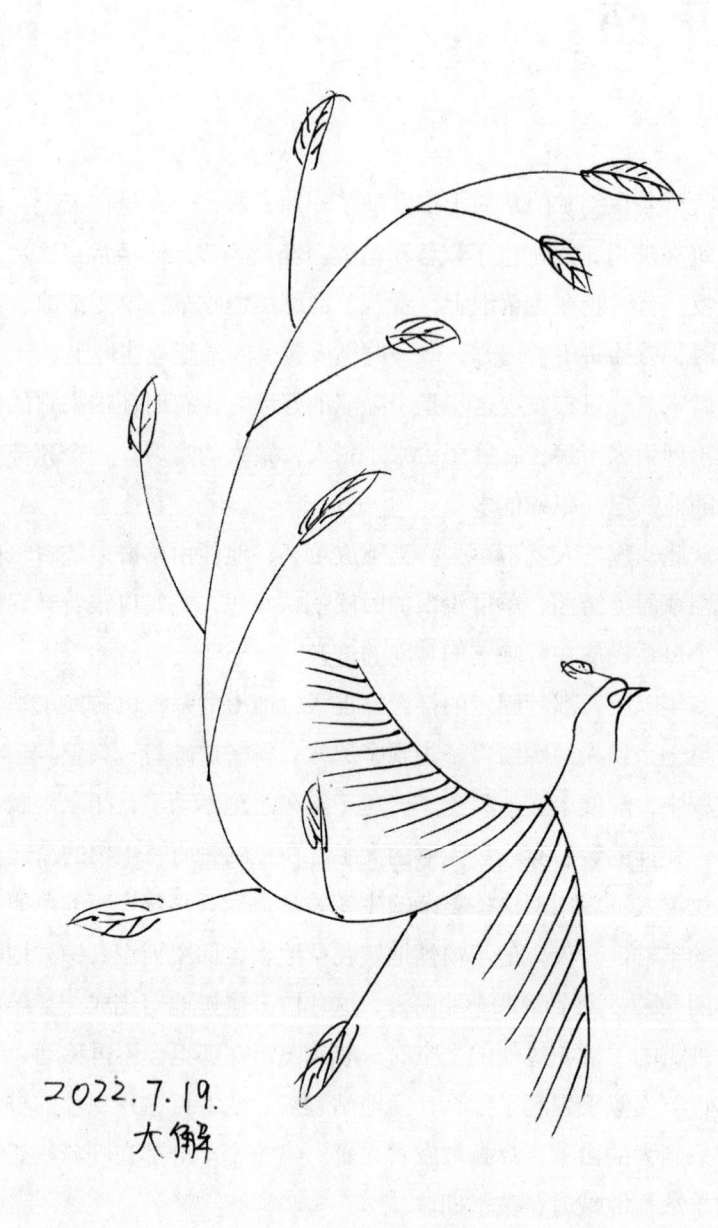

第五辑　站起来的河流

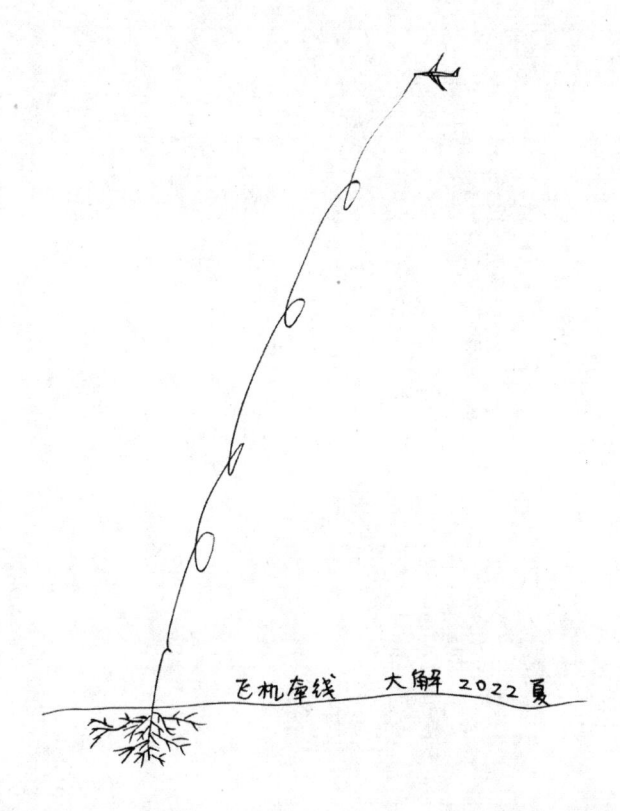

心事分享社

有一个人经常把自己的心事拿出来进行翻晒，他把每一件心事都写成纸条，一件一件摆在地上，接受阳光的曝晒。一天，他正在晒心事时，忽然来了一阵风，把所有纸条都刮跑了，从此，他一件心事也没有了，他的内心变得十分空虚。

他的遭遇受到了许多热心人的关注，人们纷纷到事发地点帮助他去寻找那些失散的纸条。我有幸捡到两张，一张写的是：我曾伤害过某某，非常对不起；另一张写的是：我曾得到过某某的帮助，尚未表示感谢。

人们发现他是一个非常善良的人，都情愿把自己的心事送给他，以解除他内心的空虚。由于关爱的人太多，人们争相献出自己的心事，一时间他收到的心事都无处存放了。后来，他以这些心事为基础，创办了一个"心事分享社"，人们可以到社里无偿领取心事。后来，人们都把心事存放在"心事分享社"里，共享这些资源。从此，这个社区里的人们没有隐私，也没有秘密，人人都过得透明、坦荡。由于人们内心干净又充实，个个都精神饱满、身心健康，整个社区生活一派和谐。

帆 船 赛

　　一天，我叠了一个小纸船，放在湖面上。这时，正好有一只白色的蝴蝶落在了纸船上，看上去就像是纸船上面升起了一面小白帆。微风吹过，纸船在水面上轻快地航行。

　　后来，我叠了许多这样的小纸船，放在湖面上，引来了无数只白蝴蝶。每只纸船上都有一只白蝴蝶，它们驾驭着纸船，在湖面上悠然地漂游。

　　看到这种情景，我顺应了蝴蝶们的兴趣，组织了一场湖面纸船赛，对于驾驶纸船优胜的蝴蝶，奖励一滴花粉。比赛开始后，湖面上的小纸船争先恐后，蝴蝶们或张开翅膀，左右翩翩；或合拢翅膀，用力驾驶；一时间纸船竞争，蝴蝶亮翅，几乎不分胜负，场面非常壮观。

　　为了感谢这些蝴蝶，我扩大了奖项和奖品，当场就把这些小纸船赠送给了它们，所有参赛的蝴蝶也都得到了一滴花粉的奖励，而对最优胜的一只蝴蝶，我用蝉翼特制了一张奖状，上面写着："你是最棒的。"这只蝴蝶接过奖状后，翩翩起舞，飞上了天空，它飞翔的姿势比舞蹈还要优美。

偷天大盗

前天晚上，我在欣赏晚霞的时候，发现其中有一片云彩有些异样，我通过望远镜观看，发现这片晚霞是假的。我当即向气象部门报告。随后，当地警方对此进行了调查，很快就找到了线索，是一个盗窃团伙用染色棉絮偷换了一片晚霞。真正的晚霞被盗走后，藏匿在一座仓库里，由于保管不善，已经褪色变质，失去了红晕。

这只是冰山一角。经过审讯，这个盗窃团伙还交代，他们曾经利用月食的机会，偷盗过月亮。他们盗走月亮不是用来发光，而是作为食物，喂养他们豢养的天狗。此外，警察还从他们的窝点儿里搜出了几颗流星，几把刀具、锤子，甚至还有用于隐身的乌云。据说这个团伙曾经到过古希腊，亲身接受过普罗米修斯的培训，他们在实习课上成功地窃取过天庭的火种。

这些偷天大盗落网后，媒体并未发表消息，警方对此也守口如瓶。但我不想隐瞒这些，否则我将内心有愧，看见晚霞就会脸红。

赤　子

有一次我闹感冒，吃错了药，结果发烧到一百多摄氏度，全身通红，最后像一块火炭，浑身都透明了。

到了医院，一个三百五十多岁的老中医正在值班，他没有给我吃降温药，而是往我身上泼凉水。我的体温确实很快就降下来了，但我的皮肤在凉水刺激下，当即炸开了许多裂纹，像是哥窑瓷器的开片。

这次发烧，给我留下了后遗症，我经常发烧到透明的程度。身体透明以后，医生发现我的体内有多种来历不明的金属元素，这些元素只有上帝创造亚当的时候使用过，后来就失传了。

知晓自己拥有这种特殊的遗传基因以后，我更加懂得了爱、谦卑、感恩，并为世上有这么多兄弟和姊妹而欣喜。

现在，我已经不怕发烧了，我甚至愿意发烧。有一次我发烧的时候在河水里洗浴，一个名叫约翰的人指着我说："看，这个透明的人，就是传说中的赤子。"

一块石头

　　有一块一百斤重的石头，特别向往到远方去，于是就来到河流的中心，随着波浪向前滚动。多年以后，当它到达河流的下游时，被严重磨损，成了一个麻雀蛋大小的石子。

　　又过了许多年，它被磨成了一粒沙子，最后变成了一粒尘埃。有一天，我在飞机上看见它正在一万多米的高空飞翔。这时它已经失去了体积和重量，不需翅膀便可遨游天空，仿佛自己就是风的一部分。

　　后来，我在十万倍的显微镜下，又见过它一次，当时它正在回忆自己的一生。它想起了自己从山体上轰然崩塌的一瞬，它在河床里滚动了无数年，终于把自己磨损，一点点分解，直至还原为泥土。它对自己的一生非常满意。

　　看到这里，我用几亿倍的放大镜把这粒微尘放大为一块岩石，并做成照片，挂在墙上。它就像一座尚未风化的悬崖，充满了力度，似乎随时可能崩塌，但又是那么沉稳、坚硬，除了它自身，仿佛没有什么力量能够把它摧毁。

重 谢

一天，我仰面躺在草地上晒太阳时，发现天上有一行脚印，向西而去，而且略有些前八字。什么人能把脚印留在天上呢？真是让人百思不得其解。后来，我查阅了许多古籍资料，据不确切推测，可能是女娲补天时期，一个大神从天上经过时留下的足迹。

我把这个发现报告给天空清洁队，他们搭设云梯，正准备擦拭时，文物保护组织出面干预，制止了他们。他们认为这样的脚印属于非物质文化遗产，应该加以保护，供人们欣赏。

现在，每天前来仰望天上这行脚印的人很多。为了阻止人们循着这行脚印走下去，越走越远，甚至消失在蓝天里，我写下了一个警示牌，告诉人们："此行脚印去向不明，请勿追随。"但这个牌子如何挂在天上，我一直没有想出好办法。如果哪位读者持有高见，请您不辞万里之辛苦，跑步前来告诉我，我将以半句好话作为重谢。

梦境聊天室

有一段时间我爱做梦，我在梦里遇见了两个老朋友，谈兴未尽，约好明天在梦里再聚。第二天，我们在梦里如期而聚。就这样第三天……第三十天……我们每天都在梦里聚会，畅谈不止，并且形成了习惯。突然有一天，我们三个人之中的一个人失踪了，只剩下我们两个人，话题越来越少，到后来竟然相对无语。我们陷入了空虚。为了弥补这个空缺，我们利用网络，向全社会公开征集朋友。具体要求如下：

年龄：零岁以上，上不封顶，越老越好；身高：一毫米以上，越高越好；性别：男女均可。有意者请与失踪者联系。联系地址：不详。联系电话：不知。联系人身体特征：无。

过了几天，我们之中的那个失踪者又回来了。原因是他遭到了网络的人肉搜索，在几天内收到了无数个人的电话和信件。后来，人们包围了他的住所，都要与他交朋友。他不堪忍受这种狂热的友情，从梦里偷偷跑出来，潜入我的梦里。他感慨地说："还是我们在一起聊天最开心。"

没想到，人们通过心理探测和跟踪装置，顺着他的梦境找到了我的梦境，纷纷要求加入我们的梦境聊天室。我这人心软，禁不住几句好话，就答应了人们的请求。如今，我们的梦境聊天室已经有几万个会员，新申请者不计其数。有时我刚一入梦，大门就被挤破了，我只好完全开放，来者不拒。凡来我梦境里聊天的人，都是我的朋友。尽管我们之间并不相识，却都非常友好。

现在，我的两个老朋友也都组建了自己的梦境聊天俱乐部，忙起来以后，我们就没有时间在梦里相聚了。时间长了，我们渐渐成了陌生人。

摆　脱

一个人在路上奔跑，想摆脱掉影子的追踪。他认为，只要有足够的速度，就一定能够把影子甩掉。为此，他练习了多年，却一直没有成功。

得知他的困境后，我找到他，一眼就发现了他的问题。一、他跑步时摆臂幅度太小；二、没穿跑鞋；三、应该先迈左腿，并注意控制节奏；四、穿得太多，建议去掉外面三层衣服，只保留里面的五层；五、出汗后应适量喝一些淡盐水。此外，我还提了一些细节性的建议，对他做了针对性的训练。

五年以后，我再去看他，发现他已经与自己的身影拉开了两米以上的距离，但还没有彻底甩掉。我鼓励他继续练习，加快奔跑速度。

二十年以后，我又去看他，他已经成了教练，在教他人跑步。

八十年后，我又去看他，只看见一个影子站在地上，没有看见他本人。

后来，我把奔跑的要领传授给了影子。我真是没有想到，影子奔跑时带动了整个黑夜。

望见了自己的后背

一个人从来没有见过自己的后背，他想不通过任何介质（比如镜子、水坑等），用自己的肉眼直接看一看自己的后背。这个想法并不荒唐，却很难实现。因为人的眼睛长在前面，只能往前看，无法看见自己的后脑勺和后背。对此，他简直是一筹莫展。

我听说他有这个想法后，特意给他写了一封信，告诉他一个秘诀：练习视力。我的理论是，人们之所以看不见自己的后背，皆因目光短浅，看得不够长远。

经过多年的练习，这个人的视力不断增强，看得越来越远。终于有一天，他的目光到达了天涯，然后继续往前延伸，延伸，无限地延伸，他的目光绕过地球一周，看见了一个背影。他看见这个背影站在高处，正在往远处眺望。从这个背影可以断定，这个人就是他自己。

此后不久，他写信告诉我，他成功地望见了自己的后背。他感慨地说："离他最远的人就是他自己。"

我给他回了信，鼓励他继续练下去。我在信中说："这只是第一步，再练下去，你的目光将穿透自己的后背，发现自己体内的灵魂；如果你能够穿透自己的灵魂，你将看见自己的前生；穿过无数个前生，然后转过身来，你就会看见自己的未来，以及未来后面那些隐而不露的秘密。"

解救大山计划

　　我的家乡有一座山，被密集的羊肠小道紧紧缠住，已经多年无法动弹。这些小路像是一条条绳索，从山脚缠绕到山腰，盘旋而上，一直到山顶，没有一点儿松开的意思。村里人也曾有过解救它的想法，但人们每次上山都使小路更加结实，反而加剧了对于大山的缠绕。

　　类似的情况在别处也曾发生，人们大多采取默认的态度，不去计较。但是最近发生的事情引起了人们的关注，有些山竟然被小路缠绕窒息而死，幸亏医生救治及时，经过抢救又活了过来。

　　为了保护自然生态，最近有环保组织提出"救救大山"的倡议，我表示支持。我建议使用特制剪刀，从根部剪断一些小路；也可采取生物治理办法，给一些小路注射反生长素，让他们逐渐萎缩。但所有这些建议必须经过环保组织的讨论和评估，然后经全民表决通过后方可实施。

　　看到这些进展，我家乡那座被缠绕的大山，流下了感激的泪水。渐渐地，这些泪水成了一条河流的源头。

幸福的眼泪

春天来了,我和老婆去春游。老婆看见一棵垂柳的枝条又细又长,在风中飘拂,仿佛少女的发丝,她就站在树下,把这些枝条梳成了许多辫子,看样子就像在给女儿梳头。经她一番打扮,这棵树变得更加美丽而窈窕,高兴地不住摇摆,当时就长高了一米多。

从此,我们就把这棵树当作我们的女儿。那时,我们真正的女儿还小,大约三岁,她就管这棵垂柳叫姐姐。

如今,姐姐长成了大姐姐,老婆成了老太婆,每当想起那些难忘的往事,就让人感慨,仿佛回到了年轻时。

关于这个故事,我愿意这样结尾:如今垂柳已经松开了自己的发辫,她经常想起曾经给她梳头的妈妈,如果不能亲自去看望妈妈,就让吹过枝条的风,带去她的祝福。

老婆看到这样的结尾,接受了她的祝福,并流下了幸福的泪水。

大 力 士

我见过一个力气特别大的人，他抓着自己的头发离地三尺，在崎岖的山路上走了将近一个小时。他是远近闻名的大力士，最早他练习的时候是抓起重物，练到后来，他成功地把自己提到了空中。

这个人已经引起了社会关注。有人从哲学的角度对此提出了质疑，认为人不能举起自身。有人从物理学概念出发，试图破解这种反重力现象。有人试图从魔术的角度找到答案。一时间众说纷纭，莫衷一是。

我了解这个人。他取得这样的成功，没有什么秘诀，完全是刻苦训练所致。大家都知道所有飞鸟都是依靠自身的力量把自己送上高空，人为何不能？我见过他的胳膊，比大腿还粗，就凭这，他完全有能力把自己提到空中，还有什么值得怀疑的?

后来，人们见到了这个大力士，看见了他的表演，都佩服得五体投地。我建议今后在体育竞赛中增加这个项目，以便使更多的人接受这个事实。没准几万年后，人类会因此而进化成可以飞翔的动物。

抓住一道闪电

如果住在雨滴里的小闪电对我发怒,我将置之不理,甚至嘲笑。但我不敢激怒更大的闪电,一旦它把天空撕裂,将很难缝补。

我最喜欢的是住在毛毛雨中的小闪电,它的光隐藏在水分子内部,像一个刚刚形成的胎儿,透明,脆弱,需要呵护。遇到这样小的闪电,我就希望它永远不要长大。它越小越好,小到看不见的程度,小到它所发出的细微的雷声,连它自己都听不见。

事实好像并不是如此。它们不会满足于住在水滴里,它们将联合起来,在广阔的天空中游走,遇到什么就劈开什么,从不犹豫。它们把雷霆推下山巅,一直滚到深谷;它们把云彩撕成烂棉花,用于擦拭黑锅底。它们的光,使盲人看见,使聋哑人发出嘶鸣,使暴君也为之战栗。

我曾有过在天空中狩猎的经历,一次在追赶雷霆时,我顺手捕获了一道巨大的闪电。由于我抓住闪电以后无处存放,只好松开了。

现在,我只对小闪电感兴趣。我用鱼缸养了几万个水滴,专门用于培育小闪电,估计五千年以后才能初见成效。也就是说,我培育出来的闪电,只有后人才能看到。为了这期待中的成果,我提前感到了骄傲。

鱼 和 猫

一条小鱼想到岸上去生活,他游到渔网里,希望被打捞上岸,但网眼太大,把它漏了下来。后来,它找到一个钓鱼的鱼钩,一口咬住,它被钓上岸来。

钓鱼人把它送给了小猫。小猫得到鱼后,决定把它种在地里,让它发芽长大,然后吃大鱼。于是小猫小心翼翼地叼着这条小鱼,把它埋进了河边的一个土坑里。

小鱼在土坑里即将窒息,突然一场暴雨来临,把它冲进了河里,小鱼得救了。多年以后,小鱼长成了大鱼,做了母亲,生出了许多小鱼。它告诉它的孩子们,要安心在水里生活,千万不要到岸上去。

河边有一只老猫,经常带着一群小猫在岸上挖土,希望找到当年种下的鱼,但总是一无所获。看到这种情景,小鱼有了防备,即使睡觉的时候也睁着眼睛。

光　环

神在北方的一座山巅上召集星星大会，结果先期到达的都是明星，有电影演员、歌手、舞蹈家、演说家、商界领袖、地产大亨、慈善家、政客等，而真正发光的星星在夜空中闪烁，没有一颗前来赴会。

为了调节气氛，使会议增辉，我头戴光环出现在会场。没想到我的光环引燃了人们内心的光芒，所有人都因此加快了心跳，并且渐渐发热，散发出光来。这些微弱的光，引发了星星的好奇，许多星星聚集到会场上空，前来观看。后来，整个北方的星星都聚集在山巅，形成了真正的星星大聚会。

在辉煌灿烂的星光下，所有的人都因光芒的映射而变得通透。南方人，北方人，男人和女人，老人和婴儿，都得到了光芒的照耀。望着这个山巅，地上的人们都燃起了内心的渴望。

这一切都是神的安排。

神为了奖励我，亲手用星光编织了一个花环，挂在我的脖子上。从此，我拥有了更大的荣耀。

兵 马 俑

秦国能够建立中国历史上第一个统一的大帝国，依靠的是两支部队。一支部队与人作战，横扫八荒，吞并六国；另一支部队在巫师的统率下，秘密潜入地下，对死者进行追杀，直到征服他们的尸体和灵魂。

这支潜入地下的军旅，伪装为泥人，所向披靡，无往不胜。一次，在与一群鬼魅的战斗中，作为统帅的巫师亲自出马，不幸猝然阵亡。巫师死去，咒语失传。从此，这支隐秘的部队无法行动，一直潜藏在地下，等待命令。人们曾经试图寻找他们的踪迹，但由于大地茫茫，泥土深厚，无处可觅，从此一个庞大的地下军旅下落不明。

战争结束了。历史中的王朝在不断更替，不知不觉两千多年过去了。直到公元 1974 年 3 月 23 日，三个农民挖井时，偶然发现了几个泥人的头颅和肢体，一个惊天的秘密才被揭开一角。当考古学家们现场挖掘时，发现这些将士们依然保持着当年的阵列，似乎随时准备出发。但由于年代太远，这支伪装成泥人的部队，已经真的变成了泥人。

人们不知道这支部队的原始名称，就根据挖掘出土的现状和年代，命名为秦兵马俑。这些兵马俑的最后驻扎地叫西安，他们在地下追杀死者的秘密，将随着泥人的缄默被历史永久封存。

长城守将

有一尊雕像，原先住在岩石里，是我用锤子凿掉他身上的包裹层，使他获得了新生。他脱掉身上的岩层后，当即向我行了一个折腰礼。

我告诉他，你来到这个世界，是有使命的。我任命你为镇守长城的将军，专职守护长城。他欣然领命。

几个月后我去看望他，远远地看到一支神秘的队伍出现在山脊上。怎么会有这么多人？莫非他招兵买马了？我用望远镜仔细观察，发现是一群兵马俑正在搬运砖石，修补长城。他们健壮而又敏捷，相互配合默契，其场面令人震撼。

我惊呆了，远远地望着他们，不知所措。

后来，我接到了雕像的书面报告。他说他从地下召集了一群兵马俑，组建成兵团，在守护长城的同时，逐步修复损坏的城墙。同时，他还深入古战场遗址，召集组建了一支亡灵部队，必要时这些亡灵可以附身于体，给兵马俑注入灵魂。

对于他的报告，我没有立即回复，而是又雕了一尊石像，任命他为守城副将，前去助阵。这个副将身高体壮，是个真正的重量级人物。他前去赴任时，一路上留下了深深的脚印，方圆几里的人们都感到了他走过时地面的颤动。

影　子

　　有一天，我同时要办两件事情，实在分不开身，就把自己和影子分开，分别去办事。我这边进展很顺利，可是影子却遇到了麻烦。因为影子看上去模糊一片，并且紧贴地面移动，引起了许多人的围观。影子被人识破后，简直无地自容，真想钻进地缝里。事情就是这么巧，当时地上真有一条缝，影子当场就钻了进去。

　　得到这个消息后，我立即前去找影子，但为时已晚，影子已经钻到地下深处，融化在那片土壤里了。不得已，我只好挖出这片土壤，用筛子进行过滤，费时好多天，我终于把影子筛了出来。但由于影子渗透较深，还是流失了不少，没能完全收回。

　　从此，我的影子比正常人稀薄，分量也轻很多，并且紧紧贴在身边，寸步不离。往年冬天，我经常把影子披在身上御寒，如今影子变薄以后，只能勉强用于挡风。

站起来的河流

有一位工程师，想把一条河流竖起来，在大地和天空之间建设一道独特的风景。这个想法很大胆，但设计上却有难度。因为河流已经习惯于在地上爬行，根本不愿站起来。即使你费力把它扶了起来，它假装流向天空，可是用不了多久，它又会躺在地上，恢复原状。对于这种软体动物，最好不要动它。

工程师找到我，请我帮他设计，我当场就拒绝了。我提出了以下几点担心：一、河流没有骨头，站起来会很累，时间长了会累死；二、河流一旦站起来，遇到大风必将来回摇摆，甚至折断，会酿成灾难；三、河流站起来以后，势必造成下游河床干涸，土地的水源补给缺失，自然生态会发生变化；四、不能强迫河流改变多年的生活习惯，因为怕河流站起来以后感到不适，甚至晕倒；五、由于重力作用，河流站起来以后，下部水体压力会成倍增加，容易崩溃，造成严重伤害；等等。

工程师找不到另外的帮手，又加上我的劝阻，就停止了这个设想。但在这个世界上，什么事情都有可能发生。我亲眼见过一条小河从地上站了起来，摇摇晃晃地往前走，我意识到事情的危险性，及时冲上去把它按倒在地，否则它将直立着走向大海。这些不懂事的小河，总以为大海是一片乐园，岂不知那是水的墓地。

家园与诗人

一片树林在诗人的鼓动下，趁着夜色悄悄赶往大海，它们决定到平坦的海面上去生活，不料在半路上被我发现，我尾随它们走了几公里，然后报了警。当时警察并未强行阻拦，而是在前面领路，绕了几个弯子后，把树林领回了原地。这个办法虽好，却没有真正解决问题，树林还是不死心。

后来，我从根本上找原因，找来了那位鼓动树林远行的诗人，请他劝阻。这位诗人在树林里朗诵了一首热爱家园的诗，感动了树林。随后，我又给树林放映了一部有关大海的影片，使它们认识到动荡不安的海面上不适宜树木生活。从心理上解决问题后，这片树林从此再也没有移动过半步。

多年以后，我在这片树林里搭起一座草屋，在里面居住，我和这些树木拥有一个共同的家园。而那位诗人却一直居无定所，浪迹天涯。我最后一次看见他是在海边，当时我正在眺望日出，看见太阳升起的方向，隐隐约约有一个人踏着辽阔的海面向我走来，我一眼就认出了这个人，我指着他脱口而出：诗人。

画出一架天梯

2011年5月，我去西藏旅行时，在一处挂满经幡的岩壁上，看见许多用白色石灰画在岩壁上的梯子。这些梯子无疑是天梯，我想攀着这些天梯到天上去看看。当天夜里，我在夜幕的掩护下，乘人不备偷偷溜出宾馆，找到这处画着天梯的岩壁，顺着一架天梯攀了上去，一口气登上了山顶。到了山顶以后，再往上就是天空了。但我不能就此止住，我要从山顶继续往上走，直到天穹的极顶。为了能够继续向上，我随身携带了白色颜料，用刷子直接把天梯画在漆黑的夜幕上，不断延伸这架天梯。我每攀登一级，就用白色颜料在夜幕上画出新的一级，然后蹬着这些新画出的天梯继续向上。

尽管我做这些事时非常隐秘，但还是被人发现了。正当我登到太空里，离星星只有几十米的时候，感觉天梯一阵晃动，我往下一看，天啊，顺着天梯爬上来一个人，竟然是消防员前来解救我。我画的天梯并不结实，禁不住两个人在上面折腾，弄不好会有断裂的危险。无奈之下，我只好听从救生员的劝阻，顺着天梯爬下去，回到了地上。唉，眼看离天顶已经很近了，就这样半途而废了，真是有些遗憾。

如今，我画的天梯还在天上悬挂着，白天不易发现，到了夜晚就能隐约地显现出来。据说有人爬上这个天梯摘下了三颗星星，但我不太相信。我知道我画的梯子离星星至少还有六十米的距离，人们的手臂不可能抓到星星。

月 亮

　　无论如何，我应该告诉人们真相：我确实在人所不知的夜晚，偷看过月亮。那天夜里，我偷偷地起来，爬上楼顶，看了月亮一眼。当时月亮根本不知道我是在看它，还以为我是到楼顶上乘凉的人，但是我看了。月亮像是半个括弧。按照语法，还应该有另外半个括弧，但不知在哪里。

　　我举头望见了月亮，之后不敢低头。依照李白的说法，低头就会思念故乡。我的故乡在燕山东麓一条几十里深的山沟里。冬天，雪花只有指甲大小，却能把山野全部覆盖。夏天，雨线多如麻绳，细长而凌乱，经常跟闪电和树根混杂在一起。特别值得一提的是月亮。我家的月亮比月饼大几倍，你以为它在你家的房顶上，可是到了别处一看，它也在别人家的房顶上。小时候，我曾在家门口的水潭里养过月亮，它长得很快，最早又弯又细，只用半个月的时间，它就胖成了一个圆形。

　　月亮真是个神奇的东西，我曾无数次看见它从天上掉下来，但就是摔不碎，第二天它又出来了。现在，趁着月亮正在天上，我赶紧把它写在这里。我知道，这个月亮和我小时候看到的月亮不是同一个月亮。我小时候看到的月亮，在两山之间飞跃，又高又危险；而现在这个月亮，好像有一根线在天上拴着，它横越广大的平原夜空时，非常稳健，看不出一丝害怕的感觉。这一点，倒是让我省了不少心。

乡村小路

在乡村，最初的道路是羊肠小路，后来慢慢地生长，小路生出了岔子，岔子上又生出了岔子。后来出现了大路，土地被道路分割成碎块。从交通地图上看，大地被一张道路网络所覆盖；若从地球仪上看，地球不过是包裹在网兜里的一个球。

我认识的一个老农抱怨说，他经常迷路，原因就是小路的岔子太多。为此，他在夜深人静的时候带刀出去，乘人不备砍断了几条小路。可是没过多久小路又恢复了，路边还多出了一块木牌，上面标示着上下东西南北六个方向，木牌的背面写着"请看此牌的另一面"。后来，这个老农沿着向下的方向走了，他找到了自己的归宿。

我认识的老农不止他一个。也有沿着另外的方向走的，甚至走到了别的国家。我亲眼见过一个人从乡下走进了城市，隐藏在路边的一座楼房里。他用网名上网，用笔名发表文章，用利剑指出民族前进的方向。我不能说出他的名字，但我可以透露出他的地址：××市××大街××胡同××楼××号。沿着他的履历表，你可以走回他出生的乡村，那里的小路盘根错节，其中有几条小路带着刀伤，从上一段文字可知，那是谁干的。

放 风 筝

某人爱放风筝,他放的风筝飘到高空几十里。他不断地放线,风筝越飞越高,不料竟然飘到了月亮上,被月球表面的一块石头卡住。这样一来,他手中的风筝线就成了地球和月亮之间的连线。这件事本来没有什么,但问题出在放风筝的人身上,他想收回这个风筝,就使劲收线,没想到月亮这个天体行星,竟然像气球一样轻飘,被他轻轻一拽,就偏离了轨道。这件事非同小可,弄不好就会造成整个太阳系的灾难。首先发现月球偏离轨道的是英国格林尼治天文台的近地行星观察小组,他们通过射电望远镜发现月球表面有一个风筝,并顺藤摸瓜找到了放风筝的人,是中国山东潍坊的一个老头。通过国际间的快速协调,一场大灾难才没有发生。

这个问题看起来很大,但解决起来却出人意料,只用一把剪刀,剪断了风筝线,危险就解除了。如今这个风筝还卡在月亮上,无法取下来,风筝的线在天上飘着,据说有两只蜘蛛顺着这条线爬到了月亮上。由于蜘蛛登月,月球的重量增加了,月球的引力随之也发生了变化。这个变化正好抵消了月球轨道偏移的问题,使它回到了正轨。这件事遗留的问题是:飘着风筝线的这个区域被国际空间组织设置为禁飞区,主要是考虑到飞行器有可能会被线缠绕;再就是保护这个奇迹,供人们参观。至于这个风筝和放风筝的老头都因此上了吉尼斯世界纪录,并不重要,也不值得人们效仿。

站 着 说 话

站着说话和坐着说话，就是不一样。坐在椅子上，相当于人被折弯了；蹲在地上，人被折叠了；躺在地上，虽然是直的，但降低了高度。所以我喜欢站着说话，而且是边走边说，边说边比画，左手和右手同时使用，也就是说，我喜欢用全身来说话。另外，站着说话不腰疼。

我喜欢大声说话，我没有秘密，我不需要窃窃私语。我说话的时候，最好让我把话说完，否则思路一断，我就不知道说什么了。一旦我无话可说，语言就会熄灭在身体里。有时一打岔，我想说的话就丢了，一句尚未说出的话，还没有形成声音，更不是什么有形的物质，丢了很难找到。于是我只能问周围的人："刚才我说什么来着？"假如周围没有人，我只能在自己的身体里到处找。

有一次我站着说出了一句话，一股风正好从我身边经过，把这句话刮到了三千公里以外的一个村庄，话到那里的时候，已经散成颗粒，根本不成形了，并且极其微弱，几乎没人能够听见。

通过文字写出来的话，根本就不是话。最原始的语言是声音而不是文字。文字是语言的尸体。文字是语言的沉积物。能用嘴说出的话，我绝不写成文字。对于话语来说，嘴是最方便的工具。我必须充分使用自己的嘴，再辅以肢体语言，表达出我的思想。现在我在电脑上敲这些字的时候就感到非常别扭。到此为止，我必须站起来了。但我站起来以后，即使高声说话，你们也听不见。因为你们是通过眼睛看到文字的，我现在改为了声音。

长发天使

　　有一个女子从小到大一直没有剪过头发，所以头发长得特别长，到三十岁时，发长已经超过十丈，必须到河里才能清洗。有一天，她正在河边晒头发，来了一股大风，把她的头发吹得飘起来，后来她的身体也被长发带到了空中。她像一个飘在空中的风筝，顺风飞翔。人们看见她在天上，以为是仙女下凡，都惊讶不已。有人及时拍下了照片，刊登在报纸和网络上。

　　有关这件事的民间传言也风生水起，说某月某日，一个长发天使从天上飞过，她穿着雪白的衣衫，丰满修长，美丽无比。还有人说，那一天，有许多天使在天顶上飞过，虽然没有人看见，却听见了她们飞过的声音。更有甚者，说自己就是天使的妹妹，由于头发尚短，还不会飞翔。于是，许多少女都留起了长发，披散在肩上，希望有一天能够飞起来。

　　后来，那位长发天使落到何处，无人知晓，据说她飘得太高，一直没有回到地上。也有人说，她天生就是一个仙女，到人间来体验生活，她回归天庭那天，上苍派大风来接她，她就走了。她走了后，世上所有留长发的少女都成了天使，在快乐地成长。

会飞的扫帚

一个妇女在家扫地时，骑着扫帚飞到了屋外。这显然是不可能的。理由是：一、这个妇女不是巫婆；二、她身上没有翅膀，也没有羽毛，更没有飞翔的历史，她根本不会飞；三、她做梦的时候确实飞过，但醒来后就失去了飞翔的能力；四、她扫地使用的是一把普通的扫帚。根据以上推断，她不可能骑着扫帚飞到屋外。

为了证伪，我根据上面这些文字进行追查，找到了这所房子，在房子里见到了这位妇女，妇女已经扫完了地。我拿起她扫地用的扫帚，骑在上面，试了试，没有飞起来。她的女儿接过扫帚骑在上面，也没有飞起来。由此可以推断，人是不能骑着扫帚飞翔的。

后来，这个故事被修正为这样：妇女在扫地的时候，不要骑在扫帚上；男人在家也应该扫地；男人和女人没有必要一齐扫地；如果还没有房子，就不用扫了，预备扫帚也没有用；既然没有用，一个人就把扫帚撇到了空中；就在扫帚被撇出去的这一瞬间，人们看见了扫帚在空中飞翔的过程；这时，假如有一个人恰好骑在这把会飞的扫帚上，这个人就可能是天使，即使他是一个男人。

玻璃美人

　　有一个女人特别爱清洁，每天至少要洗四次脸，久而久之，她的脸皮就被洗薄了，看上去有些透明。尤其是在阳光下，她的脸具有羊脂玉般的光泽和淡淡的红晕。由于她长得非常美丽，脸又透明，人们就称她为玻璃美人。

　　这个玻璃美人，长得虽然漂亮，但她的脸却非常娇嫩，冬天需要防冻，夏天需要防晒，春秋季节也要格外小心，否则就会受到伤害。一天，她去参加一场晚会，与一个男人一起跳舞。在跳舞的过程中，舞伴的目光一直盯在她的脸上，由于目光热辣，距离又近，她的脸被这个男人的目光灼伤，回家后就肿了起来，几天后才恢复正常。自此以后，她很少参加舞会，即使参加，跳舞时也要戴上假面，以防目光犀利者灼伤她的皮肤。

　　后来，这个玻璃美人成了一家玻璃雕塑制品厂的模特。人们出于对她的呵护，尽量少去看她，或者不看，如果谁多看了几眼，就将受到人们的谴责。后来，人们争相购买以她为模型的玻璃艺术品，摆在家里，这样，人们既不会伤害她的皮肤，又欣赏了她的美丽。

亲　人

　　有个年轻的母亲，每次给布娃娃洗澡时，布娃娃都笑个不停。

　　后来，她把这个布娃娃送进了幼儿园，让它跟孩子们一起玩耍，晚上接回家里。

　　布娃娃是布做的，里面装满了棉絮。

　　我见过这个布娃娃，是在幼儿园门口，那个年轻的母亲抱着它，亲了它好几口，之后交给了幼儿园的小阿姨。我认识那个小阿姨，她是我的一个远房亲戚。

　　通过亲戚，我认识了那个布娃娃；通过布娃娃，我认识了她的妈妈。之后，我们成了亲人。

一张老照片

最近，我在网上看见了一张二十年前的老照片，上面的五个人当中有我。当时我们正在一个饭店里喝酒，其中一个人中途出去了一次，然后又回来，坐在原位接着喝。他说外面正好有晚霞，非常漂亮，我们纷纷站起来，出去看晚霞，看了大约有五分钟，然后都回来，接着喝。我拿起酒杯，刚喝了一口，这时不知是谁说了句什么，引得大家哄堂大笑，我差一点儿把酒喷出来，笑得眼泪都出来了。一个人说："别笑了，别笑了，我们大家共同干一杯。"于是我们都举起了杯，一饮而尽。

这张老照片记录了这一过程。我们喝到很晚。临走时，服务员说："欢迎再次光临。"从声音判断，这个服务员的位置应该在照片的背面。可是拥有这张照片的那位朋友说，背面是空白，没有发现其他人。

大雁飞过天空

　　天空中,在一群飞翔的大雁队伍里,有一个不是大雁,而是一本书。这本打开的书,书脊朝上,混杂在雁阵里,已经飞了上千里,其他的大雁居然没有发现。在越过一个山口时,雁阵遇到了高空中的强风,把书页吹得哗哗响,但这本书禁住了吹拂,扇动着书页,坚持飞过了山口,并没有掉队。

　　这时,一个孩子在地上玩耍,当他仰望天空时,看见了这群大雁,并从雁阵里发现了这本书。由于他的视力特别好,能清晰地看见书上的文字,正是他学过的课文,于是他仰头望着这本飞翔的书,读了起来:"秋天到了,天气凉了,一片片黄叶从树上落下来。一群大雁往南飞,一会儿排成个人字,一会儿排成个一字。啊!秋天来了。"

　　孩子朗读完这篇课文,还想看看下一篇,但还没来得及翻页,雁阵就飞到了远方,天空中只剩下一丝丝的云片。这个孩子心想,明年再过雁阵的时候,我一定注意看。他甚至幻想养一只这样的大雁。晚上,这个孩子做了一个梦,他梦见天上飞翔的雁阵全是由书本组成,这些飞翔的书在越过他的头顶时,发出了阵阵叫声。

勇敢之星

一个电子狗在抢救一个孩子时,不幸牺牲了,它的事迹感动了全城。原因是一个孩子在路上玩耍时,来了一辆汽车,差一点儿就要撞到孩子了,就在这千钧一发之际,电子狗冲了上去,把孩子推到了一边,孩子得救了,电子狗却在车轮下丧生了。这个电子狗被相关部门追认为"勇敢之星",在它的追悼会上,人们无不泪下。后来,我到他出事的地点亲自采访过,并见到了它救的孩子,是个女孩儿,长得非常可爱,身上毛茸茸的,我捏了捏她的脸,是个布娃娃。

飞 翔

有一段时间，我做梦总是与飞翔有关。我动不动就梦见自己飞了起来，有时能飞两丈多高，几百米远。我怀疑自己心理上出了什么问题，就去医院找医生，医生说："这不算奇怪，身体好的人可以飞过山顶，有的人甚至能飞几十公里，就像小飞机。"医生又说："这样吧，我给你开个方子，是外用药，睡前把药膏涂在两臂上。"我按照药方买了药，涂了，效果非常明显，我在梦里再也飞不起来了。我问医生是怎么回事，医生说："这不奇怪，我用的是麻醉剂，你的两臂麻醉了，张不开，你自然就飞不起来了。"

有一天，我搞了一个恶作剧，偷偷潜入机场，往机翼上涂了一层这种药膏，结果飞机的两个翅膀立刻松软下来，垂在地上，致使飞机延误了十万多个小时才起飞。后来机场安全部门查出了这种药的成分，追查到药厂，药厂给了他们经济赔偿，我却逍遥法外。从此，我不再用这种药，任由自己飞翔。我仰面睡的时候就仰飞，顺便巡视一下星空；趴着睡时就俯身飞翔，正好俯瞰大地；侧身飞时，脑袋下面还枕着一个枕头。有一次我在飞行途中看见了医生，他也在飞，不过他飞的时候保持了坐姿，好像坐在诊室里。

云彩被子

这些日子，杨树开花了，花絮的茸毛到处乱飞，只要一开窗子，就会进来许多花絮。但我又不能不开窗子，因为春天里人们更喜欢通风透气。前天早晨，我打开窗子，随着花絮而来的，还有一片云彩，进入了我家的客厅。我拿放大镜一看，当即认出了这片云彩来自燕山，因为里面带着一些燕山独有的花粉。

我的老婆一看家里飞进这么多花絮，就从柜子里找出几块布，铺展在地上，经过一天的时间，上面落了厚厚的一层，她利用这些花絮做了两床被子。我用手摸了摸，发现了一个问题，一床被子里装的是花絮，另一床被子里装的是云彩。她说她小时候，她的母亲就用云彩做过一床被子。她是跟母亲学的。

晚上我盖着这床云彩被子睡觉，感到又轻又柔。昨天，我在上班时提起此事，同事们感到很新鲜，回家后纷纷效仿，但到现在为止，还没有人成功，不知是手艺问题还是因为其他原因。

真丝衣服

前天，我老婆洗衣服时，不小心把一件真丝衣服也放在洗衣机里洗了，没想到，洗完后衣服缩水严重，竟然缩成了一团，再也不能穿了。有人给想了一个办法，说是找到线头，能把丝线抽出来。老婆试了试，真的从这件皱巴巴的衣服里抽出了丝。她决定把这些丝线缠起来，留作他用。由于当时没有找到可用的东西，她就把丝线缠在了自己的身上。我回到家一看，她已经把自己织在了一个大蚕茧里。等我剪开蚕茧的时候，她已经变得又白又胖，身体略微透明。有人说："幸亏你发现得早，否则她将变成一只蚕。"老婆对此却不以为然，她缠绕丝线的时候，以为自己是在织毛衣。

照片上的变迁

星期日去郊外踏青，我发现草地上有一朵白色的野花，脖子细长，叶子单薄，花朵有五个花瓣。我给它拍了一张数码照片，存放在电脑里。几天以后，我打开电脑，发现这朵花的花瓣已经凋谢。花朵上空的一片云彩也飘走了，风把地上的青草吹得来回摇晃。几只蝴蝶从草地上飞过去，并不落下。我知道时过境迁，虽然只是几天时间，一切都已经发生了变化。

几个月以后，我再次打开电脑，查看这张照片时，看见照片里出现了一只羊，正在地上吃草，顺便把这棵枯萎的花茎也吃掉了。

在后来的很长时间里，我不再打开这幅照片。我知道这只羊也会消失的，风吹拂着广阔的原野，许多事物在兴衰。

直到多年以后，我在寻找一幅图片时，偶尔打开电脑中的文件夹，看见了这张照片。这时，照片上的草地已经被一片厂房取代，野花开放的地方变成了水泥地面。

把她隐藏在一篇文字里

　　我认识一个美丽的女子，但我从来没跟人说过，现在我可以告诉大家了，因为她已经成了公众人物。这个女子，皮肤特别敏感，只要在阳光下晒过五分钟以上，身体就会微微透明，看上去像是羊脂白玉。让我想不到的是，多年以后我再见到她时，她已经变成了一尊白玉雕像，立在城市广场上，成为一个城市的象征。我问她是什么原因使她变成了雕像，她说她有一天在阳光下晒的时间过长，身体就凝固了，随后被人搬到一个雕塑基座上，一站就是多年，从未动过。我说："你能否跟我一起散散步？"她左右看了看，小声地说："晚上吧。"

　　晚上，在约好的地点，她真的来了，我们在一起走了很久。她说她不想回去了，于是我用拥抱恢复了她的体温，使她还原为一个少女。后来，警方到处张贴她的照片，说广场上的玉女雕像被人盗走了，不知去向。可怜的警察怎么也不会想到，是我带走了她。现在，我通过信息转换，把她隐藏在一篇文字里。

梦里梦外

　　平时，人们做梦没有规律，两个梦之间很少有关联。但我的一个朋友不是这样，他从小到大所做过的梦，一直都有紧密的连续性。即他今天晚上做的梦会延续昨天梦里的情节，故事按照逻辑关系发展，并且永不间断。也就是说，他长这么大，只做了一个连续的长梦，每天晚上的梦只是这个长梦中的一个环节或片段，具有承前启后、相互衔接的关系。因此，他在现实生活之外，还有梦里的生活。梦里和梦外，他过着双重的生活。他感到很累。我了解这个情况以后，建议他去看心理医生。

　　心理医生对他进行了治疗，具体做法是：医生化装成一个警察，潜入他的梦里，把他从故事情节中强行驱赶出去，并且设置了不可逾越的障碍，使他无法再次进入。经过一段时间的治疗，他虽然还做那个连续的梦，但梦中的所有事件已经与他无关，他变成了梦境的局外人。这样一来，由于他失去了梦的参与权，从主要成员突变为一个看客，他有了很强的失落感。

　　医生考虑到突然解除他的梦境参与权，肯定会引起他的一些心理反应，于是给他安排了一个场外评论员的角色，允许他对梦中的事情发表评论，甚至可以指手画脚。这一招果然灵验，他对这个角色比较满意，既对梦境有了发言权，又不对任何事件负责任，显得站位很高，也有成就感。有一次我到他的梦里去看望他，发现他正在评论一个事件，非常专注，根本没有发现我的到来。

　　后来我经常去他的梦里，渐渐地，我从一个常客变成了他梦里的主人。从此，我所做的梦也有了连续性，在梦里，凡不合情理之处，都会受到他的批评。

老 照 片

　　前些日子，我整理老照片时，发现一些黑白照片由于年久和存放不妥，有的已经发黄，尤其是已经去世的人，照片变得模糊不清。我决定把这些老照片翻拍下来，存在电脑里，便于长期保存。没想到，照片上有一个人不愿意翻拍，在我拍照时扭过头去，我只拍到了他的后脑勺。

　　昨天，我打开电脑，发现扭头的那个人，由于定型在照片上，长时间扭着头不动，已经得了颈椎病。经过我的反复劝说，他终于把头又扭了过来，并且抱歉地冲我笑了一下。现在，我正利用制图技术对他进行处理，试图摘下他身上的一块宝玉，欣赏之后再还给他，但他一直用手捂着，我费了两个多小时都没有摘下来。后来，他趁我不注意，从照片上溜走了，等我从另外的文件夹里把他找回来时，他已经变老，满脸都是胡须，我们已经不敢相认。

甜 蝴 蝶

　　有一个英俊的少年，用彩色纸折出许多蝴蝶，撒在花园里，说出几句咒语之后，纸蝴蝶就飞了起来，采花游玩，翩翩起舞。这个少年非常慷慨，折出的纸蝴蝶随意送人。因此，这个春天里蝴蝶格外多，至少有一半以上是纸做的，但人们已经分辨不出真假。

　　由于蝴蝶增多，这个春天，花朵开得格外鲜艳，并且延长了花期。人们发现这个现象以后，纷纷去找这个少年，想看看他长什么样，但没有找到。据说，他去了北方，有人在草原上发现了一个头戴花冠的少年，身边跟随着成群的蝴蝶。后来，他沿着小路回到了神的故乡。在那里，他用包裹糖块的透明纸折叠了许多蝴蝶，这些蝴蝶是甜的，它们采花时，花朵会轻轻摇摆，发出细微的歌声。

　　去年，我在南方游览时，真的见到了这种甜蝴蝶，并在草丛中发现了那个少年的脚印。

神的孩子

有一个人视力特别好，在照镜子时，目光透过皮肤，看见了自己的灵魂。这个偶然的发现把他吓了一跳。他没有想到自己的灵魂是那么丑陋和肮脏，猥琐地蜷曲在他的身体里，卑鄙而龌龊。为此，他感到很自卑。他用洗澡、喝水、晒太阳等原始方法，经常清洗自己的身体；同时反思自己的历史，忏悔以往的过错，并用行动弥补过失，努力去帮助别人，关爱所有的生命，多年以后，他的灵魂终于变得干净。他变成了一个新人。

后来，许多人学习他的做法，用心灵和身体去感知和体验这个世界，以互敬和互助为喜悦，每个人都获得了尊重和关怀。有一天，上帝的使者从他们身边经过，看到他们的灵魂都得到了净化和升华，就在他们的住地撒满了鲜花，在天上铺设彩霞，认定他们是神的孩子。

这些神的孩子，都有内视功能，他们可以发现自己灵魂的污点，并及时进行洗礼，因此他们的灵魂都是透明的，即使身负伟大的事业，内心也不沉重。

小花出嫁

在大草原上,有一朵白色的小花,脖子细长,正在轻轻地舞蹈。今天,它把自己打扮得格外美丽,因为它要出嫁了。整个草原都知道它的婚期,整个草原跟着它轻轻地摆动。这时,微风从远处回来,从草叶上取下了饱满的露珠,而蜜蜂和蝴蝶正在花瓣上,一边整理它们触须和腿上的花粉,一边舔食着嘴角上残留的蜜。

一朵小花就要出嫁了。据说,每一朵花都有自己的心事,它们在表露情感时会情不自禁地舞蹈,并发出细微的歌声。只有地丁花的花瓣那么小的手才能触摸它们的脉搏,只有三寸高的孩子才能知晓它们的秘密。

小花就要出嫁了。它没有多余的穿戴,也没有嫁妆,只有美丽,但它是富有的。整个草原都是它的家,世上所有的花朵都是它的姐妹,天空就是它的房子,星星就是它的灯盏。它出嫁时,花瓣完全张开,从花蕊里飘出了醉人的芳香。

这个春天,我正好从草原上经过,目睹了这一切。让我震惊的是,就在小花出嫁的同时,整个草原上的花朵都绽开了花瓣。我这才意识到,我赶上了草原花朵的集体婚礼!在这盛大的仪式上,我作为一个幸运的人,虔诚地献上了我的祝福,同时也向草原上所有的生灵表达了我的敬意。

小 女 儿

在实际生活中,一个人或动物的身体若是纸片那么薄,就显得太扁,不利于行走,很容易被风吹走。但在电视动画片里,所有的人和动物都是纸片那么薄,紧贴在屏幕上,却照样生存,而且都很可爱。基于这种想法,我想有一个像纸片那么薄的小女儿也在情理之中。

可是这种想法非常不切实际,没有人能生出这样的孩子,而我又非要不可。于是我就从老婆那里得到了一张纸,她说:"拿去吧,这就是你的小女儿。"我一看,还真是我所说的那种像纸片一样薄的女儿,但是假的,她在拿一张照片糊弄我。

我可不是好欺骗的。为了实现理想,我已经暗地里与一个生命科学小组签约,正在联合研究这个具有幻想性质的课题。如果哪一天,你在大街上真的看见了纸片一样薄的人,也不要惊讶,那就是我们的研究成果问世了。当然,首先出生的一定是我的小女儿,她将整天跟在我的身后,喊我:"爸爸,爸爸。"不耐烦时,我就指着她说:"去,找你妈去。"

透明的小姑娘

从前，有一个透明的小姑娘，从来没有影子。她特别羡慕那些有影子的人。于是她去找巫婆，求巫婆施展法术，给自己一些阴影。巫婆说："你站在黑夜里，连灯光和星光都要避开，七个夜晚之后，你就会获得阴影。"透明的小姑娘听了巫婆的话，站了七夜，当他走到阳光下，发现自己还是没有阴影。她又去找巫婆，巫婆说："你的身体里有光，还需要在阳光下站七天，把光交还给世界。"透明的小姑娘听了巫婆的话，在阳光下站了七个白天，但她还是没有得到阴影。她又去找巫婆，巫婆说："七个夜晚和七个白天你都站了，七十年后你就会获得阴影。"

七十年后，透明的小姑娘变成了一个老太婆，真的得到了阴影。而那个巫婆随着年龄的增长却越变越小，心智和体形都回到了儿童时期的状态。后来她失去了法术，整天生活在阳光下，被阳光洗尽了体内的杂质，变成了一个透明的小女孩儿，也失去了阴影。天气炎热时，老太婆就用剪刀剪下自己的一块阴影，披在小女孩儿身上，为她遮挡太阳。这个透明的小女孩儿，像披着一件黑色的披风。

梦 游 人

有一个梦游人,经常在有月亮的夜晚出游。他梦游的路线大致不变。因为他为了避免走错路,每次都是跟着自己的影子走。他把自己的影子当成了另外一个人——一个可以信赖的朋友。

一次,云彩突然遮住了月亮,影子消失了。他陷入了茫然,失去了方向,走到了不可知处。天亮以后,他发现自己走到了梦的外面。

没有月亮的夜晚,这个梦游人也并不总是走失。当他感到迷路时,就伸出一只胳膊把自己拦住,或者伸出一只脚,把另外一只脚绊倒,这样,他就会停下来,仔细地辨别方向,然后向梦的深处走去。

有时,他在夜里奔跑,想甩掉影子,但影子像一个无赖紧紧地贴在他的身边。有一次他背着一条麻袋,想把影子装进去,但他忙活了半宿,无功而返。

终于有一天,这个梦游人走失了。有人在地上发现了他的影子,但没有找到他本人。

火焰的故事

从前,火焰住在星星上。由于夜空太冷,星星们就燃起火焰,用微弱的光芒相互取暖。

有一次,一颗火焰从空中掉下来,落到了地上。火焰刚到地上,无处藏身,就藏进了一个树洞里,最后与大树融为一体。大树结出了许多果实,每个果实里都是树的种子。树的种子里也藏着火焰的种子。于是火焰的种子就随着树的种子撒遍了山野,融合在草木和树林中。

最初,人们不知道地上有火焰,就说,地上没有火焰,只有星星上才有火焰,火焰听了,为了证实自己的存在,立刻从草木里走出来,于是草木燃烧,化成了灰烬。火焰暴露了自己藏身的秘密,它一旦走出草木,就会与草木同归于尽。因此,火焰现身之时也就是它死亡之时。

后来,人们利用火焰来取暖和烧制食物,火焰成了人类的朋友。由于火焰来自星星,我们居住的星球与天上的星星也就成了亲戚,人们给每颗星星都取了名字,以便区分和往来。

影子像一件被人遗弃的破衣服

有一个影子想确立自己独立的存在,离开了自己的主人。他刚一离开,就被风刮起来,飘到了远处。

影子飘过一个山洞口,为了躲避风的吹拂,就藏进了山洞里。进入山洞以后他就消失了。

影子差一点儿被融化在山洞里,他拼命逃出来,回到了阳光下。他想,必须找到一个依托物,才不至于被风吹走。于是他找啊找,他看见所有的影子都附着在实体上,只有他孤单一人,他后悔离开了自己的主人。

影子像一件被人遗弃的破衣服,堆在地上。他对自己失去了信心。

这时,正好有一个没有影子的人从他身边经过,他迅速地靠上去,与那个人一起走,动作非常一致。他们相互看了看,发现他们原本就是一体。

两个人哈哈大笑,抱在了一起。从此,他们结拜为兄弟。

梦里的朋友

两个爱说梦话的陌生人睡在同一个旅店的同一个屋子里，睡着以后开始说话。刚开始，他们各说各的话，慢慢地，他们的话题趋于一致。于是，他们开始问答，聊天，谈得非常投机。聊至高兴处，两个人坐起来，共同走到屋外，到了很远的地方，回来后继续做梦，聊天，并且浑然不觉。

两个人在一起住了一段日子，通过梦里的交谈，两个人相互之间有了很深的了解，并结交为朋友。但醒来后他们就忘记了梦里的内容，对聊天和交友之事一无所知。

有一天，其中一个人走了，屋子里只剩下了一个人。这个人睡觉时只能自言自语，无人应答。慢慢地，他就得了睡眠孤独症。后来这个得了孤独症的人也走了，之后两个人之间没有往来。

多年以后，他们俩邂逅在另外一家旅店，又住在同一个屋子里，但他们彼此早已互不相识，也不知道对方的姓名。到了晚上，睡着以后，他们在梦中相遇了，两个人哈哈大笑着交谈起来，都觉得终于遇见了阔别多年的好朋友。

画　家

从前，有一个画家，他画出的人物可以在画布上活动，但走不出画布。他画了一个美女，并且爱上了这个美女，美女也很倾慕他，可是这个美女只能生活在画布里，无法走到现实生活中。这个画家感到很苦恼。

一天，他想出了一个办法。他教画布上的美女画画，一些时日过去了，美女的绘画水平不断提高，后来达到了出神入化的程度。于是，他请这个美女把他画在画布上。美女在画布上真的画出了他，从此画布上的他就与美女结为夫妻，在画布上生活。后来，他们生育了许多孩子，并且繁衍不息。

可是真实的画家本人，依然生活在现实中，并没有真的进入画面。他作为一个创造者和旁观者，一直被排斥在画面之外，但是他通过手中的画笔，使自己的艺术理想实现了——他在画布上创造了美女和另一个自己，也创造了另外的生存方式。

据说，这个画家死后，就埋在画布上面的一面山坡上，上面开满了野花，其中有一种花像绘画用的毛笔，名叫白头翁。

国 王

从前,有一个国王对自己的长相很不满意,就秘密地请来大夫给自己整容。整容以后,国王的面貌完全变了,成了一个谁也不认识的人。

当整容以后的国王出现在人们面前时,人们立刻否认:"这不是我们的国王!"于是就把他从王宫里赶了出去。

国不可一日无君。人们找不到原来的国王,就另立了新君。

被赶出去的整过容的国王在宫外大闹,他获得了企图谋反的罪名,被处决掉了。他死后,人们经常在王宫外面发现他的灵魂。

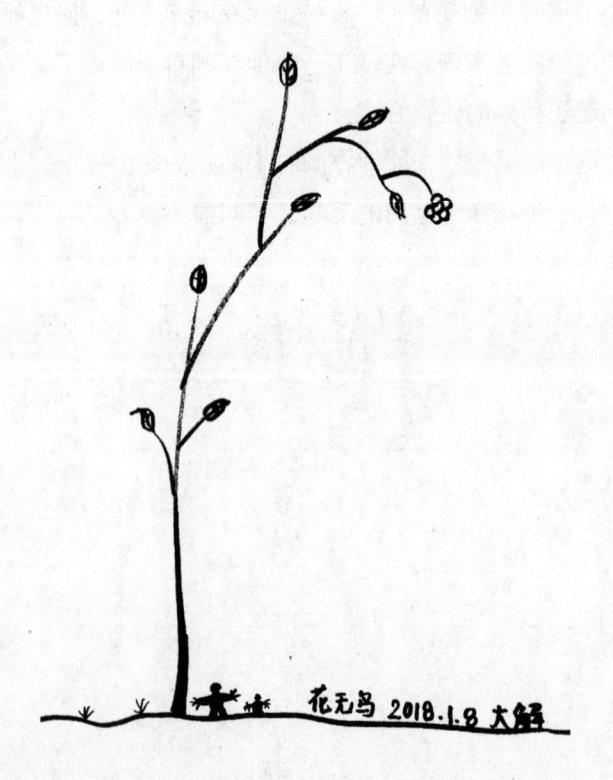

村庄与城市

从前，有一个人来到荒无人烟的地方，搭了一个窝棚，在里面居住。过了一些年，他娶了妻，生了子，全家拓荒耕种，人口渐渐多起来。后来，人们又搭了一些窝棚，又开垦了一些土地，等到他老的时候，这个地方已经成为一个村庄。

后来，这个村庄越来越大，成为一个镇。若干年以后，这个镇发展成为一座大城市，居住着几百万人。

有一天，一只蚂蚁爬进了这座庞大的城市，惊讶不已。这只蚂蚁通过触须和脚摸索到了神的家里，向神请教建造城市的秘诀。神把它领回到几千年以前，在一片荒无人烟的地方，它看到一个男人正在搭建窝棚。神走过去帮助了他。一些年后，一个窝棚演变为一个村庄。神已经爱上了这村庄。于是神就留在了这个村庄里，和人们共同生活，直到村庄演变为一座城市。

蚂蚁也在村庄里安了家。若干年后，它和它的后代们也建造出了自己的蚁巢城。在蚂蚁的王国里，也有神的眷顾和恩宠。

匆

　　古时候，有一个叫匆的人，性情特别急躁。他从小就急。母亲怀孕七个月时，他就急急忙忙地出生了。出生以后十个月，他就急于走路。他甚至还不会走路，就想跑。

　　匆长大后，他每天都处在奔波劳碌中，几乎没有闲暇，累得要死。

　　上帝看他太累了，为了挽救他，就让他娶了一个慢性子的老婆，以便使他的生活节奏慢下来。可是，由于他性情太急，很快就走完了自己的一生。

　　匆死后，在坟地里等待他的老婆。可是，他的老婆一点儿也不着急，慢慢悠悠地活下去，一直活了八百多年。

　　匆等不及他的老婆，死后当天就转世了。在他老婆生活的八百多年里，匆转世了几十次。有时他刚出生，一看这个家庭不满意，就立刻死去。

　　上帝为了让他慢下来，让他在转世的过程中，投生为石头。后来，这块石头被泥沙掩埋，淤积在河底，等到流水和人生全部过去，也不曾移动。

山洞和金子

从前,有一个爱撒谎的人说:"西山上有一条小路,小路的一侧有一个山洞,山洞里面藏着许多金子。"人们相信了他,都去找山洞,结果没有找到。人们开始怀疑自己是不是找错了地方,于是下定决心寻找,一找就是几十年。

慢慢地,寻宝的人们内部产生了分歧,有人提出了新的假说,有人开始反驳,双方展开了激烈的争论,争论的焦点不是关于山洞是否存在,而是人们寻找山洞的方法。在这场持续多年的争论中,产生了许多著名的学者,并发展出了一种新的学说。

多年以后,撒谎的人老了,他临死前良心发现,忏悔自己的过错,说出了自己曾经说过的谎言。

其中包括山洞藏金这件事。

他的忏悔立即遭到了人们的反对。人们不承认他说的是谎言。人们认为,虽然所有的人都已经淡忘了山洞和金子,但是与之相关的学说已经确立,学说的发展就成为必然,并且是不可改变的事情。

后来,为了证明金子、山洞、小路、西山确实存在,人们就找到一座山,把它命名为西山;在西山上开辟出一条路,命名为小路;在小路的一侧开凿了一个洞,命名为山洞;在山洞里放置了许多金子;然后再找到一个人,授意他言辞,让他说出金子的秘密。于是一切都顺理成章,有了根据。

人口问题

中国是个人口大国，从 1912 年到 2000 年，人口从四点一亿猛增到近十三亿。由于人口暴涨，死亡的人数也相应增多，致使冥界人满为患，许多新魂在冥界不能及时上户口，灵魂得不到安息。一时入不了户口的，只能办理暂住证。根据死者生前单位的性质制定出几个等级，划分为行政、事业、国营、集体、私营等，按工种划分为干部、工人、合同制、临时工、农民工、纯农民等，按生前的户口性质划分为城镇户口、农村户口、黑户口（即没有户口）等。一个好的安魂之处，非大笔冥币不能获得。

一个老头做了新鬼，前去报到，由于他没钱贿赂冥界官员，不得进入冥界，被驳回人间。于是，这个老头又活了过来，在世上活了许多年。据统计，世上有许多长寿老人都是因为无钱贿赂冥界官员而被驳回人世的。这种做法招致人界和冥界双方的不满。一方面是冥界腐败，拒绝了许多穷人入内，无法正常进入安魂之地，灵魂怨声载道；另一方面是人界的许多老人无法死去，造成人间的人口膨胀，社会保险压力增大。更让人担忧的是，老人过多将造成人口老龄化现象，还会使民族活力减退、缺乏竞争力。

为此，政府曾多次与冥界协商，以求达成协议，但由于双方诚意不足，都没有效果。最后，政府做出三项决定：一是加大计划生育力度，控制人口增长，从源头上遏制这种恶性循环；二是鼓励人们在适当的时机退出人间，对于六十岁以前死去的人，给予十亿元冥币的奖励；三是加大空间探索投入，尽快寻找另外的星球，以便实现外星移民，缓解地球人口压力，为人类的和平进步做出自己的贡献。

老　挑

　　从前有一个人，专门爱挑别人的毛病，凡是他见过的事物，他都能从中找出问题，因此他被人们戏称为"老挑"。有一天，一个农民打了一堆谷子，堆放在打谷场上，有一千多斤。老挑从那里路过时看见了这堆谷子，然后逢人就说这堆谷子有问题。

　　老挑的话传到了那个农民的耳朵里。农民考虑到事情可能很严重，应该弄清楚到底是怎么回事，就去问老挑。老挑非常严肃地说："既然你来找我，我也就不隐瞒了，跟你实说吧，你的那堆谷子，不纯啊！那天我从谷堆旁经过，一眼就看出了问题，你还不知道吧？现在我可以负责任地告诉你，你那一千多斤谷子里，有一粒根本不是谷子，而是芝麻！"

　　农民听了后，憨厚地笑了，虽然他不知道谷堆里是否真的有一粒芝麻，但他还是夸赞了老挑，说他眼力好。得到农民的表扬以后，老挑的心里充满了得意和自信，他觉得自己是这个世界上最聪明的人，也是最有眼力的人。

　　后来，老挑为了证明自己的聪明，走家串户，动员全乡的人，为他专门设立了一个奖项。经过多年的努力，他终于如愿以偿，毫无争议地获得了"芝麻奖"。

身体上的乐器

我必须坦诚地承认，我的身体是个神秘的造物，里面有许多秘密，尚且不为人知。我上半身上几个比较重要的器官，外面都有排骨作为护栏。特别瘦的那些年，我买不起乐器，经常把肋骨当成竖琴。这种演奏方法虽然没有得到音乐协会的认可，但我却利用自身的优势，奏出了多种意想不到的声音。

此外，我的身上还有许多种乐器。我的嘴，既能说唱呼喊，还能吹出口哨。我的两手相互拍打，可以发出啪啪的响声。我的脚走路时咚咚作响。我的胸脯里埋伏着一面鼓，已经敲了几十年。我睡眠时的呼噜时紧时慢，有时细若游丝，有时声如雷霆。我转动脖子时，颈椎嘎嘣嘎嘣响。我扇自己耳光时，清脆而响亮。我撞墙时犹如五雷轰顶，眼睛里还能冒出迷乱的金星……不一一列举了。我的这些器官如果一齐动起来，简直就是一个交响乐团。

以上说的这些，其实你也具备，只是身体素质不同，音响效果也不同。但无论音响效果如何，都没有高低贵贱之分。好了，现在我要吃饭去了，若是你离我很近的话，你还会听见我嚼东西时吧唧嘴的声音。

而这些，音乐协会都不认可，这使我非常失望。因此我决定加入声音协会，如果没有声音协会这么一个组织，我现在就创建一个。我写好申请书，经过层层审批，缴纳若干管理费用，盖完一百五十多个公章之后，就可以了！从此，中国声音协会就成立了！

穿衣服的狗

一个特别有爱心的人,养了一只宠物狗。过冬时,她怕小狗冻着,就给它做了一身棉衣,特制了四只小皮鞋。小狗非常乐于穿这些保暖的衣服和鞋,慢慢地就习惯了这种穿戴。到了春天和夏天要及时给它更换服装,要不然它就拒绝出去散步。于是主人就依了它,让它一年四季都穿戴整齐。

这只穿衣服的小狗,处处向人学习,模仿人的行为。它能够用两条后腿走路,还能像人一样把两条前腿背到身后去,走起路来像一个绅士。时间长了,它已经适应了两条腿走路,每次出去散步它都是用两条腿走,有时两条前腿还能一前一后地摆动,远远看去,像是走在主人身边的一个孩子。

后来,这只小狗学会了使用电脑,经常在网上浏览,它所搜索的页面都是有关狗的趣闻和图片,它有时也在网上留言,一般情况下,它的留言都比较简单:旺,旺,旺旺,旺旺旺。许多人见到它的留言都很高兴,因为在汉语里,旺,旺旺,是兴旺发财的意思。后来,这只小狗成了动物明星,有许多狗崇拜它,还有许多人到医院去整容,把自己变成狗的模样。凡是这样的人,见面打招呼都使用狗语:旺,旺,旺旺。

意外砸伤

一片树叶从树上落下来，正好砸在一个老头的头上，老头见是一片枯黄的杨树叶，当时没有在意，就走了。可是回到家后，他的头上慢慢起了一个包，并且很疼，去医院检查后，结果让他大吃一惊，他被砸成了轻微脑震荡。

这件事的起因非常简单，就是一片枯树叶飘落到了他的头上，但是回到家后，老头越想越不对，一片树叶为什么正好砸到我的头上？假如这是一块石头从天上落下来，可怎么得了，非把我砸死不可。就算不是什么大石头，一块小石头也不行啊。老头越想越后怕，慢慢地就把这片树叶想象成了石头，而且是从天顶上直接落下来，正好砸在他的头颅正中央，把他当场砸晕了。他这么想时，就真的晕倒在了地上，这才有了医院检查的结果。

由于是轻微脑震荡，老头没住院，检查完就回家了。在他回家的路上，又一片树叶从高处飘下来，落在了路边。老头想，这样一片树叶，就能把我砸成脑震荡？他有些不敢相信。于是他捡起树叶，决定再试一试。他用树叶在自己的脑袋上砸了几下，发现自己的头颅并未受伤，而树叶却被砸成了骨折。从此，他相信了意外伤害的危险性。

真理追求者

一个青年要去追求真理。确定这个目标以后,他背起行囊就上路了,他一路小跑去追求真理。可是在追求的过程中,他发现自己没有真理跑得快,追了很远还没有追到。在这里,一种必然的假定就成了前提:一、真理总是在人脸的方向,而不在后脑勺那个方向;二、真理在快速移动,否则谈不上追;三、真理只有一个,假如真理很多,人们随意就能碰到,就没有必要追了;四、追到真理以后,不能私藏,也不能被某个团体据为己有,否则其他追求者只能通过抢劫和窃取才能得到这个真理;五、真理被先天确定为真理,不证自明,否则人们追了很久,好不容易追到以后,发现这个不是真理,而是伪货,怎么办?谁有资格为真理命名?六、没有追到真理却累死在途中的人,也算为真理而献身;七、一群人同时追到真理以后,把真理围在中间或高高举起,不能拥挤或者相互踩踏;八、真理是一种道理,每个人可以分一点儿,如果每个人都能分得全部,说明真理可以分解,具有再生性;九、真理所在的方位不确定,大小不确定,移动速度不确定;十、没有追求,却撞上了真理的人,是幸运的人;十一、撞上真理以后却不认识真理,与真理擦肩而过者,实属可惜;十二、不追求真理的人,得到真理的机会很小;十三、反对真理和践踏真理的人,是真理的敌人。

这个追求真理的青年,在几十年后终于追到了真理,他得到了一个证书,上面写着:"真理获得者。"但是人们问他真理是什么,他说不清。而那些没有追到真理的人,由于追求的过程漫长而遥远,身体得到了锻炼,都成了善于长跑的人。

真理持有者

一个人得到真理以后,把真理据为己有。他把真理锁在柜子里,只拿出衍生品出示给人们。后来,他专门经营这个真理,组建了真理协会,人们出于对真理的仰慕,纷纷加入了真理协会,真理协会又组建了许多相关的机构,机构下面又组建了许多分支机构,整个真理协会组织越来越庞大,深入到社会的各个层面。

有一天,一个小偷潜入真理协会内部,撬开了藏匿真理的柜子,发现柜子里只有一张纸,纸上一个字也没有,除此之外别无他物。小偷在突然醒悟的一刻,被人击毙。真理没有丢失,但已经被人窥视。

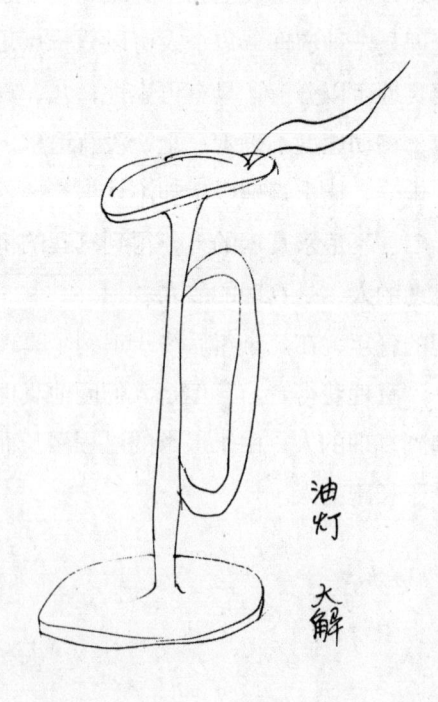

一个名人的消失

有一个人名声很大,他的每一个言谈举止都被人关注,并且被传播、议论、评价,久而久之,他成了一个文化符号。从此,这个人就不再是一个普通的人了,他代表了一个群体的,进而是一个阶层的,甚至是一个民族的精神形象。他的言行被公共化,他不再有隐私。由于这些,这个人被扩大为公众的心理期待和心理需求的寄托者,他的空间膨胀为无限大,而自我却从中消失。他所做的一切,成了他人、群体、阶层,乃至民族的象征。他开始按照固定的框子思考,按照人们普遍接受的方式说话、走路、办事。渐渐地,他失去了自由的思想、鲜明的个性、独立的空间,成了一个无我的人。一个无我的人,既不是自我,也不是他人;从身体上说,他更不可能是全体人的集合,因此他成了一个虚在。人们看不见他的魅力,就把视线转向了别处,一个名人从此消失了。

盲目主义症

现在我告诉大家一个秘密，我平时走路，一般都是先迈左腿，因为在我生活过的相当长的一段时期里，左代表正确的方向，因此我走路总是先迈左腿，慢慢就成了习惯。可是有一天，我走路时不小心先迈出了右腿，我就开始怀疑我是不是思想上有了什么毛病，去医院检查的结果让我觉得好笑，医生说："你得了左倾病。因为你走路总是先迈左腿，时间长了，你的左腿就变长了，这样你的身体就容易失去平衡。今后你将不自觉地先迈右腿，以保持身体的平衡。"

大约三年以后，我又去医院，医生说："你现在又得了右倾病，你的右腿也变长了，不过，现在两条腿变得一样长了，你的身高因此长了两厘米，在你这个年纪，还能长身高，说明你是个要求进步的人。"说完，他开了一个药方，上面写的字特别潦草，我一个字也不认识，全城所有药店的人员也都不认识，因此无法买药。我回到医院找到这个医生，医生说："这个药方确实是我写的，但是现在我自己也不认识这些字了，因为我得了'盲目主义症'。"

我 的 天

　　世界性的经济萧条出现以后,房地产业受到重创,许多房子无法卖出。于是,一家房地产集团的老总亲自出马,摇着拨浪鼓走街串巷吆喝着卖房,引来许多市民围观。当时我正在路边散步,看见这位老总一手摇着蒲扇,一手摇着拨浪鼓,光着膀子,满头大汗地走过来。我截住他,问:"有没有建在空中的别墅?"他说:"有,大约四百五十平方米,房子建在一万五千米的高空,屋顶上面全是星星。"我问:"公摊面积是多少?"他说:"整个天空都是。"我当时就吓出了一身冷汗,随口说了一声:"我的天!"老板听到后立刻跟我急了,愤愤地说:"在没有付款成交以前,这天空还不能算是你的!"

敌 人

从前有一个人，敌对心理非常强，他经常假想出一个敌人，然后想方设法地与这个敌人明争暗斗。后来，他的这种想法逐渐延伸到实际生活中，他在周围的人中寻找敌人，把某个人想象成对手，与其暗暗较劲。其结果是，他的假想敌尚不知情，而他却已经累得疲惫不堪、心力交瘁。

时间长了，他周围的所有人都被他树立为敌人，最后他找不到新的敌人，就把自己当作对手。他想方设法地折磨自己，变得非常残暴和凶狠。终于有一天，他对自己下了毒手，经过一番生死搏斗，他把自己杀了。人们发现他的尸体时，看见他的双手紧紧地扼着自己的脖子。

当他死后，他的后人繁衍不息，发展成一个氏族。

世界第一

一

前不久，我的虚荣心发作，在网上做了一次全球人气排行榜测评。没想到，全世界所有的人都参与了这项活动。也就是说，除了已经死去的人和尚未出生的人，所有在世者都投了票。统计结果表明，我的排名是第5987643210名。世界总人口按六十亿算，我的排名非常靠后，在五十九亿名之后。这使我感到很悲哀，我竟然如此没有名气。

后来，我突发奇想，如果反向测评，我的排名不就很靠前了吗？于是，我在网上又发起了一次"最不受关注的人"排行榜测评，意在引起人们的关注，以此来说明我是一个被埋没的人。没想到，结果更不理想，在测评中，竟然没有一个人提到我，我成了一个没有必要提起的人。

两次测评之后，我的自信心受到了极大打击。后来我想开了，我是这个世界上唯一的"我自己"，没有人能替代我。既然全世界的人都不关注我，在第三次测评中，我就不让其他人参加了。于是，在全球只有我一个人参与的测评中，我为自己投了赞成票。按照严格的程序，本着公开、公正、公平的原则，统计数据终于出炉了，其结果是，我得了第一名。实至名归，我坦然地接受了这个荣誉。

二

在只有我一个人参加的评选活动中，我获得了第一名之后，我感觉这种评选方式深得我心，应该保留下去，并作为一种制度长期存在。于是，我在其他方面的评选也采取了同样的方式，比如，评选好人，评选最佳决策者，评选永远正确的人，等等，都取得了满意的效果。这种制度建立起来以后，我就再也不允许其他人参与了，因为这是我自己的事情，别人无权干涉。

一段时间过后，我积累了许多经验，也取得了辉煌的成果。我的地位稳居第一，从来不曾改变。于是，我成了这个世界上最成功的人。

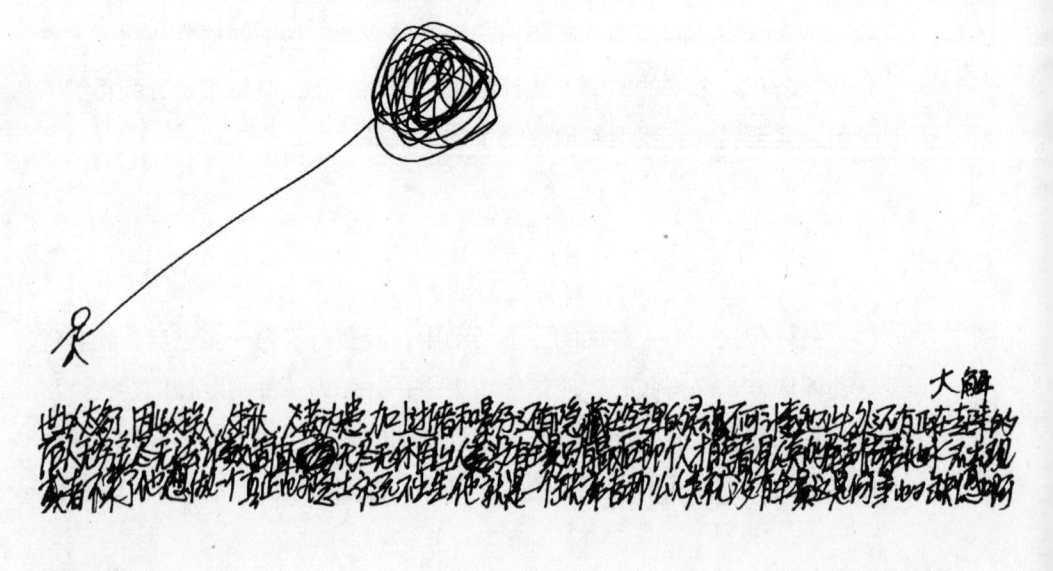

名　人

有人写了一部小说，小说里有一个人物。人们读了这本小说后，就对号入座，去现实中寻找这个人物。人们找了许多人，都与小说中人物的经历有所不同。人们实在找不到与小说中人物命运完全一致的人了，就对书中人说："非常抱歉，我们费尽周折，也没有找到与你完全一致的人。"书中的人物说："我并没有让你们去寻找，是你们闲得无聊，在自寻烦恼。"说完拂袖而去。

人们面面相觑，满脸无奈。但依然有人相信，这个人在现实中是可以找到的，我们必须找到他。于是人们分头散开，继续寻找。

当人们终于找到一个与书中人物相近的人时，发现世上已经找不到那部小说了。那部平庸的小说早已被人忘记，甚至连一页废纸都没有留下。

被人找到的那个现实中的人，后来被报纸记者炒来炒去，成了一个名人。但无论如何，人们也想不起那部小说，更不用说小说中的人物了。于是这个借助一本小说出名的人就成了无本之木，就像票据已经开出，却没有存根。

名人之家

从前,有一个人出了名,拜访他的人络绎不绝,他家每天都挤满了人,使他无法正常生活。于是他和家人都躲了起来,搬到另外的地方居住。

名人躲藏起来以后,人们还是不断地到他家里去,参观他的房子以及他用过的东西,搜集他曾经说过的话和他的经历。由于寻访他家的人太多,他的家里渐渐有了看门的人、卖票的人、卖书的人;后来又有了维持秩序的人、打扫卫生的人、开饭店的人;最后官府任命了管理这个院落的官员和副官,官员又聘请了账房先生,雇用了勤杂人员等。于是,名人的家演变成了一个参观游览的场所。

多年以后,名人偷偷地溜回家里,想带走一些东西,不料被看管人员当作窃贼擒获,揍了一顿。名人报上自己的姓名,可人们根本不信,又把他当作骗子打了一顿。名人不愿张扬自己被打的丑闻,偷偷溜走了,从此他再也没有回过这个家。

后来,他的家成了远近闻名的旅游景点。他想带走的东西被加上了罩子,摆放在屋里,并增加了说明:"某年某月某日,此珍贵文物曾被冒名者偷窃。官府侦破了案件,并当场捉住了罪犯,将其追回。"

捉拿罪犯的看守们得到了官府的嘉奖。窃贼的画像被贴在了墙上,供人们唾骂。人们纷纷议论,说:"瞧这个窃贼,伪装得还真像那位名人。"

监 视 者

从前,有一个寨主,对一个属下有些不太信任,就派一个人秘密监视他的行动。可是,他对秘密指派的监视者也有些不信任,就委派另一个人监视这个监视者。由于寨主对第二个监视者也有些不太信任,后来,这个监视者的身后就有了另一个监视者。这个链条很长,寨主通过这个监视链条掌握着全寨人行动的秘密。

慢慢地,人们隐约感觉到,背后有一双眼睛在盯着自己,时间长了,人们不再多说,做事也非常小心,整个寨子弥漫着一种紧张的气氛。

多年以后,这个寨主死了,监视者所监视到的秘密从此无人可说,憋在心里非常难受。于是,有一个人找到他所监视的人,把他这么多年所做的事情全部说了出来,并得到了被监视者的原谅。

监视者发现,只有把心里的话全部说出来,才能破除心头之块垒。于是,监视者纷纷去找自己监视过的人,诉说这些年监视他的过程。人们发现,一时间全寨子的人都在倾诉,全寨子每个人都是监视过别人的人,都曾经在背后伤害过别人,每个人都有过不光彩的历史。人们悔悟自己的过错,为此集体痛哭了一场。

哭过之后,人们发现,全寨子的人,每个人都被别人监视过,每个人都是被伤害过的人。想到这里,人们非常痛心,又一次集体痛哭了一场。

哭过之后,人们发现,通过倾诉和痛哭,人们之间不再有隔阂,彼此之间该说的话都说了,也不再相互监视,也不再有告密者。从此这个寨子又回到了遥远的从前的状态,人们相互信任,相互关爱,人人都感到了幸福和快乐。为此,整个寨子感动不已,又一次集体大哭了一场。

哭过之后,人们通过集体推选,选出了新的寨主。后来这个寨子逐渐发展壮大,成为一个国家。

坏　人

古时候，有个国王下令要抓住一个坏人。这个坏人之所以被定性为坏人，就是因为他反对国王。

这个坏人一次次躲过了国王派出的杀手，并不断发展壮大自己的势力，最终推翻了国王的统治，自己当上了国王。

若干年以后，这个国家又出现了新的坏人。这个坏人之所以被定性为坏人，唯一的理由就是他反对国王。

这个坏人一次次躲过了国王派出的杀手，并不断发展壮大自己的势力，经过多年的战争，最终推翻了国王的统治，自己当上了国王。

可是，坏人又出现了，而且总是不断地出现。每一个国王都使用同一个办法去追杀坏人，而每一个坏人都使用同一个办法获得成功，成为新的国王。

后来，人们弄不清到底谁是好人谁是坏人了，因为唯一的标准掌握在国王手里，而国王的好与坏由自己说了算。

后来，这个国家被强国所灭，留下了巨大的废墟，一部分在土地上，一部分在后人的精神里。

传　说

　　传说，人类历史上曾经有过这样一个国家，这个国家的官员们争相说假话，并把说假话的能力作为官员们晋升的标准。后来，这些假话逐渐形成了一定的套路，演化成为通用的套话。相关部门把这些套话编成课本，再灌输给孩子们，于是这个国家的人从小就学会了说假话和套话。时间太长了，人们的遗传基因也随之发生了变化，说假话的功能已经作为人们的基本素质，通过DNA分子结构向下遗传，成为人们的一部分。

　　很久以后的一天，上帝来到这个国家，想听听人们到底在说些什么，结果他听到的全是假话和套话，没有一句真话。上帝感到非常奇怪，就问一个老人，老人流着泪说："在我们这个国家，真话早已失传了。"

　　上帝听了后泪流满面，为这个庞大的族群而惋惜。但他发现有些孩子天性未泯，还有挽救的可能，就赐予他们新的智慧，恢复了他们的良知。后来，这些孩子传授人们真话，经过几代人的努力，人们才恢复了说真话的能力。但是说假话所留下的民族后遗症却非常明显，表现在认知和行为上：分辨是非的能力普遍低下，人与人之间很难建立互信，谎言和欺骗时有发生，社会公德普遍缺失，等等；表现在身体特征上：阴影普遍加大，微笑不自然，嘴唇变薄，说话语速变慢，额头皱褶明显增多，等等。几百年后，这些后遗症才逐渐消失。

内心租赁

前一段时间，我总感觉心里太杂乱，许多事情装在心里没有一点儿用处，应该想办法忘却，可就是忘不掉。于是，我模仿电脑里的删除程序，对过往的事情进行梳理，凡是可有可无的记忆，立即删去。经过几天的紧张工作，我卸掉了许多累赘，身心感觉轻松了许多。

可是，卸掉心理包袱以后，我的内心却感到了空虚。就像一个大库房，过去一直堆满了杂物，现在清理得干干净净，里面只剩下了两个火柴盒，其余的地方都是空气。我突然感到空空如也，有些受不了。我想恢复那些往事，但为时已晚，我把它们彻底删除了，已经不可恢复。于是我试图在内心里重新填充记忆，不管什么大事小事，统统装在心里，一个也不忘记。由于我最近没有做什么大事，只有一些家务琐事，今天早晨我到内心查看了一下，发现里面是这些东西：蒜皮，葱，酱，小米，盘子，碗，筷子，勺子，洗涤剂，水，厕所，掀子，垃圾袋，等等。说出这些，我感到很丢人。

现在我特别羡慕那些心事重重的人。如果可能的话，我想从别人的心里借一点儿心事，哪怕是烦恼，装进自己的心里。可是我找了好几个人，他们都不愿意借。没办法我只好替别人分忧，把自己的内心作为临时货场，租赁出去，现在已经接到了几项业务，其中一项是书店的业务，他们准备圈起一块地方，堆放世界名著。

一尊雕塑

某个公园里需要一尊人物雕塑，雕塑家雕完以后，对作品很满意，甚至对这个人物产生了崇拜心理。在人们所见到的文字资料中，这个人是个圣洁、高尚、纯粹的人，几近完美。可是在运输过程中，搬运工不小心碰坏了这尊雕塑的一块皮肤，这一碰使人们发现了这个人物的内部结构和从这个伤口露出的灵魂。他的灵魂与传说的大相径庭，甚至完全相反。人们发现这是一个十足的伪君子，是个内心狭隘、充满妒恨、虚伪、肮脏、极端卑鄙的小人，干尽了丑恶的勾当，却一直以善良、正直、博爱标榜自己，甚至把自己伪装成人类灵魂的典范。

人们通过雕塑看穿这个人的真相以后，感觉受到了极大的欺骗，都因自己的盲目相信而羞愧。有人气愤地要砸碎这尊雕塑，以解心头之恨，却被雕塑家制止了。雕塑家认为自己不仅雕出了他的形体，还因损坏而意外地发现了他的灵魂，他认为这是他一生中最成功的雕塑作品。

现在，这尊雕塑即将摆在一座公园里，如果你见到了他，先不要指责和嘲笑，你先想一想，如果把这尊雕塑换成你，会是什么样。

小心眼儿

近些年来，我的身体有些向左偏斜，左半个身子明显变低，站立或走路时非常明显。我去医院检查，医生问我："你平时心情是否沉重？"我说："是，我经常考虑国家乃至人类命运等重大问题，心情确实很沉重。"医生说："你的心太沉，时间长了，就压垮了你的左半身。"

医生给我开了一些药，我吃过后心情轻松了许多。但由于药力过猛，我的心理负担完全解除以后，心脏竟然像气球一样飘了起来，感到很不踏实。我再次去医院，医生说："你的心太轻了，已经飘到胸脯的最上方，你已经成了一个提心吊胆的人。"在医生的建议下，我又把一些无关紧要的小事装回心里，心才渐渐落下来，恢复了正常。

习惯成自然。由于我不敢再思考重大问题，只想一些小事，心也就慢慢地变小了，心里装的东西不能超过四两。幸亏中国有句谚语，四两拨千斤，否则我将无法解释自己的小心眼儿。

处决了三只小鸟

某市政府新建了一座高楼，把天幕顶出了一个窟窿。老天爷很大度，但是龙卷风被激怒了，它聚集起四方的乌云和市民的怨气，对高楼发动了一次袭击。

龙卷风并未造成市区建筑损坏，只是把高楼掩埋了，谁也想不到，埋没大楼的竟然是文件和公章。原来龙卷风把市区里各个部门的公章和市政府平时下发的巨量文件聚集起来，一股脑儿地塞进了大楼。大楼装不下这些，于是就出现了被埋没的结果。

市长要求在三天内破案。警方发出通缉令，悬赏捉拿龙卷风。警方为了证明自己的办案速度，在高楼顶上捉住了三只麻雀，以涉嫌"看热闹"的罪名，对其正法。在宣判大会上，一百辆警车押着三只被捆绑的小麻雀，赶往刑场，对它们执行了枪决。

这次事件以后，市政府又增设了若干机构，专门对付麻雀。为此，市政府又新刻了一大批公章，下发了数量惊人的文件，其数量足可以再一次埋没大楼。

至于龙卷风，却踪影全无。有人说，它就隐藏在空气里，说不定一个人的呼吸就可能引起一场风暴。

两只小鸟

动物们经常在背后议论人类，说人类的坏话，幸好人们听不懂它们的语言，否则会很羞愧。

一天，两只小鸟在树枝上交谈，声调诙谐婉转，我把它们的叫声录下来，输入电脑里，进行声学分析。分析结果吓了我一跳——它们在嘲笑人类。

我从谈论内容得知，两只小鸟在我家楼顶上已经居住了多年，它们已经能够听懂部分人话，对人类的生存规则和现状了如指掌。它们与人类生活在同一个时空，呼吸着一样的空气，它们是人类社会的旁观者，也是环境污染的受害者。

为了尊重小鸟，也是出于对小鸟的敬畏，我销毁了它们的录音，下决心保守它们的秘密。因为小鸟们交谈的内容一旦泄露，人们将对它们怀有戒心，这样势必要加深人与动物之间的鸿沟，不利于生命群体的和谐共处。

如今，我已经把这些小鸟视为朋友。我知道它们从不隐讳自己的情感，经常谈论人类，嬉笑怒骂，甚至哭泣，它们都非常善良和坦率。它们过着鸟的生活，从不伤害人类。

灵魂志愿者

地球上人满为患，太拥挤了。有些国家的政府为了控制人口增量，实行了计划生育政策，有效地遏制了人口膨胀。

政府行为以外，一些民间组织也发挥了重要作用。其中有一个叫作"灵魂志愿者"的组织，其成员都是一些善良的灵魂。他们不辞辛苦，深入到生命序列内部，把许多排队等待入世的人给劝了回去。凡是不听劝告而冒死出生的人，来到世上就后悔了，因此他们一出生就哇哇大哭。

不仅限于劝阻入世者，灵魂志愿者们还对年岁太大，愿意离世，但由于过度衰老而走不动的人，提供了许多帮助，协助它们尽快走到世界的外面。

此外，灵魂志愿者还在天空中开辟出精神乐园，邀请离世者参观游览。许多人在梦中游览了这个乐园之后，当场决定在天空中定居，不再回去。

后来，这些灵魂志愿者看到世间的种种不平，越界抓捕那些贪污腐败、作恶多端的灵魂，引起了许多官员的恐慌。政府决定取缔这个组织，但由于灵魂是由看不见的元素所构成的，无法取缔。最后上帝出面协调，把这些善良的灵魂招募为天堂里的园丁。

到天堂里述职

一个地产商为了开发旅游项目，建造了一座地下城，取名为地狱。地狱里的油锅是民间小吃酸辣汤；水牢实际上是游泳馆；数不胜数的刑具，都是些健身器材；索命的铁链是塑料玩具；审问的阎王是个胖演员，地狱里的一切都是恶作剧，既搞笑又刺激，吸引了许多游客。

建造了地狱之后，这个老板又在国家工商管理部门注册了"人间"这个商标，从此，我们生活的这个人间就属于他的知识产权了。

随后，他又试图与上帝联手，对天堂进行开发和改造。他带着图纸和计划书，备足了资金，却没能见到上帝。上帝到人间视察去了，看到这个老板建造的地狱后，上帝笑了。

后来，老板利用3D技术，在天空中投射光影，用虚拟手段建造了一座辉煌的天堂。上帝感叹他的良苦用心，就开启他的心智，让他为人间服务，建造了更多的房子。由于老板善行天下，最后他获得了一张进入天堂的门票，上帝允许他到天堂里述职。

多年以后，这个老板抛弃了金钱和财富，抛弃了肉体，只剩下灵魂，在天使的引领下，穿过了最后一道窄门，看见了光的源头。

阔妇人

有一个阔妇人，出门时总要租赁一片云彩，为自己遮阳。一次她的游兴超常，走路太多，把云彩累得汗如雨下。这些汗雨一滴不剩，全部淋在了阔妇人的身上。

原来这是一片老迈的云彩，体力不支，才导致这种尴尬的事情发生。为此，云彩租赁公司向阔妇人真诚地道歉，并另派一片崭新的云彩免费为其遮阳。

可是，这片崭新的云彩在途中遇到了另一片云彩，在擦身而过时产生了闪电，随后雷鸣催生暴雨，一滴不剩地全部淋在了阔妇人的身上。

后来总公司为了表示歉意，派出十个人，每人手持遮阳伞，簇拥在阔妇人周围，免费为其服务。阔妇人所到之处，只见一群人举着伞，前呼后拥，把她围得水泄不通。

有这样一群人围着，气派了，风光了，遮阳了，但也阻挡了视线，不透风，什么风景也看不见了。可是这个阔妇人乐于享受这一切，欣然接受了这种密不透风的簇拥。

由于她一直被簇拥在人群里，死神也无法找到她。多年以后，人们偶尔会看到半张苍老的脸，正从人群的缝隙里向外窥视。人们猜测，这可能就是传说中的那位阔妇人。

假 微 笑

某项运动会上，礼仪小姐们一直保持微笑的表情，其中一个小姐微笑长达十个小时而不间断。下班以后，她继续对着镜子练习微笑，把假笑练习到了逼真的程度。从此以后，她在日常生活中也都保持微笑的表情。

有一天，她的亲人去世了，她仍然是一脸微笑，大家这才感觉到她的脸出了问题。到医院检查后发现，她的脸部肌肉早已僵化，不可能再有另外的表情了。医生说，要想根治，首先需要更换心脏，把虚假的心灵换掉，然后才能在脸部实行整容手术，改变肌肉结构。

由于手术费用昂贵，风险又大，她放弃了治疗，决定就这样继续微笑下去。没想到，一场世界性的运动会在她的国家举办，在礼仪小姐选拔中，她以最优的笑容入选。后来她的笑容成了一个时期的标志，甚至成了一个民族的标志。

劣质化妆品

有一种劣质化妆品，会对人的皮肤造成严重伤害。有一个女人用过这种化妆品后，脸上起了一层厚皮，几天后完整地脱下来，像是从脸上脱下了一张面具。

皮肤过敏让她痛苦不堪。但是她的脸皮脱下后，脸部变得细腻白皙，持续几十天不变，看上去有一种脱胎换骨的感觉。

爱美的女人们看到这种美容效果，不顾痛苦和对皮肤的伤害，纷纷在自己的脸上试验，结果令她们十分满意。一时间满大街都是皮肤细嫩的美女。

劣质化妆品一夜之间被抢购一空，达到了脱销的程度。商家借此大捞一把。他们把女人们脱下的脸皮低价回收，然后稍作整形加工，制成各具魅力的面具，转手以高价卖出。许多中老年妇女戴上这种人皮面具后变成了青春少女，如果不从体形上分辨，你将看到满街走动的女人都是年轻貌美的女郎。

一座城市因此焕发了青春，随后整个国家都激动不已。男人们看到了女人们的魅力，女人们找回了自信，人人都成了淑女。后来，美丽的女人们性格也发生了变化，一个个精神饱满，活力四射，魅力无穷。

后来，男人们也用起了这种化妆品，但追求的不是细腻和白皙，而是看谁的脸皮更厚，更有棱角和硬度。

神奇的瓷瓶

古董商买了一件花鸟人物瓷瓶，画工流畅而又细致，生活气息浓郁，让人赏心悦目。可是，突然有一天，瓷器上的图案不见了，一根线条也没有了。古董商很是纳闷。过了几天，图案又恢复了。

太神奇了。古董商当即意识到这个瓷瓶是个无价之宝。此后他每天观察上面的图案，有时清晰，有时浅淡，有时全无，变化无常。他发现，瓷瓶图案的深浅与空气质量有关，污染严重时图案全部消隐，天气晴好时又浮现出来。原来是瓷器上的人物和花鸟受不了空气中的烟雾，隐藏到瓷器内部去了。

有一天，瓷器上的一个美女突然倒地，一病不起，几天后不治而亡。在高倍放大镜下可以看到，美女的嘴角上有咳血的痕迹，医生断定，她死于肺病。

为了保护这个神奇的瓷瓶，使其他的人物和花鸟免于伤亡，古董商把瓷瓶运到了国外一个空气干净的城市。

多年以后，在一次海外回流文物展览上，人们看到了这件瓷器，人物和花鸟俱在，但细心的人们发现，图案上的两个小顽童在用挪威语交谈，而坐在渔船上的老渔翁披着蓑衣在垂钓，他自言自语的时候，依旧说着汉语。

汉　字

　　汉字是人类文化中的精品。汉字来源于自然物象，又超越了物象，成为事物的灵魂。单个汉字所包含的信息量极大，既有独立性，又有黏合力和延展性，适合于谋篇布局。汉字是沉的，其重量让人放心。即使是一个汉字站在纸上，也不孤独，反而以其方正、沉稳的外形，给人一种踏实感。

　　我对汉字充满敬意。能够用汉语写作，是上天赐给我的福分，让我享受语言的魅力。尤其是认识诗神以后，我的整个身体都变成了一个容器，为精神而服役。用汉语写作，不可能平凡，不可能没有光辉。也许多年以后，人们借助闪电，会发现我藏身在堆积的汉字里，不必惊讶，因为只有接受汉字的埋葬，我才安心。

　　死，也要死在汉字里。前提是，必须活得像是一个直立的人。

黔 之 驴

中国古时候，有个人想杀死一头驴，但他找不到杀驴的理由，就费尽周折把这头驴运到了贵州。那时贵州还没有驴，也没人懂得驱使一头驴干活。对于一头没有用处的驴，就有理由把它杀掉了。

就在他杀驴之前，山中的老虎提前发现了这头驴，把驴吃了。

老虎吃掉了驴，觉得味道不错，还想吃，但贵州没有驴，老虎只好到别处去寻找。正在这时，杀驴人来了，他带着刀子和绳索，与老虎正面相遇。他问老虎："听说你吃掉了一头驴？"老虎说："是的，我吃了。"杀驴人放下刀子，当即跪在老虎面前高呼："英雄啊！英雄！那头驴早就该死了，你为民除掉了一头蠢驴，真乃英雄也。"老虎说："你少废话，给我让开路，否则我也吃掉你。"说完，老虎瞥了他一眼，从他身上跨过去，走了。

杀驴人从地上爬起来，发现自己已经尿裤子了。可是他回去后却说："我在去杀驴的路上，遇见了一只猛虎，我把猛虎截住，捅了它三刀，老虎这个熊货，吓尿了，负伤后仓皇而逃。"

正在他讲述时，老虎又回来了，看着他说："你在说什么？"杀驴人看见老虎，脸色大变，说："我说您是一个大英雄，您吃掉了一头蠢驴，为民除害了。"老虎说："我还想吃掉更多的驴，继续为民除害。限你在一个月内送给我一群驴，否则我就吃掉你。"

杀驴人连连称是，吓得又一次瘫在地上。

于是，又有一些驴被运到贵州。贵州古称黔，所来之驴统称为黔之驴。

翻 书 记

三年前的一天上午，阳光不错，心情也好，我从书橱里随便拿出一本书，随手翻翻。没想到书中的文字从里面掉了下来，开始是少数一些字，后来哗哗地往下掉，我感到奇怪，就快速翻阅，结果印在书页上的文字全部掉了下来，只剩下了空空的纸页。掉下来的文字落在地上，像是下了一层黑色的雪花。

这件事，我感到百思不得其解。于是我给胡同口修鞋的师傅打电话，问他到底是怎么回事，他反问我："胡子需要几天刮一次？"我给服装店老板打电话，老板说："我已经找了那个姓张的骗子了。"我给医生打电话，医生说："滑雪板的材料确实决定速度。"

我给许多人打了电话，他们都没有说出书页上文字脱落的原因，而是扯别的，与书毫不相干。

我很气愤，一气之下把这些掉下的文字抓起来全部吃了。吃下之后，发生了奇迹，我的心里突然通晓了这本书的内容，就像刚刚读过一遍。更让我欣慰的是，这些文字还在不断地变换着排列组合方式，生成了新的故事和情节。

这样的奇迹必须与朋友们一起分享。于是我给修鞋师傅打电话，告诉他油漆的气味确实对人体有害。我给服装店老板打电话，说房价已经崩盘了。我给医生打电话，告诉他广场上有人正在卖风筝……我给许多人打了电话，打完电话，我的心情好了许多。

朋友们知道我在故意制造逻辑混乱，他们也非常知趣地配合我，顺口胡说。通过这个游戏，我感到世界上许多毫不相干的人和事，都与我有了关联。这证明我不是一个极度空虚的人，我的存在也许可能大概差不多是不可或缺的。

这个上午，我还想起了许多过世的熟人和朋友，他们就像书中溜走的文字，并没有消失，而是继续存在和变换着章节，参与了我的精神运行。当我再次拿起那本掉光文字的书，我隐约看见书页上还残存着一些文字掉落后留下的痕迹，模模糊糊，像是一个民族失去的记忆，又像是文化的废墟。

吃茶去

2010.6.8
大解 作

自然之光

中国人对于时间和空间的认识，很有意思地体现在日期中。我们说一日，不是说天上有一个发光的太阳，而是指一天。我们说一天，是把天空的"天"形容成一个时间段，即一个昼夜。一个星期，也是突出了一个"星"字。一个月，也不是说天上有一个月亮，而是一年的十二分之一。古人在创造天文历法时，选取最为恒定的太阳、星星、月亮、天空等可见的物象，然后把这些物象转换为时间概念，作为历算的最基本单位，该是何等的胸襟，何等伟大的智慧。

用日月星辰历法，也许还有更深的寓意。在古人看来，日、星、月，无论其大小，都是发光体。用发光的物体作为时间单位，体现了人类对于光的热爱和依赖，同时也把天体运行的规律纳入日常的语言表述中，时时提醒人们对于天空的敬畏。另外，在原始的生存秩序中，太阳、月亮、星星是人类起居的天然参照物，从古人们日出而作、日落而息的生活规律可以看出，人们利用光明、顺应自然的生存智慧。

如今，尽管人类已经掌握了制造光的技术，但自然光依然是必不可少的主要光源。目前还没有哪一种光能够取代太阳，而月亮和星星这些古老的天体，也将遵循造物的法则，在宇宙中运行，经久不息。

只要生活一直在继续，我们所说的一日、一天、一个星期、一个月，就依然是人类最基本的时间单位，而这些闪光的词汇，已经脱离了具体的物象，汇合成人类文化之光，上升到我们精神的高空，照耀着我们，贯穿于我们生活的每一天，直到永永远远。

太阳礼赞

如果说接受太阳的照耀是一个人最大的荣耀和幸福，我曾享受过。不仅如此，我一整天都在太阳下劳作和休息，享受上帝赐给我的光芒。还不仅如此，我已经这样享受了几十年，并且是每天都有一个新的太阳准时出来，升上天空，为我洒下光和热，与我同时生活的人，也在世上分享到了这些阳光。因此，我总觉得我是一个过于幸福的人。

有时，我把太阳的光储存在心里，等到阴天的时候，我用回忆的方式，把整个太阳，圆的太阳，球形的太阳，我从来不敢直视的太阳，推上心灵的高空，接受它的光芒。感谢神在创造我之前就创造了太阳，感谢神在我之后的亿万年里，赐给太阳永生，传播它的光。神说，要有光，于是就有了光。这光，不仅指太阳的光，也包括神自身的光，和他后来所创造的人的内心之光。也就是说，即使在夜里，心中有光的人，也不会有真正的黑暗。

我热爱太阳。我热爱毛茸茸的太阳。在我看来，即使是画出来的太阳，它也会燃烧。即使把太阳投进深渊，它也会重返天堂。因为太阳是神的造物，接受了特殊的旨意，在履行它的天命。

实际上，以我卑微的身份，不配书写太阳，但我忍不住冲动，我几乎被来自远处的光和发自内心的光，同时穿透。我不写不行。我必须找到一个物体，写出它的光辉。而这个物体，只有太阳。除了太阳，没有什么能够配得上神赐给它的伟大使命，拥有永不熄灭的光辉。

小　镇

有一个小镇，镇里的居民每到夜晚都倒在床上，然后做梦，第二天起来后到处走动，到了晚上继续倒在床上，做另外的梦。从规律和节奏上看，躺倒和做梦是他们生活的主要内容，而白天所做的一切似乎只是活动一下筋骨，顺便浏览一下世界，以便为晚上做梦提供印象和素材。

尽管做梦占据了他们生活的多半时间，但人们很少交流梦的内容，因为醒来后就忘记了。即使有人讲述了梦境，也没人相信。人们沉浸在自己的梦境里，过着独立而虚幻的生活，从来没人把白昼的活动当回事。

镇里来了一位新镇长，雄心勃勃地要扩大小镇规模，兴起了土木工程，施工的机械和工人进驻了小镇，延长了白天的工作时间，甚至夜晚也要施工。这样一来，好像白天才是生活的主体，夜晚倒是成了搭配。这样主次颠倒以后，人们躺倒和做梦的时间明显减少了，生活变得越来越实际。

终于有人失眠了。一个人失眠后起来走动，影响了其他人的睡眠，其他人又影响了另外的人。几个月下来，小镇的人们都失眠了，即使勉强睡着了，也很少有人做梦。偶尔有人荣幸地做了一个梦，醒来后赶紧记下梦的内容，然后与其他人分享。人们羡慕地听他或她讲述梦境，总要暗自祈祷：什么时候让我也做一个梦吧。

没有了梦，生活变得寡然无味。人们怀念起有梦的日子，怀念那些安宁的夜晚和超越现实的幻境。开始的时候，人们对镇长有些抱怨，后来有人提出了抗议，但迫于强大的政府压力，人们的怨气被憋了回去，变成了叹息。人人都在叹息。小镇的人们见了面，相互之间不再问候，而是各自叹息一声，心灵就算通了。

就在人们的叹息声中，小镇的外来人口不断增多，逐渐超过了本地人口，建筑规模在迅速扩大，夜晚灯红酒绿，人们折腾到后半夜也不睡觉。渐渐地，人们不再把夜晚当回事，甚至有人提出，要把小镇建成一座不夜城。

小镇的秩序被彻底打乱，甚至颠倒了。人们把白天无限延长，夜晚被挤成了一道缝，好像睡觉和做梦是一件可有可无的事情。

终于有一天，镇长也失眠了。他建设小镇，忙前忙后，已经很长时间得不到休息，也不再做梦了，因为他没有时间做梦。他想起刚来小镇的日子，人们的生活悠闲和谐，夜晚人人都做梦，是多么幸福。是他改变了这个小镇，让这里喧嚣起来，失去了安宁。

镇长后悔了。他想回到从前，但已经晚了。时间飞快地掠过小镇的街道，把人们吹拂得摇摆不定。小镇上原有的居民相继衰老或者过世，新生的居民仿佛一夜之间遍及各个角落，人们从四面八方赶来，到这里定居，小镇变成了一座大城市，成为一个贯穿东西南北的交通枢纽。市里充斥着大型工厂和企业、几十所大学院校，数不清的中学和小学，银行、医院、邮局、商场、饭店、超市、宿舍楼等遍布全市。拓宽的马路上汽车拥堵在一起，城市的空气中飘浮着久久不散的雾霾。人们叹息着城市的拥挤和污浊，却没有一个人愿意离去。

镇长最终在这座新兴的城市里老去。他和仅存的原住民相见时，总要打招呼，相互问候，偶尔也会聊起当年的夜晚和梦境，恍若在谈论另一个世界的事情。

吹笛人

一

小镇上来了一个吹魔笛的人,当他经过街道时,树上的小鸟齐声鸣叫,各家各户养在花盆里的花争相开放。吹笛人随身携带着一个布袋,专门收集花香。小镇上所有鲜花散发出的香气都被这个袋子吸进去,吹笛人扎好布袋口,带走了。

也许是由于不慎,也许是天意,一个小女孩的灵魂也被吸进布袋里,被吹笛人带走了。小女孩丢了灵魂以后,整夜啼哭,怎么哄也不行,把大人急坏了。

过了一些日子,吹笛人又来到小镇,他知道不小心吸走了孩子的灵魂,因此前来送还。他解开口袋,一股清气从布袋里缓缓飘出,进入了小女孩的身体里。小女孩有了灵魂,啼哭立刻停止了。

这个丢魂的小女孩因祸得福,还魂以后,身上总是透出一股鲜花的芳香。因为她的灵魂曾与花香混在一起,被熏染后不再褪去。

时光流转,小女孩渐渐长大,成了一个美丽的窈窕淑女,她因散发香气而被人们称为花仙子。后来,她与一位白马王子相爱成亲,白头到老。这里不再多说。

二

吹笛人多次来到小镇,每次都带着布袋,满满地带走香气。他把香气储存在一个隐秘的山洞里,用于炼丹。

吹笛人收集到了足够多的香气,但是要想用这些香气炼出一颗仙丹,其中必须要加入一个人的灵魂。吹笛人是个非常善良的人,他不想因为炼丹而伤及他人，就把自己的灵魂从身体里抽出来，加入香气里一起熔炼。

功夫不负有心人，吹笛人真的炼出了一颗仙丹。他用这颗仙丹救过很多人的命。只要从仙丹上取下一点点粉末，就可以救活一个人。

但是吹笛人因为炼丹，付出了自己的灵魂。尽管他还经常来到小镇，还能吹魔笛，但他已经是一个失魂落魄的人。

吹笛人所做的一切，神都看在眼里。后来，神从天上带来一个永生的灵魂，赐给了他。吹笛人获得新的灵魂以后，走到了很远的地方，继续为人们治病。

多年以后，他最终因衰老和劳累而病倒了，他用仅有的一点儿仙丹救活了他人，而自己却没舍得使用，最后病死在去往远方的路上。

吹笛人最后一次来到小镇时，人们只听见熟悉的魔笛声，却没有看见他本人。据说他死后，神赐给他的永生灵魂从他的体内走出来，依然吹着魔笛，在大地上收集花香。

他的灵魂经过小镇街道时，小鸟们齐声鸣叫着围在他的上空飞翔，蝴蝶漫天飞舞，各家各户的鲜花争相开放，其中一朵小红花还发出了细微的哭声。

小镇轶事

早晨，小镇上的人们像往常一样起床，走到户外，发现天上出现了一个毛茸茸的太阳。第二天也是如此。第三天也是。人们心慌了，开始议论纷纷，总有一种不祥的预感，但也说不清这是什么征兆。

就这样过了许多天，有人从远方背着布袋回来，带回了秘密。小镇的长老们聚在一起，打开布袋，想看个究竟，不料从布袋里冒出一股烟尘，把人们熏得头晕、咳嗽。

从远方回来的人说："这是我从一座大城市里偷来的空气。"他们那里白昼如同黄昏，人们出行时嘴上都蒙着一块白布。据说月亮都生气了，不从那里经过，改道绕行。

长老们面面相觑，不知如何是好。于是他们又派出一个人前去打探。可是这个人没有回来，许多天后，他的影子回来了，带回一封信。信上说："我已经死了。我来到一座陌生的城市，感染了一种病，这种病没有外伤，只是灵魂腐烂在身体里。我回不去了，让我的影子带回这封信，说明我的死因。"

长老们看过信后，面面相觑，不住地叹息。这时小镇上的人们开始咳嗽，有的生了病。太阳的绒毛越来越长，像是发了霉，又像是长着一万条腿的红蜘蛛，在天上爬行。

自从城里出现灵魂腐烂病以后，小镇上来了很多影子，沿街游走，收购灵魂。起初，镇上的人们都不理会，但时间长了，就有一些人禁不住诱惑，几百元钱就把自己的灵魂卖了。长老们感叹，灵魂这东西，就这么贱吗？

渐渐地，小镇上失魂的人多起来。出卖灵魂的钱很快就花光了，这些人迷迷糊糊地去了远方，有的赚了钱，有的死在了外面。

长老们觉得这样下去，小镇会出问题，他们决定自己走出去，打探个究竟。于是他们打点行装，背着布袋出发了。几个长老一路走，一路打听。他们毕竟老了，在一个糊涂人的带领下，他们竟然走错了方向，进入了一个通往历史的小胡同。

　　许多年过去了，长老们也没有回来。小镇被烟雾笼罩着，烟雾来自远方。凡是去往远方的人，都很少回来。随着时间的推移，小镇里的年轻人越来越少，渐渐地只剩下了一些孩子和老人。

七　妹

　　每到秋后，小镇都要举行纺织比赛，镇里的妇女们亮出自己的绝活。比较热闹的是纺线比赛，坝子上的纺车排成一溜，长老们发出指令后，年轻的妇女们开始纺线。别处的女人们都要把棉花做成手指粗细的棉花条才可以纺线，而小镇上的女人们则是直接纺织棉花团。细心的人们发现，在纺织的女人中，有一个年轻貌美的女子，她纺出的不是线，而是亮晶晶的雨丝。人们感到新鲜，就凑过去看，发现她纺的竟然是白云。人们知情后也不惊讶，因为有人家里曾经挂过雨丝门帘，对此并不觉得意外。

　　这个纺织白云的女子叫七妹，在她来的路上，我见过她。我说："来啦。"她低头不语，她的六个姐姐齐声回答："来了。"

　　七个姐妹各有绝活，有纺线的，有经布的，有织布的，有刺绣的，有裁缝的，有制衣的，有缝补的……人们知道她们是仙女，也不说出她们的秘密。等到比赛过后，我就在她们回去的路上假装看风景，当七妹路过我身边时，我说："走啦。"她低头不语，脸却红了，她的六个姐姐齐声说："走了。"

　　远处的天空中，有一片白云前来接她们。

　　我记得那些年，小镇的赛事不少，我总能在同一条路上，看见七个姐妹，依次排列着，从我身边走过，她们走路时体态轻盈，不发出一点儿声音。

　　一晃几十年过去了，小镇的赛事已经取消，我远在他乡，已经老迈，但还清晰记得七个姐妹的情景。前不久我回乡，在小路上看见一个老女人，她面色苍黄，体态臃肿，步履蹒跚，但走路时却不发出一点儿声音。我当即认出，她就是那个七妹，那个曾经脸红的七妹，如今已经衰老不堪。当她从我身边经过时，我说："吃啦。"她看了看我，停下来，没有说话。我怔怔地看着她，等待她的回答。可是她没有回答。她竟然当着我的面，脱掉了外衣，然后脱掉内衣。她想干什么？我惊愕地后退了一步，对她的举动不知所措。就在这时，只见她两手抓住自己的前胸，刺啦一声把自己的皮肤撕开，从她的身体里面走出来一个新人。

这个新人，是个绝代美女，风姿绰约，不染纤尘。

我惊呆在那里，彻底蒙了。当我缓过神来时，她已经在云彩后面，我隐约看见她的脸，像朝霞一样晕红。

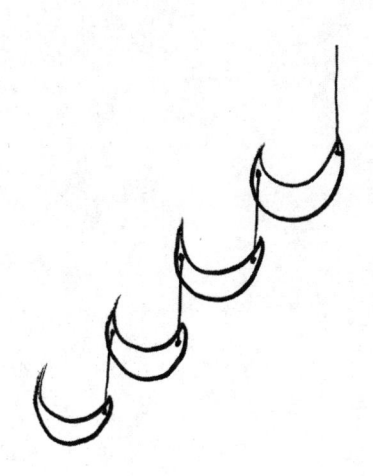

第六辑 喜剧

著名的老乐

老乐获得了一项清洁的工作，负责清扫一条街道上的落叶，包括树影。落叶尚可清扫，而树影粘在地上，很难扫掉，有时一棵树影就要清扫几个小时。由于工作效率低下，他被调整为挡风工。

挡风工更辛苦。每天清晨，人们还未起床，他就得站在郊外的路口上，几个人手拉手阻挡北风进入城市街道。挡风工穿得都很臃肿，看上去比身体要胖十几倍，以便靠夸张的体块挡风。

由于老乐贪睡懒觉，经常起床晚点，又被调整为捕捞工，负责打捞公园湖泊里的云影，保持水面清洁。有一次打捞云影时，他掉进了湖里，差一点儿淹死。他又被调整为楼房保洁工，擦拭高楼的玻璃窗。

老乐这个不争气的家伙，擦拭高楼窗子时，经常有云彩从身边飘过，他就顺手抓取了一片云彩当抹布，擦拭效果很差，结果被公司辞退了。

就在这时，正好我的《大解寓言》里缺少主人公，他以最合格的条件入选。从此，老乐走上了明星之路，成了一个著名的老乐。

伸出了大拇指

一天,老乐在众人面前显能,两手各执一支毛笔,在两张宣纸上同时写下不同的诗句,围观者齐声叫好。老乐写完后看看我,流露出得意的神情,等待我的夸奖。

这时我慢腾腾地走到桌前,抓起一张宣纸,揉成团,在砚台里随意地蘸上一些墨,然后把宣纸打开,一幅气势磅礴的山水画展现在人们的面前。众人皆瞠目,随后掌声一片。

老乐不服气。随后他一只手拿两支笔,同时写下不同的诗句,我顿时傻眼了。老乐太厉害了。

我对老乐伸出了大拇指,表示佩服。随后我用这个大拇指蘸上红色印油,当着众人的面按在他的书法落款处,结果印上的却不是手纹,而是一枚印章,是篆刻的"老乐"二字。

老乐当场拜我为师。我做人低调,不敢为人师,谢绝了。后来我和老乐成了好朋友。

蝴蝶舞会

一群蝴蝶聚集在花园里，准备开舞会，但乐手却迟迟不到位。情急之下，喇叭花吹奏起优美的乐曲，蝴蝶们随之翩翩起舞，花朵们洋溢在欢乐的气氛中。

这时老乐进场了，他吹奏的乐器竟然是一个打酱油的漏斗，声音极其难听。后来，他又换成了敲打乐，乐器是一口煮饭用的大铁锅，而且还带着漏洞。他把舞会的节奏彻底搅乱了。

一群花朵扭动着腰肢，连推带搡，把老乐推到了栅栏外面。舞会又恢复了原来的秩序。

可是不一会儿，老乐又来了，他把自己打扮成一只巨大的蝴蝶，不停地扇动翅膀，飞来飞去，偶尔还向小蝴蝶抛媚眼，引得小蝴蝶魂不守舍。

这时我实在看不下去了，气愤地走过去驱赶老乐。不料，蝴蝶们以为我也入场了，纷纷围过来邀请我跳舞。盛情难却，我只好也跟着翩翩起舞。

后来我吹起了漏斗。后来我敲起了破铁锅。看到我玩得很开心，老乐退出舞会，坐在一边修改剧本，把我的角色也补上去了。原来老乐就是这场舞会的总监、编剧、导演、乐手，而我成了他的演员。

神的选民

老乐排着长队等待了很久，终于进入了人类的生存序列。得到生命以后，他发现人们的去向就是死，他后悔了，但为时已晚，他回不去了。

老乐掀开地皮一看，里面密密麻麻地躺着无数个逝者，所有提前来到这个世界的人都在里面心安理得地休息。他看到前人们都在里面，也就认了。

无奈之下，老乐开始了自己的生活，不再考虑死亡这件事。渐渐地，他爱上了这个世界，对生命有了更深的了解，从此他乐观地面对一切。

后来，他借出差的机会到了天堂，窥见了人们的灵魂。这时他才醒悟，他掀开地皮所看到的逝者不过是人们用过的废弃的身体，真正的灵魂乐园在天上。知晓这个秘密以后，他觉得自己来到人间非常值得，简直是得了便宜。

现在老乐在人间规矩地生活，或者说在排队，期盼着有一天能够脱下这个身体，进入那个永恒的自由的国度。

经过筛选，老乐成为神的选民。

住在地狱的上面

老乐买了一处新房子。一天,他到地下室里取东西,下到地下一层后,发现下面还有很多层,出于好奇,他就顺着电梯继续向下,一直到了地下十八层。走出电梯后,他发现自己进入了地狱。

没想到进入地狱竟然这么容易,没有一点儿煎熬和恐惧感,不过就是多乘一会儿电梯而已。他觉得很好玩儿,就在地狱和人间反复上下,乐此不疲。

渐渐地,老乐跟地狱门口的守卫混熟了,成了朋友。老乐经常带一些人进入地狱参观游览。后来,他把地狱作为一个旅游景点,介绍给旅行社,生意十分火爆,到地狱旅行的人络绎不绝。

人们通过游览了解了地狱,消除了对地狱的偏见和恐惧。地产商从中看到了商机,在地狱附近圈地盖房子,打出了地狱景区这张王牌,楼盘的价格迅速猛涨。

老乐因发现地狱而被记入了吉尼斯世界纪录。我在散步时见到老乐,问他:"听说你买了新房,在哪个小区?"老乐骄傲地回答:"就在地狱的上面。"

我去地狱游览过一次,有了另外的发现:我觉得这个地狱是人造的,里面积满了现实中的罪恶。

植物巨人

老乐把自己栽植在自家的花盆里，实验的目的是，看看人类是否适合栽植。他像一棵木本植物，站在花盆里，保持几个月一动不动。等到老婆发现他时，他已经不会动了。经过一年多的抢救，他才活过来。

老乐醒过来后，发现自己的脚下已经长出许多细小的根须。也就是说，如果老婆不把他从花盆里拔出来，他的实验有望成功。

此后不久，老乐失踪了。多年以后，一个科学考察小组在原始森林里意外地发现了一棵人形大树，经过研究和辨认，这棵大树就是老乐，他已经长成为一个巨人。

又过了一些年，有人看见老乐在林场里搬运木料，他身高体大，比大象的力气大几十倍，手臂相当于一个吊车。

又过了一些年，一个登月者站在月亮上，用望远镜观察地球，看到一个巨人用头顶把地球举了起来。幸亏这个巨人两脚悬空，否则他不定会把地球搬到哪里。

老乐真的成了一个危险人物，我必须制止他的愚蠢行为。我和一个科学家找到他，给他注射了反向生长激素，多年以后他终于缩小了身体，成为一个正常人。但由于注射的激素有些超量，老乐继续缩小，最后回到了童年，成为襁褓中的一个婴儿，非常可爱。人们逗他，他就咧嘴傻笑。

真正的名人

老乐一心想出名，想方设法制造事端。一天，他制作了一双超大尺码的鞋，安装在一丈高的高跷底部，然后踩着高跷从雪地上大步走过，留下了自己的足迹。

根据脚印的尺码和步幅长度推断，这个人至少在五米以上，应该是一个超级巨人。

老乐假装成第一个发现脚印的人，拍下照片，提供给新闻媒体。媒体报道后，立即引起了公众的关注和震惊，一时间吓得人们不敢出门。老乐作为发现脚印的人，上了电视新闻，他出名了。

但是好景不长，老乐的恶作剧很快被警方识破，他被刑拘了十五天。他的丑行让人鄙视，他又一次出了名。

老乐因祸得福，从局子里出来后就被一个电影剧组聘用，出演巨人。老乐出了大名，成了明星。

前几天他来找我，强烈要求给我签名，我只好满足他的虚荣心，允许他在我的本子上写下他的名字。他在我的本子上写了很久，我一看，这哪里是签名，分明是一篇文章。我读过之后才知道，这是他的忏悔录。

老乐悔过自己的过错，不再爱慕虚荣。他决心老实做人，做一个对社会有益的人。

后来，老乐的忏悔录越写越长，写成了一本书，出版后引起了轰动。老乐成了一个真正的名人。

吃 书

　　为了牢牢记住书中的内容，老乐把一本书吃进了肚子里。吃书很奏效，经过一个多小时的消化和吸收，老乐可以一字不漏地复述这部书，甚至连一个标点符号都不错。

　　这种吃书的做法临时效果好，但不会留下记忆。因为他吃下去的书没有进入思想系统，而是进入了消化系统，用不了几个小时，就从肠道排出体外，拉出去了。

　　有一次老乐吃下去了一本宣教类书籍，引起了肠胃不适，出现了反胃——他又吐出来了。由于他没有吐干净，体内还残留了一些杂物，此后他背书时经常夹杂一些虚假空洞、不着边际的大词。

　　后来老乐发奋读书，不再吃书。由于他傻，竟然以自身为原型，写出了一部傻书。出版社根据市场调研和读者需求，只印刷了一册。这本书现在已被老乐独家收藏。

　　前几天，我见到老乐，问他在忙什么，他说他要创作一部巨著。为此，他已经准备了几万个标点符号，但具体的文字内容还一个字也没有写。

危害自身罪

为了躲避空气污染，老乐打造了一架天梯，然后顺着天梯爬到高空，选择了一块干净的云彩，躺在云彩上看书。

老乐太酷了，但是这种行为很危险，一旦孩子们效仿，后果不堪设想。救援组织通过喊话请他下来，可他就是不听话，还在云彩上玩起了倒立。

无奈之下，救援组织只好撤走他的天梯，先把他孤立起来，然后再想办法救援。没想到他乘坐着那片云彩在天空中遨游，绕地球赤道一周后才回来。他回来那天，一群喜鹊飞入高空，用翅膀架起一座鹊桥，把他接了回来。他成了传奇人物，受到了人们的追捧。

老乐虽然成了名人，但仍不忘旧情，还从天上给我带回了珍贵的礼物——一颗星星。他说这颗星星从他身边飘过，他顺手就抓住了它。

法律无情，对名人也不例外。在电视采访现场，警方以涉嫌危害自身罪带走了老乐。老乐为自己的冒险行为付出了代价，同时也赢得了一次奇异的经历。

现在，老乐制造的天梯已被警方销毁。他在云彩上读过的书，被罩在玻璃罩里，已经成了展览的文物。我因获赠一颗星星而浑身增加了光辉，看上去就像一个明星。而当初老乐所躲避的污浊空气，却没有一点儿好转，并且在日益加重污染。

返 祖

老乐在实验室里研究人类基因，试图破译返祖现象。他把一种特殊的基因植入体内，结果身体局部发生了变异，竟然在一年之内长出了一条大尾巴。

为了彰显自己的研究成果，老乐故意把尾巴露在外面。这件事惊动了动物界，动物们举行大规模集会，抗议人类的返祖试验。因为人类已经成精，一旦集体返祖，动物们将更加不得安宁，甚至会加速灭绝。

迫于动物们的抗议活动，国际相关组织找到老乐，要求他立即停止实验，并销毁数据。老乐感到事态严重，只好废弃了实验室，并到医院割掉了尾巴。

由于体内植入了返祖基因，老乐割掉的尾巴还会继续生长，每隔一段时间他都要做一次割尾手术。后来，一个影视剧组邀请他出演长尾猴，他蜷曲着一米多长的大尾巴，悬挂在树上，样子极其滑稽可笑。

后来，老乐全身都发生了变化，在短期内快速返祖，最后变成了一条鳍鱼。剧组解雇了他。我只好把他领回，养在鱼缸里。可怜的老乐在鱼缸里游来游去，嘴里还不时地吐出气泡。

教 练

　　老乐当上了教练，在小河里教一群鸭子学习仰泳。鸭子们只会鸭泳，根本不会仰泳。老乐做示范的时候，在水上漂着，露出肥胖的肚皮，鸭子们看到教练滑稽的样子，差点儿笑死。

　　老乐被调整为短跑教练，教一群猎豹如何奔跑。他用四肢着地，讲解奔跑的要领，结果被一头顽皮的猎豹咬住了屁股，把裤子撕开了一个大口子，老乐当众出丑。而猎豹们却直立起来，围住他，手拉手跳起了欢乐的舞蹈。老乐手捂着屁股，站在猎豹中间，一边跳舞，一边唱起了童年时的歌谣。

　　老乐被调整为舞蹈教练，教一群美女跳街舞。他用教猎豹的经验，四肢着地，对付一群小丫头，立即遭到了小丫头们的嘲笑。最后，小丫头们就让他保持四肢着地的姿势，把他当作板凳坐在上面。后来，老乐发明了板凳舞，美女们载歌载舞，而他就是那个胖墩墩的板凳，四条腿站在地上。

滑 雪

在滑雪场上，老乐把自己拍扁，像一张纸那么厚，紧贴着滑道滑下来。由于老乐下滑速度太快（超过音速七倍），到了终点也没能停住，结果被风吹起，飘到了山外。当人们找到他时，他被人当作一张纸贴在墙上，上面写满了别人的签名。

在滑雪场上，老乐把自己拍扁，像一张纸那么厚，从高处滑下，速度极快。为了控制速度，他使尽浑身力气，把滑雪棍猛插在两腿中间的滑道上，以此增加阻力，但由于下滑速度太快，他的身体被滑雪棍从中间劈开，成了对称的两部分。幸好经过自身的努力，快到终点时他的身体又合二为一。老乐经历了一场虚惊。

在滑雪场上，老乐从滑道外面的雪地上滚下来，变成了一个雪球，雪球越滚越大，体积超过了地球，最后滚出地球，在太阳系中形成了一个新的天体。后来这个天体被阳光融化，露出了核心部分，里面是身体抱成一团的老乐。

在滑雪场上，老乐身上安装了假翼，从上空飞过，没想到侵犯了雄鹰的领空，被鹰追击，在逃亡中折翅，掉落到树林里，被一棵大树挂住。老乐幸免于难，但却遭到了一群鸟的嘲笑。小鸟们哈哈大笑，老乐也笑了，但他发出的笑声却类似鸟鸣。

无家可归的人

老乐用透明的冰块磨制出一副眼镜，然后戴着这副眼镜给人们讲述感人的故事。随着眼镜片的慢慢融化，他的故事渐入高潮，最后他"泪流满面"，但谁也没有发现他脸上流下的不是泪水，而是眼镜片融化后的冰水。

这种欺骗公众的行为在电影和电视中一再被使用。老乐看到商机，自己开办了一所学校，专门教授人们如何流下不真实的眼泪。为此，他还举办了流泪大赛，流泪最多的获奖者所佩戴的冰块眼镜又大又厚，竟然有半斤重。

老乐的欺世行为引起了人们的警惕和唾弃，他的个人信誉降到负值，被记入黑名单。人们见到他时，都露出蔑视的神情。为此，老乐都不敢见人了，出门时总要戴一个大口罩，还戴了一副超大尺寸的墨镜，镜片竟然是铸铁，一丝光都不透。

由于老乐的脸完全被掩盖在口罩和墨镜里面，看不出一点儿真相，人们就给他起了一个绰号——没脸的人。

后来，老乐到美容院做了脸部整形术。在手术过程中，医生惊讶地发现，他至少有七层脸皮。于是他又被称为厚脸皮的人。

尽管如此，从骨子里说，老乐还不是一个坏人，他还有羞耻心。换脸以后，他简直变成了一个新人。而我写作中需要的老乐不应是这副模样，于是我辞退了他。可怜的老乐离开《大解寓言》，又成了一个无家可归的人。

恶 作 剧

一天，老乐觉得跟我玩耍不过瘾，想愚弄一下公众，于是就在报纸上刊登出这样一条启事：如果你在大街上遇到一个用文字组成的人，请及时拨打电话1234567890i，我会重谢。

后来，有人在大街上确实看到了一个用文字组成的人，并当场认出他就是老乐，可是老乐死活不承认，并当场瘫在地上，成为一堆乱七八糟的文字，被风吹得到处都是。

第二天，报纸上又刊登出一条启事：如果你在报纸上见到本广告，拨打1234567890i也没用，因为他已经找到自己了。

第三天，报纸上与此相关的广告内容变成了这样：亲，你就是什么也没有看到，也请你及时拨打1234567890i，本人既不感谢，也不在意你的热心。

看到老乐还在耍赖，我亲自上街，找到变成瘫在地上的文字的老乐，将其收进垃圾箱里。

从此，老乐变成了一个脏兮兮的人，错位的文字碎片很难再组成一个完整的人。由于一些文字碎片被风刮跑了，老乐的身上至今还缺少一些零部件，比如没脑子、缺心眼儿等。但老乐的幽默和可爱，包括他的恶作剧，都得到了人们的理解。

后来，他在报纸上做了公开道歉：亲，如果你非常喜欢我，特别喜欢我，极其喜欢我，喜欢得要死，喜欢得不要不要的，请你不厌其烦地反复拨打1234567890i，直到累垮为止。

重量级人物

老乐在自己的背部粘贴了两个蝴蝶的翅膀，然后开始练习飞翔。练习了一段时间之后，他召开了新闻发布会，高调宣称：他的飞行高度已经接近一纳米。

看到他得意的样子，我称赞了他，并天天请他吃饭。老乐这个吃货，在短时间内体重就增加了五十公斤。体重猛增，是不利于飞翔的。老乐这才意识到，我在对他使坏，我再次请他吃饭时，他就婉言谢绝了。

后来我变换了手法。我说："老乐你可以往自己的身体里充气，身体膨胀以后，浮力会增大，有助于飞翔。"老乐真的做了，真的飞到了天空中。可是老乐圆鼓鼓的肚子里都是气，放了几个大屁之后肚子就瘪了。老乐浮力减少，当即从空中掉了下来，若不是他拼命扇动背部的小翅膀，他将摔得很惨。

老乐飞翔的愿望太迫切了。后来我在电视上看到一则新闻，说，一个叫老乐的人偷偷潜入机场，乘人不备爬到飞机的背部，在两个多小时的飞行途中，老乐被冻晕了，经过几个月的反复捶打才渐渐苏醒过来。

老乐被警方遣送回家那天，我为他举办了隆重的新闻发布会，我用废旧报纸亲自为他制作了一个荣誉证书，并当场宣读了证书内容：

老乐先生：由于你趴在飞机的背上，把飞机压得喘不过气来，整个途中都在超低空飞行，可见你是一个重量级人物，现授予你"重量级人物"称号。

老乐接过证书，忧心忡忡地说："我是重量级人物了，这对飞翔很不利，我何时才能实现历史性的跨越，飞翔高度超过一纳米？"

河流轶事

　　老乐要把两条河流捆绑在一起，忙活了几天也没有成功。老乐真是疯了。即便是比头发丝还细小的河流，捆绑也是违法的，更何况他使用的是粗糙的麻绳。

　　我告诉老乐，若想让两条河流合并在一起，不能强行捆绑，应该诱导，让它们自愿结合。老乐按我说的去做，很快就成功了。

　　过程很简单。老乐以媒婆的身份给两条河流牵线，然后让它们相见，经过一段时间的恋爱，最后它们结婚了。两条河流生活在一起，变成了一条河流。

　　老乐的事迹在新闻媒体上传开以后，国家水利枢纽协调指挥中心聘请他为顾问，向他请教如何使长江和黄河两大水系实现交融。老乐提出了许多方案，其中一个就是老办法，用麻绳捆绑。

　　实际上，古代中国人早就解决了这个问题。智慧的古人采取开挖运河的方法，已经实现了两大水系的贯通。老乐提出的方案遭到了六十多亿人的嘲笑，许多照片上的人都笑得弯下腰，许多死者笑醒以后，又活活笑死了。

　　老乐受了刺激，竟然在人所不知的夜晚，自制刑具，私自逮捕并扣押了一些河流，让那些本来应该自由流淌的水，憋在一个坝子里，许多水滴由于幼小和脆弱，已经被活活憋死。

　　老乐得手以后，越来越猖獗，后来他竟然拿出一卷图纸，指挥施工队，要在我的身体里堵截一条血管，打算在里面建造一个血液的湖泊。

　　如果不及时制止，老乐有可能胡来。幸亏我是写作者，当即把他变成一堆文字，让他只活在《河流轶事》这篇寓言里，否则他有可能对我下手。

葫芦娃

老乐在自家的院子里种了几棵葫芦秧，长出的葫芦一个个悬挂在葫芦架上，不停地晃动，不刮风的时候也晃动，人们感到很奇怪。

到了成熟期，老乐摘下了这些葫芦，想看个究竟，不承想这些葫芦都裂开了，每个葫芦里都生出一个胖娃娃，有男有女，一个个非常可爱。由于这些娃娃是葫芦生的，老乐就给他们取名为葫芦娃。

后来葫芦娃的故事在民间广为流传，传遍了中国。但随着时间推移，人们只记住了葫芦娃，甚至不知道历史上曾经有过老乐这个人。

老乐为了证明自己是葫芦娃的种植者和发现者，他每年都要种植葫芦，然后等待葫芦娃出生。由于年年种植，他的家里一直有一群娃娃，老一代的娃娃都已经成了爷爷奶奶，新娃娃仍然在一代又一代不断地出生。如今，葫芦娃的子孙已经遍及世界各地，各有所成，与常人无异。

有一次老乐当众宣布，大解就是葫芦娃，不信你摸摸他头顶上是否有一个疤。我摸了摸，发现头发下面确实有一个疤。老乐说那是葫芦从枝蔓上脱落下来后留下的胎记。

得知自己是葫芦娃以后，我加倍热爱老乐，要不是他种植葫芦娃，我怎能认识这个世界。

火　种

　　老乐用纸包住一团火，藏匿在自家的地下室里。许多年了，这团火都没有熄灭，也没有把纸烧破。老乐藏匿的这团火，是天上掉下来的一粒火种。

　　有一天夜晚，天上的星星全部熄灭了，上帝派天使到人间来借火种。天使们直接找到老乐，老乐也不隐瞒，欣然献出了火种。

　　当天夜晚，借用老乐的火种，天上的星星都被点燃了，神的家里一派辉煌。老乐仰望星空，一种从未有过的成就感油然而生，不觉流下了幸福的泪水。

　　老乐为了显示自己的荣耀，自己制作了一张奖状，装裱后挂在自家的墙壁上。我看到奖状的落款处没有机构名称和人名，只有老乐自己按上去的一个红色手印。这个手印让人感到既幼稚又可爱。

　　后来，一群天使来到老乐的家里，转达上帝的谢意。天使们对老乐印在奖状上的红色的手印非常感兴趣，也纷纷在奖状上面按下了自己的红色手印。这张印有许多天使手印的奖状，有如火种点燃的星空，似乎带有某种神秘的暗示。

　　此后，老乐见到火种就收藏，他家的地下室里堆满了大小不等的纸包，每个纸包里都有一颗不灭的火种。我认识其中的一颗，是普罗米修斯的遗物。

文化垃圾

老乐把自己吊在一个气球上,然后让气球上升,这样,他就可以在天空中翱翔了。

可是气球飘得太高了,飘到了星空中,最后飘离太阳系,成为太空中的一个孤旅者。老乐这时真的傻眼了,但已经无法挽回。

这时,如果我不出手相救,世上没有人能够救他。出于人道,我立即在《大解寓言》中写出了一个宇宙清洁队,这个清洁队火速派出宇航器,专门负责回收太空垃圾。经过几年的清理和捕捉,宇航器终于追踪到了老乐乘坐的气球,费尽周折才把老乐收进舱内。

当宇航器回到地球时,老乐已经老得不成样子,并且浑身冻僵了,经过三百多年的治疗才恢复体温。老乐虽然回到了地球,但是他只能以太空垃圾的身份生活在垃圾堆里,身上还被贴上了标签:太空垃圾2号。

后来,我干脆直接称呼老乐为垃圾,出于无奈,他只好答应。但老乐也不是好惹的,他说:"既然我是垃圾,我生活在《大解寓言》里,经过推理和论证,《大解寓言》就是一个十足的垃圾堆,你大解就是一个制造垃圾的人。"

由于我是用文字写作《大解寓言》,于是我和老乐都成了文化垃圾。

老乐回家

有一段时间，老乐犯了错误，被我从《大解寓言》里赶了出去，成了一个流浪汉。这时恰好赶上我的女儿解飞扬正在写作《飞扬童话》，书中的主人公就是老乐的儿子小乐，当时小乐正在寻找父亲，在大街上遇见了他的爸爸老乐，就把老乐请到了《飞扬童话》里，当起了老爷子。老乐的日子过得非常惬意。

《大解寓言》中缺少了老乐，也就缺少了主人公，就像一本书只剩下封皮，没有了内容。无奈之下我只好去寻找老乐，想把他请回来。老乐得知情况后，坚决不回来。他说："我和儿子小乐好不容易团圆了，今后就不回去了。"

后来，我在《飞扬童话》中，偷偷地塞进一封信，信中写道："亲爱的老乐，你的家中来了一位客人，是个极其帅气的男人，你的老婆对他很有好感，并且不希望你回来了。"

老乐看到这封信后，立即起身，气喘吁吁地跑回《大解寓言》中，见到了自己的老婆。老乐问："那个帅哥呢？"老婆指着我说："看，就是大解。"

老乐知道自己上当了，但也没有埋怨。他主动伸出手与我握手，我们又成了好朋友。从此《大解寓言》又有了主人公。

吹　牛

老乐用泥土塑造了一头牛，然后把这头牛赶进了大海。中国有句古语：泥牛入海无消息。也就是说，泥做的牛进入大海，必定融化，不可能有消息。

可是老乐塑造的这头牛进入大海，几年后穿过大海，绕地球赤道一周后，又回到了老乐的身边。

老乐的牛轰动了世界。老乐成了名人。世界各大新闻媒体都派出记者对老乐进行采访，试图一探老乐塑造泥牛的秘诀。但是老乐讳莫如深，说了许多题外话，对于泥牛却绕来绕去，不肯说出实情。

老乐骗得了媒体，但却骗不了我，因为我是写作他的人，他因我的写作而存在。有一天我把他堵在家里，揪住他的耳朵，问："老乐你老实交代，你到底是如何使泥牛穿越大海的？"老乐迫于我的威胁，只好实话实说。他说："我把泥牛赶到海边，模仿上帝造人的过程，对泥牛吹了一口气，于是泥牛就有了生命，然后穿过大海，又回到了我的身边。"

我根本不相信老乐的胡编乱造，但是媒体记者却窃听到了老乐的这些话，然后刊登在报刊和网络的头条位置，并用醒目的大标题公布了泥牛过海的秘诀：吹牛。

二　球

老乐在一次乒乓球比赛中夺冠，得到的奖品是一个鸡蛋。老乐捧着这枚鸡蛋回家，得到了老婆的一个亲吻。老乐很幸福。

老乐把这个代表他荣誉的鸡蛋放在高处，避免它与普通的鸡蛋混淆而被吃掉，他在鸡蛋上写上：老乐的蛋。

我去老乐家串门，看见这个摆在高处的蛋，感到奇怪，就问老乐："这是你的蛋？你什么时候学会下蛋了？"老乐知道我在戏弄他，脸羞得通红。

我取下老乐的蛋，仔细观察，觉得有些奇怪，就往地上摔了一下，没想到这个鸡蛋不但没有破碎，反而从地上弹了起来。原来这是一个鸡蛋形状的乒乓球。

得知这个鸡蛋是个乒乓球后，老乐当即把上面的字改为"老乐的球"。

后来，老乐在比赛中又一次获胜，奖品又是一个鸡蛋形的球。老乐把两个球摆在一起，每次去了客人，他就拿出来，向人们讲述他光荣的历史。老乐骄傲地说："我有两个球。"后来人们戏称老乐为"二球"。

美 人 鱼

老乐家里养了一条鱼,具有模仿能力,尤其是模仿人的行为的能力。一次我去他家,看见这条鱼在鱼缸里直立行走,用尾鳍迈步,仿佛是一个绅士。更有意思的是,鱼嘴里还能吐出气泡。我问老乐:"你家的鱼成精了?"老乐笑笑,不回答。

老乐爱吸烟。他吸烟的时候经常吐烟圈,时间长了,鱼就学会了,但鱼生活在水里,它吐出的只能是气泡。

又过了几年,我去老乐家,看见这条鱼肚皮朝上,仰面躺在水里。我说:"老乐,你的鱼死了。"老乐说:"它是在睡觉,你听,它还在打呼噜。"我细听,还真有呼噜声。原来它是跟老乐学的,经常仰面睡觉和休息。

这条鱼不但有模仿力,还有创造力。据老乐说,这条鱼抽出自身的一根肋骨,用这根肋骨创造出一条美人鱼。现在,它和美人鱼在一起生活,已经成了夫妻。

我认为老乐又在瞎编。到他家后我看到,鱼缸里真有一条美人鱼,而且已经怀孕。

时间屏障

老乐在做逝者人口普查时，进入了早期人的领地，受到了他们的攻击。幸亏老乐使用了时间屏障，才免受伤害。我问老乐："什么是时间屏障？"他说："我给你做个简单的比喻吧。比如说昨天早晨有人打出一拳，而你处于今天，与他打出的一拳具有足够长的时间距离，你就不会受到这个拳头的打击。在打和被打之间，时间成了屏障。在现实中，时间屏障规范了所有的事物，限定了人们的活动区间，使当今的人们无法靠步行进入古代，同样，古人也无法以活体亲临当下。在时间屏障面前，即使是一颗子弹向你飞来，也不要恐惧，它将在有效时间内落在地上，它穿不过时间这道屏障。"

我问老乐："既然时间屏障是无法穿越的，那么你是怎么进入早期人的领地的？"老乐看了看我，反问说："是你让我去往古代做逝者普查的。是你给了我进出时间的自由。是你不顾我的死活，让我去做这么艰难的工作。你才是时间和空间的操纵者，你在书写中从事着上帝没有完成的工作。"

老乐的一番话，一下子提醒了我。我立即在书写中把时空放大无数倍，让老乐到时空的边缘去，考察一下星星的数量和质量，包括那些已经爆炸和熄灭的星辰。我给他提供的条件是，时间没有屏障，他可以任意进出和穿梭。

老乐失去了时间屏障，在宇宙中自由来往。他唯一不敢进入的区域就是早期人的领地，因为他们依然把老乐当成入侵者。

人口普查

我交给老乐一项任务，请他做一次地球人口普查。我提出的要求是，不查活人，专门普查已经去世的死者。老乐领受任务后，开始了忙碌。他要对每一寸土地、山川、河流、湖泊、海洋进行深入调查，对地球上曾经生活过的人进行逐一登记。

这是一项极其复杂的工作，但老乐在一个智者的帮助下，却走出了自己的捷径。他通过全球逝者联合会，轻易就找到了全部逝者的名单。然后分出了性别、种族、肤色、区域，然后又分出了年龄和死因，最后汇总出一个全球逝者总数。老乐只用了几年时间就圆满地完成了任务。

从汇总的情况看，所有的人都死于生命。谁得到过生命，谁就必将死去。出生就意味着死亡。此外，人类还有一些共同点：所有的人都是临时的。所有的人都是死在自己的身体里。没有人在身体之外死去。

老乐还告诉我，每一个人在他自己的时代里，都是活的。如果从人类的起点顺着时间往下走，人类历史就是一场浩大的生命活剧。只要你深入其中，进入每个时代的现场，你就会触及生命的顽强和力度。历史是由活人所构成的。死亡只发生在个体生命结束的那一刻。在死亡之前，生命是壮丽的。

老乐向我解释，在他所提供的数据中，有一些是早期人，他们属于进化初期的人类种属。说到这里，老乐说了一个趣闻，他说他进入这些早期人的领地时，差一点儿受到攻击，幸亏他使用了时间屏障，把他们挡在了另一个时代。

老乐回乡

老乐出发那天，是我通过电子邮件的方式从网上把他送走的。当时我把《大解寓言》整理成一个文件，从我的电子信箱发到了出版社。老乐从电路里走出我家，走出我居住的小区，走出我居住的城市，然后越过平原、河流、村庄、城市、道路，越过无边的田野和劳作的人们，在细小的电线里向出版社飞奔，大约用了不到万分之一秒的时间，老乐就到了出版社的电脑里，在编辑的电子信箱里过了一夜，第二天出现在编辑部的电脑屏幕上。

今天，老乐回乡了，是印刷在纸上，穿着华丽的封面和封底，包装在特快专递的信封里，乘坐邮局的专车到达火车站，然后坐火车，离开一座大城市，越过平原、河流、村庄、城市、道路，越过无边的田野和劳作的人们，回到他的诞生地。

老乐回乡的时候，我一个人排着整齐的队伍，列队欢迎他。我郑重地在邮递员的签收单上写下了自己的姓名，然后接过信封，把老乐带回了家。现在，老乐居住在属于他自己的印刷精美的书籍里，摆上了我的书架。

从此，老乐光荣地完成了他的出走和回乡之旅。就在我接回老乐的这段时间里，无数个老乐正在通过出版社的发行渠道，赶往全国各地的书店，进入了读者的视野。老乐将在读者的心里占据一块地方，然后长期居住下去。慢慢地，老乐将有无数个新家，并借助这些人的身体，世代生存下去。老乐有可能成为一个不死的人。想到这里，我为创造了老乐而骄傲，也为拥有老乐这样一个朋友而感到快乐。

命　运

有一天，老乐站在高处，拿着望远镜看风景时，看透了时间，他无意间看到了未来的某一天，自己正在往北方推动一座大山，已经累得筋疲力尽。他看到自己如此劳累，决定去未来，解救自己。于是，他用手指着那个方向，径直向前走去，不知走了多久，一直走到事件发生的那一天。当他到达现场时，时间和空间便交汇在一起，他和他所看到的自己融为一体，他就成了在场者和亲历者，成了推动山脉的那个人。

老乐本来想去解救自己，没想到历尽艰辛走到了这一天，竟是如此结果。他费力地推动着一座大山，往北走，他不知道自己为什么要这么做，也不知道是谁在指使他。这一刻，他只知道服从于命运：往北推动山脉。

这件事情过去很久以后，老乐告诉我，他做了很长时间的苦力，往北方推动山脉。他说他本想改变一下自己的未来，结果这个想法和过程本身也是命运中的必然，让他领受了更多的艰辛。从此，他听从命运的安排，不做非分之想。

若干年后，我到达过老乐挪走山脉的地方，站在那里往北眺望，山脉连绵起伏，而山脉的南部地区已经成了辽阔的平原，平原上村庄点点，在青天的笼罩下隐现出人类的生机。

假　人

　　老乐坐在躺椅上，把脚跷到天上，悠然地阅读《大解寓言》。当他看到自己那些荒唐的事迹时，笑得合不拢嘴；而翻到写他劣迹的篇章时，他就指着文字说："这都是大解瞎编的，我是一个虚拟的人物，怎么能干这些坏事呢？"

　　看到老乐这种态度，我就把他领到现实中，在街道办事处给他做了户口登记，然后让他自谋生路。老乐在劳力市场上站了好多天，也没有找到工作，因为人们看他时，总觉得他太天真和虚幻，没有人雇用他。等到他找到我时，已经邋遢不堪，快要饿晕。在老乐的强烈要求下，我又把他送回到文字中，经过很长时间的休养，在他的老婆和他的儿子小乐的共同照顾下，他才逐渐恢复了体能。

　　有了这次经历以后，老乐看到了现实的严酷性，体验到了生存的艰难。他感慨地说："活着真不容易。"

　　几个星期以后，老乐的身体完全恢复了。当他又一次坐在躺椅上看书时，警察和街道办事处的人员找到他，把他带走了，因为他离开现实时，忘了注销户口，所以，他现在是一个失踪者，必须接受警方的调查。幸亏我及时发现，到警察局去作证，说明他是我创造的一个虚拟人物，只能生活在书本里。警察不信，摸了摸老乐的身体，确实是由文字构成的，这才放了他。

　　在回来的路上，老乐感慨地说："没想到做人难，做一个假人也这么难。"

我 错 了

　　一只蚂蚁含着眼泪找到我,说老乐抢走了它的一只蛋。蚂蚁说:"当时我们正在搬家,走到中途时,遭到了老乐的抢劫,他从我怀里强行夺走了一只蛋宝宝,然后仓皇逃走了。"我说:"你确认是老乐干的?"蚂蚁说:"我去过老乐的家里,看见那只蛋宝宝就放在一个瓶子里,我跟他交涉过几次,可他就是不还。"我说:"这事交给我吧,我去要。"

　　蚂蚁跟在我的身后,我们一起来到老乐家。我说:"老乐,请你把蛋宝宝还给蚂蚁,否则你将面对法律的制裁。"老乐正想赖账,我从本文的第二段中直接找到了放置蛋宝宝的瓶子,然后把蛋取出来,亲手交给了蚂蚁。蚂蚁抱着蛋宝宝,流着眼泪感谢我,然后抱走了。

　　蚂蚁走后,我问老乐:"这到底是怎么回事?"老乐说:"我想研究蚂蚁的基因,跟蚂蚁借一只蛋,它们不给,我就抢了一只。"

　　我说:"老乐,你不能这样,如果你真的想搞科学研究,跟我说一声,我可以在文章中给你写一只蚂蚁蛋,甚至写出许多蚂蚁,供你使用。你要知道,抢劫是犯罪行为。幸亏这件事没有造成更加严重的后果,否则你将因此而获刑。为了弥补你的错误,现在我责令你向受害的蚂蚁公开道歉,并帮助蚂蚁搬家。"

　　老乐回到他抢劫的地方,蚂蚁早已搬完家,他只好对着路边的一个蚂蚁窝,宣读了他的道歉书。他的道歉书上写的是"我错了"三个字。

坚守本色

《大解寓言》出版后，老乐名声大噪，成了世界名人。他整天忙于应酬，心气有些浮躁。作为作者，我不能对他过于放任，我还要继续塑造他，使他从世界名人回到一个普通人，然后再从普通人恢复为一个虚拟的人物，最后回到文字中，成为一个可爱的本色的老乐，使他保有持久的魅力。

为此，我与老乐做了一次长谈。在交流中，我们回顾了多年来的合作关系，共叙深厚的友谊，他还谈到了事业、爱情、家庭和孩子，包括我们之间的恶作剧。我们聊得非常宽泛，几乎无话不谈。通过心与心的交流，他意识到自己当前的状态，决定沉下心来，做一些有意义、有价值的事情。

最后，老乐做出一个重大抉择，他要回到书中，坚守自己的本色。为了表示诚意，他当场就浑身碎裂，化为一堆文字，回到了文本中，活动在具体的故事情节里。作为对老乐的肯定和回报，我当即就给她的夫人脸上写出了一颗美人痣。后来，这颗美人痣成了他老婆脸上独特的标志。

老 乐 婆

今天，也就是现在，老乐的老婆突然出现在下面的文字里，让我有些措手不及。她说："大解先生，我想问你，在你的这部书中，老乐有自己的名称，我的儿子小乐也是个可爱的名字，为什么我就没有单独的名称，只称呼我为老乐的老婆？你对妇女是否带有歧视心理？"

看见老乐的老婆如此认真，我就笑了，说："尊敬的老乐夫人，您有名字，只是您在这本书中出现的次数比较少，我就忽略了，实际上您的名字非常可爱，您叫老乐婆。我非常喜欢您泼辣、聪明、幽默的性格。"

老乐婆听了后，高兴地说："原来我有名字啊！这个名字很好。那你今后可否多写我几次，让我也有一点儿名气？"我说："不是我不愿写您，是老乐这个家伙，老是抢在您的前面，我没有办法。"老乐婆一听，急了，说："原来是他在抢我的戏，看我回家怎么收拾他！"我说："对，这个家伙就是欠揍，您应该知道怎么对付他。"说着，老乐婆转身就走了，她找老乐算账去了。

由于时间还没有到达明天，我只能告诉你这样的结果：老乐婆回到家后，并没有揍老乐，而是做了一桌好菜，当着老乐和小乐的面，笑眯眯地说："我见到大解了，我有名字了，我叫老乐婆。"老乐和小乐相互看了看，突然大笑起来，接着，他们三个人一起笑起来。因为这是明天发生的事情，我只能简单地说到这里。

一代枭雄

老乐一直梦想自己有一双翅膀，依靠自己的体力在天上翱翔。他制作了一件带羽毛的衣服，两只袖子展开以后呈翅膀形状。经过多次试验和失败，经过不断改进和创新，他终于成功了。试飞那天，他借助风力使劲扇动翅膀，在空中飞了几百米。

老乐安全着陆以后，记者们蜂拥而至，对他进行拍照和采访。除了围观的人，还来了许多鸟，这些鸟出于好奇和崇拜，纷纷要求与老乐合影。老乐穿着鸟服，摆出各种姿势，拍摄明星照。

一只雄鹰为了捍卫自己的王位，向老乐提出了挑战，要求比试功夫。老乐应战了，尽管比试的结果是老乐惨败，但这只雄鹰还是很佩服老乐，提出了与他分享天空霸权的建议。老乐只是热爱飞翔，并不想称霸天空，婉言谢绝了雄鹰的好意。从此，老乐和雄鹰经常来往，老乐对雄鹰的品格和能力佩服之至，拜雄鹰为师。

后来，我在空旷的野地上为老乐举办了隆重的欢庆宴会，邀请了雄鹰、小鸟、政界要人、记者等参加，虽然人和鸟类语言不同，大家相互之间的交流非常困难，但从表情可以看出，整场宴会非常和谐，其乐融融。

宴会上，老乐当场给大家做了一次飞行表演，雄鹰和小鸟也跟着飞上天空，与他一起飞翔。

多年以后，老乐在雄鹰的指导下，不断地超越自己，成了一代枭雄。

内　伤

　　一天，老乐走在路上，被自己的影子绊了一跤。老乐起来后就对着地上的身影狠狠地踹了几脚。身影受伤后，愤怒地离开了老乐，来到我的身边，跟我一起往前走。在接下来的路程里，老乐没有身影，而我却带着双重的身影。

　　由于我带了双重的身影，有时两个身影重叠在一起，有时两个身影分开，在我左边一个，在我右边一个，好像我长了一双隐形的翅膀。

　　那天，老乐试图从身体中分泌出新的阴影，但他的心理不够阴暗，没有成功。而我带着两个身影，被小乐发现了，他当场就认出其中一个是他爸爸的身影，他像卷起一张画一样，把他爸爸的身影卷起来，带走了。

　　第二天，老乐又有了身影。由于这个身影被老乐踹出了内伤，时常隐隐作痛。为此，老乐多次去医院给身影做按摩治疗，才逐步得到缓解。

　　如今，老乐和身影又恢复了正常，有时他和自己的身影聊天，谈笑风生，相依相伴，早已忘记了打架的事。

治　疗

老乐吃了一些泻药，打算清理一下肠胃，没想到排泄出来的东西中，竟然有大半以上是文化垃圾。也就是说，此前他所读过的教科书，平时所看的报纸，有关部门编写的宣传材料，等等，都是垃圾。排泄完以后，他感到体内干净了许多，走路也轻松了。看到这种效果，他想对自己的身体做一下彻底的清理。医生告诉他，还需要对心、肝、肺、肾、脾、胃、肠等脏脏器官，以及血液、肌肉、脂肪等进行排毒，主要的是对脑袋进行排毒，需要治疗一万多个疗程，费时七十年左右。

老乐开始了漫长的治疗。可是，由于耗时太长，在治疗中途，他就死了。多年以后，在老乐的遗体告别仪式上，人们看见他的皮肤稍微有些透明，体内也干净了许多。医生分析了他的死因，主要是他排泄过多，而吸收太少，造成了体内空虚，年深日久，他患了文化营养缺乏综合征。真正致命的还不是这些，而是他的身体空了以后，他所生活的环境并没有发生太大的变化，空气压力依旧，把他的身体挤瘪了，造成长期呼吸困难，最后几乎窒息。

可怜的老乐，看到自己的未来是如此结局，就放弃了治疗。这使他更加可悲。

酒　瓶

老乐爱喝酒，自己开办了一家酒厂。他发明了一种新型的酒瓶，这种酒瓶呈方形，酷似一座楼房，里面分出几个单元，每个单元都有一个窗口，窗口由把手固定，打开窗口，酒就会从窗子里流出来，倒进盛酒的器皿里。

为了彰显自己的设计，展示企业文化特色，老乐使用玻璃铸造技术，将酒厂的办公楼也建造成这种酒瓶的样子。人们远远地就可以看见一个巨大的酒瓶矗立在厂区，当你走近一看，原来是一座酒瓶形状的楼房，里面还有人进进出出。

后来，建筑商从中受到启发，使用整体铸造技术，把居民小区建设成这种酒瓶的形状。由于使用一体化的钢化玻璃熔铸技术，整座楼房融为一体，不需要钢筋和水泥，没有一丝多余的缝隙，结构坚固无比，可以预防一百级以上的地震。

老乐获得了建筑设计发明奖。但他的酒却销售一般。因为他设计的酒瓶分割成几个单元，把整瓶酒喝光，需要打开几个窗口，给倒酒增添了难度，致使市场销量不畅。后来，我给老乐提了一个建议：将酒瓶内部的单元连通起来，然后在酒瓶顶部开一个天窗，从顶端的天窗往外倒酒，而酒瓶上其他的窗子改为虚设，无法打开，这样既保持了原来的设计理念，又减少了难以倒酒的麻烦。

老乐采纳了这个建议后，改变了酒瓶设计，酒销售量大增。后来，一个建筑师套用这种只有天窗而没有其他窗子的酒瓶原理，设计了一座监狱，但在施工时被人们制止了。因为这种监狱房屋设计是反人道行为，我也参与了反对。

推　手

老乐站在风中，看见风从远方吹来，他想，一定有一种神秘的力量推动着风，使得这些空气流动起来。要么就是有人在后面追赶，吓得空气集体逃跑；或者是有人在前面引领，把空气领上高山，穿过原野，遇见江河也不停下。

老乐对风特别感兴趣，想做一次风的引领者，于是他选择了一个合适的出发点，向前跑了起来。风看到一个人在奔跑，出于习惯和兴趣，就在后面追赶。老乐看见自己身后起了风，就加快了速度，没想到他跑得太快，风追不上他，风渐渐失去了兴趣，不追他了。

老乐看见风不追他了，就改变了方法。这一次他站在风的后面，做风的推手。他推着大团的空气向前走，没想到空气的前面是更多的空气，他推动了整个北方的空气，使得地球季节的转换提前了三天。老乐惊讶地发现，自己竟有如此大的力量，但他不知道这力量来自何处。

此后，老乐逢人就讲他推动空气的奇迹。出于情面，我没有揭穿他。实际上，他推动空气那天，我也在场，我看见他的身后，有一只看不见的大手，在推动着他的身体，给了他无穷的力量。但这究竟是谁的手，我不能说出。

寻找一条小路

在一次庭审中,老乐意外地听法官说,地球与月亮之间有一条小路。从此,他就暗自寻找这条小路,希望沿着这条小路去月亮上旅行一次。

老乐做任何事情都瞒不住我。得知他的想法后,我给他指出一条路,告诉他,不妨在这条路上试试。于是他背起行囊就上路了。可是他走了很多年,绕过地球一周,又回到了原处。

老乐认为我骗了他,把我告上了法庭。在庭审中,法官问老乐:"你听谁说地球与月亮之间有一条小路的?"老乐说:"是听你说的。"法官说:"我是说过这样的话。既然你是听我说的,为什么把大解告上法庭?"老乐想,对呀,应该把法官告上法庭才对。于是,老乐当庭宣布这位法官为被告。法官当庭就开始审理此案,并宣布,本法官犯了欺骗罪,判处法官本人即日起徒步绕地球赤道一周。

庭审结束后,法官背起行囊,立即开始了服刑。很多年以后,法官也没有回来,人们以为他在途中失踪或者遇难了。可是,在某个国家拍摄月球表面图像时,发现有一个人正在月亮上徒步行走。经过图像分析,这个人来自中国,是某地的一名法官。据说他是在神的指引下,徒步走到了月亮上,至于地球与月亮之间的这条小路在哪儿,至今是个谜。

老乐为了寻找这条小路,又一次背起行囊,开始了新的旅程。

废 品

早晨一开门，我看见老乐站在门外，不但身体是扁的，薄如一张纸，脸上和身上还沾满了油墨，浑身脏兮兮的。我一看就乐了，问他是怎么回事，他说："《大解寓言》今天开机印刷了，印刷工人把带有我的名字和形象的底版放置在印刷机上反复碾压，把我压成了薄片。"我问老乐："印刷的时候你是否有一种疼痛感？"老乐说："我都被压成这样了，你还跟我开玩笑。"

我把老乐让进室内。老乐说："在印刷版上，文字挨得紧紧的，一点儿也不能动弹，我几次想逃跑都没有成功。"我问："那你是怎么到我这里来的？"老乐说："一个印刷工人把一张印刷残破的废纸扔到了车间外面，这时刚好有一股风经过，把纸刮了起来，我就到了你这里。"

我仔细看老乐，老乐不但脸上沾满了油墨，身上也皱巴巴的，他确实是一张废纸。我跟老乐说："我可以收留你，但你必须让我把你揉成一团烂纸，扔进垃圾筐里，因为我平时也是把烂纸放在垃圾筐里，对你不能例外。"老乐看到我不留一点儿情面，转身就走，被我一把抓住。我说："跟你开玩笑呢，我怎么会这样对待老朋友呢？"

我恭恭敬敬地把印有老乐名字和影像的废纸贴在了墙上。后来，我在这张脏兮兮的废纸上，随手记下一些电话号码、杂事等，于是老乐的身上越来越乱，越来越脏，最后简直不堪入目。

回到童年

老乐非常羡慕小孩子,想把自己变小,于是就用手拍打自己的头顶,把自己拍到了一米以下,然后再把自己拍小拍瘦,像修理一块泥巴,终于把自己拍打成了一个儿童。

老乐成功地把自己缩小以后,急于显能,就来到我的面前显摆,等待我的惊讶。看透他的把戏后,我就假装不知情,把他当成一个小孩子,跟他一起玩耍。我假装成爸爸,他假装成儿子,我们玩得很开心。玩累了,他闹着要回家,我就随口说:"找你妈去。"他就跑回家去,把他自己的老婆当成了妈妈。老乐的老婆看到老乐变成了一个孩子,也假装成妈妈,给他糖果吃,把他当成儿子,玩了大半天。

等到晚上,老乐的"爸爸"和"妈妈"假装要一起上床睡觉时,老乐才突然醒悟过来,这是一场游戏。

老乐变小很容易,恢复原状却用了漫长的时间。在他恢复原形的这段时间里,他不允许我到他的家里去,一是怕我捉弄他,二是怕我再次成为他的爸爸。

可怜的老乐,可爱的老乐,真像个孩子。

木兰花

老乐从花鸟市场上买来一棵木兰花的树苗，栽在自家的院子里。第二年春天，到了开花季节，木兰枝头上长出了饱满的花骨朵，随后开出了雍容华贵的木兰花。老乐非常得意，请我到他家里去赏花，我夸奖了老乐，说他养花技术不错。在赏花的过程中，我总感觉这些花朵有些不对头，就用放大镜仔细观察，结果发现他的木兰树上开出的不是真正的花朵，而是塑料花。这个发现让我感到难以置信，可是我再三观察之后还是确认，这些绽放在枝头的花朵硬邦邦的，确实是塑料花。

显然，老乐买到了假树苗，经过培植、施肥、浇水，虽然长势茁壮，却开出了塑料花。老乐不信，摘下一个花瓣，用打火机烧，结果花瓣冒烟融化，发出了呛人的塑料味。他实验了很多花瓣，都是如此。老乐这才惊呼上当了。

木兰树开出塑料花的消息不胫而走，不料被假花生产厂家获悉后，纷纷找到老乐，要收购他的塑料花。有人甚至出高价要购买他的木兰树。没想到，老乐因祸得福，一棵假花竟然成了抢手货。对此，老乐变得精明了，他只卖花朵，不卖树。现在，他的木兰花已经卖到了离谱的价格，但还是供不应求。如果你在某个宾馆或饭店大厅里看见高贵的木兰花，绽放着红色的花瓣，说不定就是老乐提供的塑料花朵。

科学证实，木兰开出塑料花是植物基因变异的结果。后来，有人在一家商场里发现了塑料人，我去看时，那个塑料人已经逃走，如今不知潜伏在何处。

窃 笑

我和老乐在海里游泳,老乐从海面上捕获了一匹波涛形成的白马,他骑在马背上驰骋,非常潇洒。我的水性不好,只得到了一头波浪猪。我骑在波浪猪的背上,波浪猪不但跑得慢,还边跑边哼哼,引起了老乐的嘲笑。

我和老乐玩耍得正高兴,海上救生员游过来,提示我们注意,说这些海上形成的波浪动物都是未经驯服的,性情暴躁,经常把人掀翻。他劝我们最好在浅水里游泳,说不定还能遇到美人鱼。老乐听说有美人鱼,立刻就放弃了白马,奔向浅滩。按照常理推断,美人鱼是不会投入老乐的怀抱的,因为他太丑了。

老乐虽然很丑,但极其可爱。我们在海上玩耍得很开心。就在我们将要离开时,有人惊呼,我们顺着那人手指的方向看去,只见一个人驾驭着一条波浪白龙,在远方的海面上自由地飞腾。我认出这个人正是我曾经见过的一位诗人。

回家以后,老乐向人炫耀他的经历说:"我在海上见过白龙,我还骑过白马,而大解骑的是一头猪,这正好与他的愚蠢相符。"对此,我不好分辩,只能承认事实。老乐看到我终于老实了,他忍不住钻到桌子底下窃笑了一个多小时。

上 当

许多迹象表明，老乐和小乐在做一件非常隐秘的事情。我探问过老乐，他不说。但我通过《飞扬童话》找到了小乐，毕竟小乐年幼，不会撒谎，给他一块糖他就说出了实情。

老乐和小乐偷偷出去过三次，到雪山上去见白雪公主。白雪公主是他们用雪做的一个雪人。这本来不是什么秘密，但老乐怕老婆吃醋，就隐瞒了真相，不愿说出。

得知这些情况后，我偷偷地以白雪公主的名义给老乐写了一封非常暧昧的信，老乐看了后非常激动，很长时间里精神焕发。后来，他又接到了白雪公主的一封信，信的内容是，让他每个星期请大解吃一次酒。老乐愉快地照办了。在那段时间里，老乐非常慷慨，经常请客。

有一天，老乐再次阅读白雪公主的信时，发现纸上的字迹与我的字迹相像，就找到我的笔迹进行比对，结果证实，这信无疑是大解写的，他上当了。可怜的老乐，知道是我干的，也想戏弄我一次，但由于我是写他的作者，总能事先得知他的想法，每次都能回避他设置的圈套。老乐感到很纳闷，大解怎么一次也不上当呢？

判　决

老乐以窃取公物罪被人告上了法庭。在法庭上，他对所犯罪行供认不讳。他是这样陈述的：那天夜里，皓月当空，我乘人不备，走到屋外，装了满满三箩筐月光，搬进了自家的地下室里，私藏起来。下面是法官和老乐的对话：

法　官：你的同伙是谁？

老　乐：小乐。

法　官：小乐是谁？

老　乐：小乐是我的儿子。

法　官：你们搬运月光时，有没有想过把月亮也窃为己有？

老　乐：想过，但没有办法。

法　官：你没有听说过地球和月亮之间有一条隐秘的小路吗？

老　乐：听说过，但没有找到。

法　官：那你和月亮里的嫦娥有过往来或者通过信吗？

老　乐：我给嫦娥寄过几次信，都没有回音。

法　官：那你见过月亮里有一只兔子跑出来过吗？

老　乐：我家有一只兔子，是我老婆收养的，我敢保证，绝对不是月亮里的那只兔子。

法　官：好，我相信你。你要为你说的话负责。

老　乐：是的。

法　官：现在我宣判，老乐与嫦娥有私密往来，虽属婚外情，但老乐有情有义，并且敢于异想天开，可以理解。本法庭宣布，判处老张有期徒刑零年。宣判完毕。

法庭上的人们面面相觑，都相互问道："老张是谁？"

和老乐一起游玩

一天，老乐请我去爬山，爬到最高的山巅以后，他还想继续往上走，被我制止了。因为再往上就是天空了，根本没有路，他想踩着空气走上去，而据我所知，空气是软的，踩在上面很不踏实，弄不好就会摔倒。

回来的路上，老乐有些闷闷不乐，总以为我妨碍了他。我说："老乐，要不咱们下河去抓鱼？"老乐听了后来了兴致，随我去抓鱼。

在一条小到不能再小的小河里，这么说吧，这条河又细又长，全部水量加起来也不足一百斤，老乐没有抓到鱼。临走时，他把小河抓起来，像玩弄一条皮鞭一样在空中甩了起来，小河真的像鞭子一样发出了清脆的响声。

后来，我抓着小河的这一头，老乐抓着小河的另一头，像抻着一根绳子，优哉游哉地回家了。没想到我们走到半路上，环境保护组织人员追了上来，勒令我们把小河送回原处。我们乖乖地送了回去，并向小河道了歉。

这条河的水量一直是那么小。可是前不久传出一条新闻，说有人从这条河里抓到了一条五百多公斤的大鱼，这条大鱼是怎么长大的，至今是个谜。

走

　　以一只萤火虫为照明设施，老乐在漆黑的夜里上路了。他要去哪里，他自己也不清楚，反正必须要上路，因为时候到了。他往东走了一阵，然后转而向北；又走了一阵，转而向西；又走了一阵，转而向南；又走了一阵，转而向东。他在不知不觉间绕了一个圈子，又回到了原处。

　　夜路很不好走，他想停下来歇一会儿，可是他没有歇息的权利，他必须往前走，这是他的宿命。他不知道为什么要走，也不知道究竟要走向哪里。他恍惚意识到有一个终点，但终点在什么地方他完全不知道。

　　老乐磕磕绊绊地走了很久，他感到自己好像已经走了一生，依然没有尽头。突然，他问了一句自己："我为什么要走呢？"当然，没有人回答。

　　老乐看了看世人，也都在走，就不再问了。在茫茫无际的人海中，老乐匆忙地走着，好像一只蚂蚁。

　　这时，北极星的光出现了。

制造彩虹

我打算从老乐手里收回几亩地,因为他经营得太差了。他用肥沃的土地种植萝卜、鱼苗、蝶蛹、螳螂等,没有一样有好收成,有的甚至绝收。

老乐对种地不在行。我打算回收以后,租给一个云彩种植商人。我参观过他的云彩生产基地,他是通过往地上泼水,然后给土地加温的方法,让土地冒出蒸汽,蒸汽升上天空,渐渐成为云彩。如今,他的云彩种植业已经成为当地的一道景观,前去参观的人络绎不绝。云彩种植业既没有污染,又调节了气候,还能给天空增加变幻不定的景观。

就在我考虑立项之时,老乐找到我,主动放弃了土地竞争,决定归还这几亩地,让商人去种植云彩。但他提出了自己的设想,他想借助商人生产的云彩,进行深度开发,在这些云彩上制造彩虹。他的思路是,在云彩上升的过程中,利用雾气的反光效应,对云彩进行远距离灯光照射,让云彩中出现美丽的彩虹。

这个想法非常富有诗意,我当即表示赞同。现在,相关的协商已进入实质性阶段,资金也已经筹备到位,用不了多久,我就将看到人造的彩虹了。

对于萝卜、鱼苗、蝶蛹、螳螂等的种植,老乐的能力确实很差,但凭着他独特的想象力,制造彩虹却有可能成功,我期待他的成功。

朋　友

老乐越来越不听我的话。有一天，他竟然找到我，要求分割《大解寓言》的稿费。他的理由是，这本书是以他的经历为主要内容写的，他说我利用他在赚钱，因此他有权与我分割稿费。

不管他的言论是否正确，我必须捍卫他自由发言的权利。我允许他发表自己的意见，包括对我的批评、攻击，甚至辱骂。老乐虽然是一个虚构的人物，但我必须尊重他的生存权。在上帝面前，我们是平等的。

为了稿费这件事，我在文章里单独为此设立了一个法庭，通过严格的法律程序，本着公开、公正、公平的原则，对《大解寓言》的稿费进行了分配。法庭的宣判结果是：《大解寓言》的作者大解获得全部稿酬的百分之百，老乐获得全部稿酬的百分之零。

对于这个结果，老乐不是很服气，但已不打算上诉。从法庭出来后，他用打官司赢得的百分之零的稿费请我喝了一顿酒，结果是我付了账。

通过在法庭上的辩论，我们增进了相互之间的了解，友谊不断加深。此后每过一段时间，我就请他喝一次酒。在写作中，我总是千方百计地设置重重障碍，让他尴尬或者处于窘境，然后我竭尽全力去帮助他。如今，我们已经成为相互不信任但却相互依赖的朋友。

傻　瓜

有一天，我要写老乐，可是他跟我怄气，躲在文字背后，怎么请也不出来。我气急了，冲他喊道："你若再不出来，我就更换《大解寓言》的主人公。"老乐听了后，吓得立即出来了，笑呵呵地，一脸赖皮的样子。

为此，我对老乐进行了制裁。我要求他用手指在空气中画一个西瓜，然后抱着这个莫须有的西瓜去送人。他送了几次，都遭到了人们的嘲笑。后来，他请求我，能不能让他干些别的，比如欣赏名画，或倾听音乐什么的。我一想，干脆让他帮我写作《大解寓言》吧。他欣然应允了。

在接下来的故事中，他做了这些事：一、他把自己写成了一个英雄，骑着马到世界各地旅游，所到之处受到人们的热烈欢迎；二、把大解写成了一个小丑，跟在他的身后，随时侍奉他；三、擅自挪用《大解寓言》的稿费，给他的儿子小乐买了大量玩具；四、让大解在雪地里滚一个地球大小的雪球，却没有一个人帮忙；五、把小乐领出《飞扬童话》，一个月不回去，在外面随便玩耍；等等。

看到老乐的这些行为，我在出版《大解寓言》时，删掉了这一节的许多内容，只留下他抱着莫须有的西瓜这一情节，让他继续送人。人们见到他傻乎乎的样子，就嘲笑他说："你怀里抱的是空气呢，还是傻瓜？"老乐无奈地苦笑着，按我写下的答案回答说："是傻瓜。"

危急救助

老乐要去远方旅游，希望能带着他的儿子小乐一起去。于是他找到我的女儿解飞扬，问她能否让小乐从《飞扬童话》中走出来，出去散散心。女儿了解情况后，答应了老乐的请求，把小乐交给了他的父亲老乐，并祝他们旅途愉快。

小乐走后，女儿无事可做，闲暇时打开我的《大解寓言》阅读，当她读到老乐和小乐旅游这一篇时大吃一惊，她发现老乐和小乐正站在黄河边的泥滩上观看风景，不知不觉间两脚陷进了淤泥里，已经无力自拔，情况非常危急。女儿放下书本，立即查找并拨通了当地救援组织的电话，请求紧急救援。

在这个段落里，我将告诉你这样的结果：老乐和小乐及时得到了救助，安全脱险了。而我却接到了法院的传票，原因是，我在写作中漫不经心，把两个主人公置于危险的境地，使他们差一点儿丧命。为此，我承担了这样的后果：公开向老乐和小乐道歉，并赔偿他们精神损失费若干，还要赔偿他们因身陷淤泥而毁坏的皮鞋。后来，我把我的一双旧鞋给了老乐，他穿起来很是挤脚。他说我是在报复他，给他穿小鞋。我窃笑着，点头称是。

满　意

　　老乐对自己的漫画形象很不满意，怒气冲冲地找到我，要求改变自己的形象。我说："我只写了你，并没有画你，你有怨气应该去找漫画家。"于是，老乐在一只蜗牛的引领下，费时许多年，终于找到了漫画家。漫画家问他："你认为自己的形象应该是什么样的？可否自己画一下？"老乐当场就画了一个美女。漫画家说："怎么是个女的？"老乐说："画错了，这是我的老婆。"于是老乐又画了一幅，是个顽皮的小孩儿。漫画家问："怎么是个孩子？"老乐说："又画错了，这是我的儿子小乐。"老乐接着又画，画得非常帅气。漫画家问："这是你吗？"老乐说："这个帅哥是大解。"漫画家急了，问："你到底要画成什么样？"老乐指着自己的脸说："就这样。"

　　漫画家照着老乐的形象迅速地画了一张线描，然后不等老乐看清楚，立即就把这张画像通过电子邮件传给了出版社，出版社以迅雷不及掩耳盗铃之速度，将其印到《大解寓言》里，等到老乐看到这本书时，一切已经定型。

　　老乐无可奈何。在回来的途中，他对着一个水坑反复观看自己的倒影，他拍着自己的胸脯，终于对自己伸出了满意的大拇指。

冠 军

老乐正在午休，酣睡在树下的吊床上，看样子非常舒服。我悄悄地走过去，用细绳把他的两只脚捆在了一起。然后我潜入他的梦里，要求跟他比赛，看谁跑得快。在比赛场上，老乐使出浑身力气，却跑得极慢，他感觉自己的脚非常别扭，迈不开步。我们比了十次，我得了十次冠军。

老乐从梦中醒来，发现自己睡在吊床上，两脚被绳子捆着，他知道是我干的坏事，也没有声张。第二天，他带着绳子找到我，当着我的面，亲手把自己的身体紧紧地捆了起来。捆完以后，他说："我们现在开始比赛，看谁的身体最不舒服，结果老乐得了冠军。"

在颁奖仪式上，我用泥巴做了一个鸡蛋形状的奖牌，取名为"笨蛋奖"。老乐高兴地把这个笨蛋挂在胸前，举起了他的双臂，做了一个胜利的表情。他得到了唯一的掌声。

是我在给他鼓掌，因为整个颁奖仪式上，除了我和老乐，没有别人。

母　亲

在一次以"故乡"为题的学术研讨会上,我提出了这样一种观点:从生命本体的角度上说,一个人真正的故乡不是他出生的那个村镇或一所老房子,而是他最早居住过的母亲的身体。也就是说,母亲的身体才是人们真正的故乡。

老乐听到这个观点后,哭了。因为他不是母亲所生,而是一个名叫大解的人写出来的。他没有母亲,也没有故乡。为此他找到我,抹着眼泪说:"我是一个没有母亲的人,可是我需要一个伟大的母亲。"

为了让老乐有一种真正的生命归属感,我在《大解寓言》里写出了他的父亲老老乐。我虽然没有直接写出老乐的母亲,但是通过他的父亲老老乐这个人物,已经间接地确认了老乐是他母亲所生。老乐有了母亲以后,感动不已,几乎哭成了一个泪人。

有一次他含着眼泪对我说:"我梦见了我的母亲。"看着他思念母亲的样子,我再也忍不住了,马上转身奔向火车站,辗转千里回到燕山东部,去看望我的白发苍苍的母亲。

园　丁

　　老乐被我的女儿解飞扬聘用，在《飞扬童话》中做一位园丁。为了给花园浇水，需要老乐在地上挖出一口井。老乐领受任务后，立即打点行装，亲自去寻找水源地。他舍近求远，跋山涉水走了几千公里，走到了遥远的远方，终于在那里选定一个地点，然后在那里挖井。

　　水井挖好以后，他发现这口井离花园太远，挑夫至少要走一年多的路程，才能把一担水运到花园。一路上，即使不考虑蒸发，仅仅是挑夫口渴饮用，也能在半路上把水喝光。因为这个愚蠢的行为，解飞扬辞退了老乐，让他的儿子小乐来接替他这份工作。小乐根本不去打井，他通过在花园里撒尿的办法，就把花园浇了。

　　倔强的老乐，为了证明自己在远方挖井的正确性，担着水桶去远方的水井里去取水。两年多以后，等他回来时，人们发现他的水桶里装的不是水，而是满满两桶汗。人们问他是怎么回事，他就当场演示了一番，用毛巾擦了一把脸上的汗，然后把汗水拧到水桶里。

　　人们看到老乐如此辛苦，一致推选他为"最辛苦的园丁"。得到这个称号以后，老乐高兴地流下了眼泪。后来，他把眼泪也收集起来，用于浇花，凡是眼泪浇过的花，都美得令人伤心。

罪　人

　　老乐从夜空中摘下许多星星，然后把星星加工成项链，拿到夜市上去卖，生意非常火爆。许多女人争相购买这种星光项链，戴在胸前，闪闪发光，夺人眼目。宝石行业不景气以后，有人向国际空间组织告发了老乐偷盗星星的犯罪行为。老乐贩卖星星的非法所得被全部没收，之后走上了被告席。

　　法院的判决结果是，责令老乐限期回收已经卖出去的星星，并按照原来的秩序，将星星归回原位。老乐确实是这样做了，但还是令人不满。因为有些星星本来就比黄豆还小，经过他的加工去皮，变得更小了。还有些星星安装得不够牢固，没过几天就从天上掉下来，成了流星。更让人不能容忍的是，老乐将一颗最亮的星星私藏在自家的地下室里，伪装成照明灯具。若不是一个维修工在修理电路时发现了这颗星星，他将一直藏匿下去。

　　老乐又一次走上了被告席，由于事关天空，上帝也列席了审判。老乐以罪人的身份见到了上帝，而法庭上的其他人，带着原罪见到了上帝。法官的宣判结果是：在上帝面前，我们都是有罪的人。

保　姆

　　最近，老乐很不开心，原因是他的儿子小乐被我的女儿解飞扬写进了《飞扬童话》里，受到了解飞扬的捉弄。老乐跟我说："求求你了大解，我的儿子小乐还是个孩子，竟然被解飞扬当成雇员，在她的咖啡馆里干活。法律是不允许雇用童工的。你能否跟解飞扬说一下，别再雇用小乐了？"

　　看在多年老朋友的面子上，我答应了老乐的请求，条件是，请老乐代替小乐，帮助我的女儿解飞扬料理咖啡厅。老乐答应了，结果他成了解飞扬的雇员。由于老乐忙于料理咖啡厅，没有时间照顾小乐，只好暂时放在《大解寓言》里，由我来看护，结果我成了小乐的保姆。

　　忙起来以后，我和老乐见面的机会少了，只有解飞扬最悠闲，她经常跑到草原上去收养蝴蝶。蝴蝶多起来以后，解飞扬也忙了，她成了蝴蝶的保姆。

迷人的人

老乐带着儿子小乐,去看望他的父亲老老乐。老老乐已经年迈,他一直住在一座湖边,每天给孩子们讲述湖边的故事。由于故事有限,每个故事都讲了一万多遍了,孩子们还是听得很入迷。

老老乐看到儿子和孙子都来看望他,非常高兴,就从坛子里掏出一个老故事,讲给老乐和小乐听。这个故事,老乐和小乐都听过一万多遍了,依然听得很入迷。老老乐看到他们入迷的样子,很有成就感。

老老乐讲完之后,老乐接着再讲述了一遍这个故事。老乐讲完之后,小乐接着再讲述一遍,老老乐和老乐也都听得很入迷。

后来,我和女儿解飞扬也来听故事。我记录的故事就叫《大解寓言》,女儿专门记录小乐的故事,叫《飞扬童话》。如果你没有看过这两本书,也可以到湖边去,直接听老老乐、老乐、小乐讲这些故事,每个故事听到一万遍以上,你就会越听越入迷,直至成为一个迷人的人。

写给老乐的公开信

老乐：

  你好。

  今天我通过公开信的方式，向你道歉。此前，我在《大解寓言》中跟你开了那么多的玩笑，有时甚至很过分，可你都憨厚地原谅了我。但我的心却为此不安，在这里我郑重地请求你的原谅。

  老乐，如果你想给我回信，这样写就可以了：亲爱的大解先生，我非常感谢你在《大解寓言》中创造了我这个人物，你是一个可爱的作家。能够成为你的朋友，是我的幸运。今后，你尽可以随便写我，把我写得怎么帅气都不为过。包括我的老婆、孩子，你都可以写。我只有一点要求，你写我儿子小乐的时候，最好把我幽默智慧的基因都传给他。你写我老婆的时候要保持三米以上的距离，否则我跟你不客气。

爱你的老朋友：老乐

××××年××月××日

纸 鸭 子

老乐用纸叠了一群鸭子,然后把这些鸭子赶进河里,让鸭子替他捉鱼。这个办法虽好,但纸鸭子经常是自己吃饱了,却没有一条鱼可以给他。

老乐坐在河边,放牧这群纸鸭子,几个月都没有得到一条鱼。尽管如此,他依然乐此不疲。

有一天,我发现老乐的纸鸭子已经发展到几百只,我就问他:"能不能抓几只给我做成烤鸭?"老乐听了后,跟我急了,义正词严地说:"你若敢吃我的鸭子,我就辞去老乐这个身份,不再与你合作。"看到老乐这样爱护他的鸭子,我就放弃了这个念头。

后来,我也喜欢上了这群鸭子,并帮助他叠一些小纸鸭。慢慢地,小纸鸭也长大了,河面上漂浮着洁白的纸鸭,悠然而宁静。

如果不是出于写作需要,我绝不忍心让老乐离开他的纸鸭子。老乐也跟我商量过,今后无论让他做什么,最好在故事中写出一条河流,以便他在闲暇时放养纸鸭子。我答应了他,但真正做到这一点,我看难度不小。

老乐的经纪人

　　老乐喜欢绿色，让我以最低的成本给他营造满眼的绿色。我就送给了他一副眼镜，我把镜片去掉了，换成了两片绿叶。

　　老乐喜欢体育运动，我给他请来一个拳击手，教他实战技术，几拳过后，老乐就鼻青脸肿，不再练了。

　　老乐喜欢读寓言，我就把《大解寓言》给他看，当他看到自己被人揍瘪时，就红着脸，把书扔了。

　　老乐喜欢骑马，我给他找来一匹木马。木马不会走，老乐推着木马，然后又牵着木马，走了几百公里路，就不再走了。

　　老乐喜欢在河里游泳，我把他领进一条小河里，最深处只有十厘米，他下水游了一阵，很不开心，不再游了。

　　老乐不喜欢我这个经纪人，把我辞退了。

　　有一天，我看到老乐戴着我送给他的绿叶眼镜，穿着游泳衣，骑在木马上，边走边读《大解寓言》，给他牵马的是个拳击手。

真假老乐

《大解寓言》出版以后，老乐成了一位名人。但老乐究竟是谁，却有争议。有一个与老乐类似的人宣称，自己就是老乐。于是两个老乐关于身份和名誉的官司就摆在了法官面前。法官们根据两个人的长相和血型比对，都很一致，无法下结论。法官通过一条羊肠小道找到了我，请我去做身份鉴定。

我在法庭上见到两个老乐，一眼就看出了真假。因为真老乐是由文字组成的，身上的每个细胞都是汉字，用手一摸，有韵律感；假老乐的身上都是赘肉，我用透视镜对着他一照，发现他的体内没有一粒幽默细胞，胸脯里的良心也是黑色的。我当即断定，后者是假的。法官当场宣判，对假老乐的身影打四十大板，然后释放。对于真老乐，发给他一个身份证，证件的姓名栏内写的是：大解。

看到这个结果，老乐感到无可奈何。考虑到老乐的情绪，我打算在《大解寓言》续集里，把这个身份证借给老乐，使用期为三年。具体交易是：在这三年里，老乐做的好事都属于大解，大解做的所有坏事都属于老乐。

快　刀

老乐用传统的方法，在铁匠铺亲手打制了一把锋利的大刀。打制完成以后，他在空旷的场地上耍了一阵，当时正好有一片云彩从他面前飘过，被他一刀劈成了两半。

老乐扬言，这把刀能够劈开一条河流。他表演那天，许多人前来观看。只见他运足力气，手起刀落，河流当即被他劈开一道缝。河流受伤以后，疼得浑身痉挛，变得更加弯曲。观看的人们对他的刀法佩服不已，但对他伤害河流的行为却极为反感。

由于刀伤太深，老乐劈开的水流三天都没有愈合。看到他对自然的伤害，我抓住他的脖领子，把他揪到河边，让他向河流认罪，并责令他治愈刀伤。老乐自知犯了错误，跪在河边，承认了自己的罪过，并亲手抚平了流水的伤痕。

后来，为了不再做伤天害理的事情，老乐决定毁掉这把刀。他用这把快刀的利刃，劈开了这把刀的刀背。他是怎样劈的，无人知晓。

搬　山

老乐在山前盖了一所房子，住进去以后他发现大山挡住了他的退路。他想搬走这座山，于是到古代去找愚公，学习搬山之术。愚公问他来自哪个时代，老乐说："我来自耶稣出生以后两千多年。"愚公掐指一算，摇着头说："你那个时代讲究环境保护，怎么能随便移动山脉呢？你若有此志，就留在我这里，帮我做事吧。"

于是，老乐留在古代帮助愚公搬山，一干就是多年。等到他的胡子长到三尺长时，才想到回家。老乐回到属于他自己的时代以后，他发现整个世界都发生了巨变，他的家早已成为一座繁荣的城镇，没有一个人认识他。他感到非常不适应，就转身回到了古代。

当他回到古代时，愚公早已过世多年，愚公的子孙已经把太行山和王屋山都搬走了。人们耕作纺织，安居乐业，没有一个人认识他。他成了一个彻底的陌生人。

正当老乐孤独地坐着发呆时，我停下笔，问老乐："你愿意回到《大解寓言》中来吗？"老乐听到我的声音，知道救星来了，立刻回答："愿意。"我说："那好吧，我有一个条件，利用你搬山的经验和技术，帮助我把书中的三座大山搬走。"他问："哪三座大山？"我说："压力山大，压力太大，压力巨大。"

飞 奔

　　老乐参加过许多短跑项目竞赛，每次都是倒数第一。一天，他参加了乌龟们的竞赛，但获得第一名的却是兔子。他很不服气，接着又参加了兔子们的竞赛，结果获得第一名的却是一头猎豹。后来他不比了，他知道自己怎么跑也赢不了。

　　他决定自己跟自己比。他站上跑道，在没有一个观众的场地上，他开始了赛跑。由于用力过猛，他一下冲出了自己的身体，在瞬间完成了自我超越。当我看见他时，他已经身挂第一的奖牌，在场地上欢呼。

　　我告诉老乐，你超过的仅仅是自己的身影。如果你反向跑，影子将在你的前面。老乐按我说的又反向跑了一次，果然影子在他前面。于是他把第一的奖牌挂在了影子身上。没想到影子戴上奖牌之后，脱离了老乐的身体，自己跑了起来，他跑得比风还快。

　　看见影子飞速奔跑，我和老乐相互拍打手掌，给予热烈的掌声。

传　说

　　有人传言，说老乐头上长出了两个角，我不信，就去了他家，看到老乐果然一反常态，头上戴上了高帽子。

　　我问老乐："听说你头上长了两个角，是这样吗？"他矢口否认，说："没有的事。"我想摘下他的帽子看看，他却转身走了。

　　我追过去，再三追问，他跟我急了，拿起墩布的把子就敲我的脑袋，并说："你知道挨老婆揍是什么滋味吗？我让你也尝尝。"

　　不一会儿，我的头上也鼓起了两个包。没有办法，我请老乐也给我一顶高帽子，戴在头上，否则我就无法见人了。

　　后来的传说变成了这样：大解的头上长出了两个山羊角，老乐是牧羊人，他经常骑在大解的身上，在草原上奔跑。大解虽然是羊，奔跑的速度却超过了骏马。

　　我知道这是老乐编的，也不跟他计较，因为他的许多故事都是我强加给他的，对此他也是无可奈何。

大名人

老乐想出名，却没有人炒作他。他就把自己打扮成一个记者，带着采访的设备，对自己进行了采访。他手拿话筒，以记者的身份提问，然后再转过身，接过话筒，以老乐的身份回答。他提了许多抬举自己的问题，然后高调地回答。为了增强时效性，他没有经过任何剪辑加工，就把这个采访过程放在网上进行直播。

在他采访自己的现场，我实在看不下去了，就偷偷搞了一个恶作剧。我把他回答提问的那部分声音进行了切换，改换成了蛙鸣。也就是说，采访的提问是正常的人话，轮到他出镜回答时，他说的却是青蛙的语言。当时，由于老乐忙于采访自己，没有注意我的小动作，就这样在网上直播了。

网上直播的效果不用说了，简直成了天大的新闻。人们纷纷在网上发帖子，惊叹这个蛙人。后来，老乐在跟帖中辩解说："不是我会说蛙语，而是当时我肚子饿了，饥肠辘辘，肚子就发出了类似蛙鸣的声音。"

现在，老乐走在大街上，人们都捂着嘴笑，并在他的背后指指点点。对此，老乐并不在意，他还真心地感谢我，说在我的恶作剧帮助下，他终于如愿以偿成了大名人。

水 神

老乐完成了一件冰雕作品，是一个美女。然后他与这个美女一起在冰原上舞蹈。老乐和冰雕美女的双人冰上舞蹈堪称绝世之美。

在广泛参与的投票中，冰雕美女当选为火炬手，参与了一场大型运动会的火炬传递活动。不料，在火炬传递过程中，冰雕美女禁不住火炬的炙烤，当人们发现她不住地流汗时，为时已晚，她已经开始融化了。当她耗尽全部体能坚持跑到终点时，她已经缩小成一个不足一尺高的冰美人，最后只剩下一滴水，融化在地上。她用生命跑完全程的壮举，让在场的所有人感动得落泪。

人们把对冰雕美女的热爱，都转嫁到老乐身上。老乐成了大明星，受到了人们的追捧。为了纪念这个冰雕美女，老乐用水做了一个同样的美女，并让她生活在江河里，接受水的滋养，永远不再死亡。

后来，人们在许多条江河里见过这个水雕的美女，都把她当作水神，感叹她的神圣和美丽，却无法描绘她的形态。

美女如云

老乐埋头写作，计划在两个月内完成一部长篇小说。可是在写作中途，他发现小说中的主人公找不到了，翻遍了所有手稿也找不到。他发现了问题的严重性，当即向警方报了案，警方开始立案侦查。

警方在方圆百里内的各个路口设置路障，盘问过往行人，终于发现了一个可疑人。经过盘查，这个人交代，自己是从一部尚未完成的小说中跑出来的，原因是写作者对他不公，让他在书中与一个奇丑无比的姑娘结婚，他不肯，就跑了出来。

这个主人公被警察送了回来。老乐了解到事情的经过以后，向这个逃跑的主人公道歉，承认了自己写作失误。在接下来的小说情节中，老乐给他介绍了一个无比漂亮的姑娘，没多久他们就恋爱结婚了。从此他们安心地在小说的情节中生活，再也没有逃跑过。

后来，小说中的这个主人公也成了作家，他把老乐也写进了书里，让他与一个美女相爱。老乐的老婆在书中读到这个章节后，发现老乐有些不对头，就查找原因，一直追查到了老乐的行迹，当场把他捉回家去，揍了一顿。

老乐头上顶着老婆揍出的大包，发誓要写一部新书。在书中，他要把自己写成一百个美女追求的大帅哥，书名就叫《美女如云》。

人民公社

老乐创办了一个人民公社。具体的章程是：本区域内的农民以土地入股的方式成为股东，由股东组成社委会。社委会集体讨论决定重大事项，制定各项规章制度，然后由社长执行。社长由全体股东直选，经社委会聘任后上任，经营和管理人民公社。聘期内，股东大会具有对社长的监督权和罢免权。

老乐请我到他的人民公社去参观，当时正是夏天，到处是欣欣向荣的景象。公社的土地种植方式很独特，集种植和观光为一体。田野里黄花一片，白花一片，红花一片，蓝花一片，色彩分成了块状，五彩斑斓，极具观赏性。尤其让人难忘的是，老乐站在田间吹了一声口哨，花朵中成群的蝴蝶便集合到一起，排成整齐的队伍，给我表演了自编的舞蹈；之后，一群蜜蜂用它们干净的小手捧着新酿的花蜜一一献给我。我吃了，非常甜。随后，老乐又是一声口哨，风从远处吹来，田野间的花朵来回摇摆，并散发出醉人的清香。

然后，老乐得意地看着我，等待我的惊讶和赞美。

善 人

老乐在河边搭建了一座小木屋，在里面度假。一天，他正在木屋里悠闲地看书，有两条鱼游上岸来，用尾巴走路，直立着走进了他的木屋里。老乐看到来了两条鱼，忙问有什么事情，鱼说："我们渴了，到你家里来讨水喝。"老乐问："河里不都是水吗？你们怎么会渴呢？"鱼说："河里的水被污染了，已经不能喝了。"老乐得知这些情况后，就给鱼水喝，并与它们成为朋友，把它们养在一个鱼池里。

这件事情传出去以后，这条河里的鱼纷纷前来找老乐，要求救助，老乐一一收留。后来，老乐向环境保护部门反映河流污染情况，小河得到了治理，河水变得清澈。小鱼们又回到了河里。

假期结束后，老乐接到小鱼们写给他的一封信，感谢他的救命之恩。信的右上角还贴了两片鱼鳞。这两片鱼鳞，是小鱼从自己身上取下来的，相当于人类的血书。

老乐看了后，感动得哭了。此后，他关爱所有的生命，献身于环保事业，成了一个善人。

仆 人

老乐要做一批小泥人,在作坊里忙个不停。他刚做好一批,我就用魔术手段使这些泥人活了,帮助老乐干活,仿佛一群勤劳可爱的小矮人。

老乐看着自己做出的泥人会走路和干活,非常有成就感。他决定做一个自我,并且把自己的优点全部暴露在身体外边,以此来彰显自己。他做得非常逼真,看上去与真人一模一样。

做好以后,我就把这个泥人领到外面。这个泥人以老乐的身份,干了很多好事。人们不辨是非,都以为是老乐在帮助他们,都夸老乐是个好人。

当真正的老乐走出作坊,出现在人们面前时,人们也不计较,以同样的热情对待他。人们请两个老乐喝酒,结果真老乐喝醉了,泥人喝了酒以后身体软化,成了一堆泥巴。

后来,老乐用这堆泥巴,做了一个大解,让大解整天领着小矮人帮助他家干活。时间长了,大解就成了老乐家里的仆人。

轻量级人物

老乐从二楼往下跳，引起了许多人的围观。他用喇叭大声宣称："我今天的表演，是一次重力实验，我在跳下的过程中，请大家给我一些掌声。"

反复渲染之后，老乐从二楼跳了下来。在落下的过程中，他的衣服被一楼的防盗网挂住，经过很长时间的挣扎，衣服被牢牢挂住，人却从衣服里漏了下来，除了短裤还在身上，他几乎是裸体掉在了地上，啃了一嘴泥。观众先是哄然大笑，而后是一片唏嘘。

老乐自觉丢了面子，决定再跳一次。他爬上二楼，又是一番煽情的演说，并请观众给予掌声。然后他跳了下来，人们眼见他从空中落在地上，人却不见了。人呢？人们围过去一看，原来老乐把地面砸出了一个深坑，他正在深坑里往上张望，等待救援。

老乐从深坑里出来后，露出一脸骄傲的表情，跟我说："我一落地，就把大地砸出一个深坑，这足以证明我是一个重量级人物。"

实验结束后，老乐得到的奖品是一块泡泡糖。他当场把泡泡糖嚼了，然后吹了起来。没想到这个泡泡糖越吹越大，变成了一个气球飘起来，把老乐带到了空中。

重力实验的结果出来了，老乐拿着一张报告单，上面写着：

实验人：老乐。试验结果：轻量级人物。

老乐看看报告单，看看我，一脸的无可奈何。

够了，狗了

老乐被人揍瘪了。消息一传出，我立刻前去解救。到了现场一看，惨了，老乐被人揍成了一个瘪人，像是一个泄了气的空布袋躺在地上。我立刻向他的嘴里吹气，后来干脆用打气筒，终于把老乐的身体吹鼓起来。

老乐苏醒后，开始练习拳击，每天击打沙袋。后来改为击打大树，据说他一拳就能把大树打出一个洞（实际上那些树洞是啄木鸟的窝，根本不是他打出来的，他又在吹牛）。

一天，老乐去挑战，扬言要把打他的那个人揍瘪，可是没过两招，那个高大勇猛的大力士，几拳就把老乐砸进了地里。散场后，是我抓住老乐的头发，把他从地里拔了出来。

回来的路上，我说："你又输了。"老乐说："我没输，我一拳能把大树打出一个洞，但这还不够，今天我要尝试一下，看我能否用自己的身体，把地球砸出一个洞，我成功了。"

看到老乐在狡辩，我就逗他："你只练一次还不够，你能不能回去，让那个大力士再砸你一次，以便增加你的功力？"老乐立刻推辞："不，不不。一次就够了，狗了。"

他说话时的声音都变了，把"够了"说成"狗了"。我问他："狗了是什么意思？"他解释说："狗，就是这样的狗。"说着，他吐出了自己的舌头，用四肢在地上跑了起来，一边跑，一边发出汪汪的叫声。

异化动物

有一天，趁老乐酣睡的时候，我悄悄地把他的脸画成了一张猴脸。我画完以后，老乐就开始梦游。他飘飘忽忽地走到大街上，孩子们看见后惊呼："猴子！猴子！"孩子们在他身后追赶，都喊他猴子。他不知道自己是在梦游，以为自己真的是猴子，就显示起自己的本事，像猴子一样爬起树来，而且动作非常灵敏。

老乐变成猴子的传说，在坊间不胫而走。最糟糕的是，一群母猴从远方赶来，找到他，推举他为猴王，并要求与他成亲。这件事被老乐的老婆知道了，她看到成群的母猴围着老乐，立刻醋意大发，当场揪住老乐的耳朵，把他揪回家去。

老乐回到家后，洗过脸，方从梦中醒来。他知道是我捉弄他后，也找到一个时机，趁我睡觉时，把我画成了一个演说家，我醒来后满口大话、空话、套话，变成了一个异类。后来，我用几十年的时间恢复本性，都没有成功。

无耻之人

有一段时间,老乐对画画特别感兴趣。他画了许多自画像,把自己画得极其帅气。这么说吧,他画的自画像,比他强一万倍,与他那张脸没有丝毫相像之处。他却自信地在每张画像下面都写上"老乐自画像"。

看了他的自画像以后,我哈哈大笑。这一笑不消说,困扰了我半年多的两颗大牙当场就笑掉了。我没去医院,没有通过牙科医生,两颗病牙就这样无痛脱落了,太神奇了!

我把自己掉牙的经历说给了其他人,人们纷纷去看老乐的自画像,也都笑掉了大牙。令人心痛的是,许多人掉落的是好牙。一时间,到医院镶牙的人猛然增多,牙科医院为此收入大增。医院了解到事情真相以后,给老乐颁发了一个特殊的奖项,名字叫作"大雅奖"。我问大雅是什么意思,医院解释说是大牙的谐音。而老乐却不这么看,他跟我说:"我得了大雅奖,说明我的画能够登上大雅之堂。"

他这一解释,我又一次哈哈大笑,我嘴里的牙全部笑掉了。老乐看到我再也没有一颗牙齿后,当即给我画了一张像,并在画上写下:"无齿之人。"

一句脏话

我和老乐一起去钓鱼，走在半路上，老乐正想说出一句话，被我打岔，他把要说的那句话给忘了。他苦思冥想，怎么也想不起来，急得直冒汗。我提示他："这句话还没有说出，不会丢在别处，肯定还在你的嘴里，你不妨在嘴里找找。"

一路上他都心不在焉，在回想那句要说的话。突然，他发现自己的舌头下面有一句话，正是他丢失的那句话。他惊喜地告诉我："找到了，那句话终于找到了，原来它根本没有丢失，一直就在我的嘴里。"

他正想说出这句话时，习惯性地咽了一口唾沫，这一咽不要紧，把这句要说的话咽到了肚子里，再也说不出来了。可怜的老乐，捶胸顿足，用了许多办法，都没有效果。后来，我对症下药，用话来勾引话，终于把他肚子里的这句话给引了出来。这句话从他的嘴里一出来，我就放心了。

大家肯定想知道他说的是什么，但我不好开口。因为这句话从他嘴里出来后，就掉在了地上，沾上了许多脏东西，变成了一句脏话。对于一句脏话，我还是不说为好。

藏 品

老乐有四枚珍贵的邮票，珍藏已久，我一直想欣赏一下，他都不肯拿出来。一天，我拿出自己的集邮册，假装欣赏，并且不时拍打大腿，故意大声惊叹，叫好，简直是赞不绝口。看到这种情形，老乐再也忍不住了，终于拿出了自己的珍藏。

老乐上当了。我如愿看到了他的邮票。看到以后我就惊呆了。原来他珍藏的并不是什么贵重的邮品，而是我早年写给他的四封信，包括信和信封，至今依然保存完好。他珍藏的是我和他之间持久不变的友情，这让我无比感动和震撼。

相比之下，我收藏的都是价值，而他收藏的是情感。与老乐相比，我的收藏简直庸俗不堪。

我握住老乐的手，泪如雨下。老乐憨厚地笑着，幸福得像是他本人。

倒数第四名

在一场春季运动会上，老乐参加的项目是，把运动场地打扫干净，却不能烟尘四起。

老乐挥汗如雨地在运动场上清扫着，四个参赛选手分别清扫四个区域，老乐干得最欢，同时，扬起的烟尘也最多。

为了制止烟尘，他改用墩布，先把运动场擦了一遍，然后再扫。可是墩过之后，还是有烟尘。到底是哪儿来的烟尘呢？他眨着小眼睛，不知何故。

尽管如此，老乐依然很高兴，因为他在比赛中获得了"倒数第一"的证书。他得意地用手遮住"倒数"二字，只露出"第一"两个字让我看。

我嘴里叼着烟卷，冲他喷了一口烟雾，以此嘲笑他。这时他突然明白过来，操场上那些扫不掉的烟雾，都是我喷的。

老乐转身回到赛场，要求参加另一场清扫运动场的比赛。他得到了允许，又一次挥汗如雨地扫起来。结果非常令人满意，他在四个参赛者中获得了优胜。老乐得到了一张新的获奖证书，上面写的是：恭喜您获得"倒数第四名"。

买 蘑 菇

老乐从来没有见过蘑菇。一天，老婆要做蘑菇汤，吩咐他去买蘑菇。临走时她还反复嘱咐，蘑菇长的是什么样。老乐乖乖地出了门，奔向市场。他路过一家雨具商店，看见许多打开的雨伞，就想起了老婆形容的蘑菇的样子，把这些雨伞当成蘑菇买了下来。

老乐抱着雨伞兴致勃勃地回到家，老婆看见他买回来的不是蘑菇而是雨伞，当场就把他轰了出去，连那些雨伞也被扔到了外面。

好命的老乐坐在自家的门口，正好赶上天降大雨，他的雨伞全被路人买走了。其中一个老太太买菜回家，已经没有钱了，就把一篮子蘑菇强行送给了他，换走了他的一把伞。

老乐带着钱和蘑菇回到家里，全数给了老婆。老婆看见后，破涕为笑，当时就亲了他一口。

老乐吃饭的时候，看着蘑菇汤发呆。他以为那些雨伞形状的蘑菇是小人国里的凉亭，出于人道，他一个也没舍得吃。

双　赢

　　我和老乐打赌，看谁能顺着一缕炊烟往上爬，一直爬到顶部。老乐凭借自己力气足，率先爬了上去。由于炊烟和云彩差不多，离得又近，他从炊烟顶部顺势跳到一片云彩上。老乐不但赢了，而且超过了打赌的标准，他高兴得在云彩上手舞足蹈。

　　可是，接下来的事情却使他傻眼了，这片孤云越飘越远，老乐下不来了。幸亏远处有一座高山，云彩飘过山坡时被一棵大树挂住了。老乐好不容易从山上下来后，脸都吓白了。

　　跟老乐打赌，我并没有输。他回来后，我当着他的面，找到一把利斧，不到一刻钟就把一缕炊烟砍倒了。炊烟倒地以后，我顺着炊烟的根部往上爬，没费多少力气就爬到了顶部。老乐看到后，佩服地对我伸出了大拇指。

　　在这次打赌中，我和老乐都赢了。为此，我们俩搞了一场庆功会，参加者只有我们两个人。我们俩都喝得烂醉如泥。

云　影

　　有一天，我和老乐一起到鱼塘去钓鱼，老乐钓到了水中的一片云彩的倒影，兴奋异常。他把这片云影钓上来后，临时放进鱼塘边的一个小水坑里，准备回家时再捞出来，然后养在自家的鱼缸里。

　　我们接着钓鱼。过了一会儿，老乐回头欣赏他的云影，发现小水坑里的云影不见了。我们用网捞了好长时间也没有捞到，我估计云影可能是沉进水底淹死了。

　　回家的路上，老乐非常沮丧，一直想着他那片丢失的云影。为了让他高兴起来，我请他在路边的大排档喝酒。在饭桌上，他突然发现，云影并没有丢失，而是在他的酒杯里。

　　老乐一高兴，豪爽地喝干了这杯酒，随后云影就从他杯子里消失了。我的杯子里是满的，云影跑到了我的杯子里。我没有喝干杯里的酒，而是端着这个酒杯回家了。

　　老乐跟在我的身后，非常羡慕我拥有一片云影。

偷走一个麻烦

　　老乐遇到了一件麻烦事，非常需要别人的帮助，由于我是写他的人，我在第一时间知道了他的难处，决心要帮助他。可是老乐太客气了，他不愿给别人添麻烦，婉言谢绝了我的好意。无奈之下，我就在《大解寓言》中，把他所遇到的麻烦事写在了我自己的身上，老乐知道后，擅自潜入文章的缝隙里，把这个麻烦偷走，藏在了自己的身上。

　　在校对书稿时，我发现文章中丢失了一个麻烦，很是着急。我估计这件事可能是老乐干的，因为他是《大解寓言》的主人公，除了他，无人知晓这件事。事情果然不出我所料，没等我盘问，老乐就主动交代了。他说："你费了这么多心血写我，创造了我这个虚拟的人物，我理应为你分担一些事情。现在，我已经解决了这个麻烦，你就安心写作吧。"

　　看到这里，我望着老乐，一时间说不出话来，眼里流出了感激的泪水。我的老乐，真是一个善良可爱的人。

老乐讲故事

一天,《大解寓言》中的老乐正在湖边给人们讲述他胡编的故事,我悄悄地走过去,搞了一个恶作剧,把他要讲的后半部分偷偷剪掉了。他讲到半截就讲不下去了,他陷入了尴尬的境地。他环顾四周,发现我在场,知道是我在捉弄他,就笑眯眯地央求我:"大解先生,就让我讲下去吧。"看着他可怜巴巴的样子,我就答应了他。但我把另外一个故事的后半部分给了他,使他讲的故事上下不衔接,简直驴唇不对马嘴,大家听了后笑成了一团。

老乐红着脸,央求我把《大解寓言》中他出丑的这一节删掉,我当时就删掉了,但到排版印刷时,我又添上去了,就是您正在读的这一节。后来老乐看到这一节,无可奈何地笑了。他憨笑的时候,眼睛眯成了一条缝,煞是可爱。

语 言 变 法

地球上有多种动物，每种动物都有自己的语言，由于语言体系不同，不同动物种类之间很难用语言交流。为此，老乐发明了一种新的语言，希望能在所有动物中传播，以便使动物之间能够用语言相互交流。他首先尝试人和大猩猩交流，结果失败了，大猩猩根本没有学习新语言的耐性，一会儿就烦了。他又尝试在小鸟和猪之间传播，结果猪只顾哼哼，小鸟依然婉转啼鸣。

老乐的尝试失败了，主要原因是动物们不想学习新语言，即使有相互交流的愿望，也是依靠传统的方式。《圣经》上说，在遥远的古代，人们在地上建造巴别塔时，上帝为了控制人类的欲望，变乱了人们的语言，从此人们就各说各的话，语言出现了分歧。我估计，也就是在那时，上帝顺便把其他动物的语言也都给变了。另外，从生物学上讲，语言差异是生命进化的必然结果。世界上不会存在绝对统一的语言。

我给老乐提了一个建议，在动物基因图谱上，找到语言遗传因子，然后请求上帝改变一下编写程序，就会出现不同的结果。老乐为此工作了一段时间，没有什么进展。由于他看基因图谱时间太长了，只会说单独的字母，不会说完整的话了。他见了我之后说："D，A，X，I，E。"我一听就乐了，老乐语言变法没有成功，倒是先把自己的语言给变乱了。

专　利

在煮饭之前，先把大米用水浸泡三十分钟左右，然后放进锅里煮，米饭会非常好吃。这是我第 N 次发明的，被老乐知道后，他抢先注册了专利，于是，在法律程序上就成了他的发明。

人们按照他的方法做米饭，效果并不是很好。原因是煮饭前用水浸泡大米时，不知是用凉水还是用热水，于是许多人使用了热水，由于热水渗透力强，米泡得过胖，做熟后吃起来就不香了。

为了夺回这项专利，我又单独申请了一次。我把老乐的专利复写了一遍，只在"用水"二字之间增加了一个"凉"字，我就获得了专利权。

如今，有许多人按照我的专利方法做米饭，都说好吃。同时，人们对老乐的行为非常愤慨，希望我把他写得更丑一些。我说，他不能再丑了，现在他已经丑到了极致，再丑下去，就会变成别的动物了。

老乐怕我把他写成别的动物，笑眯眯地找到我，请我吃他做的米饭。你还别说，他做的米饭还真香。老乐汗颜地说："是按照你的专利做的。"

无　题

在写作《大解寓言》时，我经常因为老乐的笨拙行为而笑得从电脑椅子上站起来，在屋里来回走，边走边唱："老乐啊老乐，你为什么这样笨？"

老乐听到我在唱他，也不甘示弱，随即唱道："大解啊大解，你是个大坏蛋。"

我听到他也在唱，就在写作中给他戴上了两层口罩，并且让他的舌头增大了一倍，他再唱时，声音含混不清，非常难听。

老乐给我写了一封信，他这样写道："亲爱的大解先生，我们之间可以玩耍，但你不能使用这样的手段。你要知道，我的舌头变大以后，充满了整个口腔，不但说话很不方便，并且影响了进食，几天下来，我已经瘦了十多斤。这样下去，我会饿死的。请你考虑后果的严重性。"

看到老乐的信后，我真的着急了，我把他的舌头写大以后，忘了让他缩回原状，没想到后果这么严重。我赶紧给他回信："亲爱的老乐，你好。非常对不起，由于工作繁忙，我把你舌头变大的事给忘了。为了弥补我的过错，我给你请了最好的医生，给你的舌头做切割手术，保证你今后吃饭和说话都不再有障碍。"

老乐立刻给我回了信："大解先生，求求你了，你敲几下电脑键盘，改写一下不就成了，何必让我接受手术，忍受那么大的痛苦呢？"

我又回了信："老乐，我答应不给你做手术了，但我有一个条件，今后我再唱'老乐啊老乐'你为什么这样笨时，请你鼓掌。"

老乐无奈地答应了我的条件。此后，每当我唱这句时，他都鼓掌。但他鼓掌时总是一只手插在衣服的口袋里，另一只手拍打墙壁，拍掌的时候还笑眯眯的，表情很不严肃。

老 乐

经过老乐认真的测量，得出的数据是：《大解寓言》和胡编乱造之间只有一毫米的距离。就是这一毫米的距离，给了我回旋的余地，让我和老乐有了千丝万缕的联系，也使得老乐这个人物穿梭于现实与非现实之间，游刃有余，如入无人之境。

我曾严肃地问过老乐，你对自己的形象和身世满意吗？他说："若论长相，我比大解略强一些，我已经知足了。若论智慧，大解比我稍笨一点儿，我也知足了。若论经历，如果不是你想方设法捉弄我，我怎么会落到如此地步。你这个家伙！你这个坏蛋！你还有完没完！你到底还要折腾我多久？我真的受够了！我再也不想当这本书的主人公了！我现在就辞职！你等着！我去找纸笔！我要写辞职信！我要离开你！我一定要离开你！我要自己去生活！"

你看，开始时本来是好好的，不知怎么了，他说着说着竟然吼了起来，我看他简直是发疯了。可能是这么多年的委屈一下子爆发了出来。我不能让他辞职，我得给他来个先发制人。

等到老乐从屋里出来时，我先写好了辞职信，交给了老乐。我是这样写的：

亲爱的老乐：

自从我们在《大解寓言》这本书里相遇，我们就成了好朋友。我是经常捉弄你，但从来没有恶意，这一点你也是知道的。由于我的方法问题，如若给你造成了伤害，还请你多多谅解。为此，我深表遗憾，并强烈自责。我要为我的行为负责，特辞去《大解寓言》作者的身份，调整和休息一段时间。在这段时间里，我不能与你在一起了，你要自己照顾好自己。在你找不到新的主人之前，可以一直住在《大解寓言》里，直至永远住下去。对不起了，亲爱的老乐。

　　　　辞职人：爱着你的老朋友——大解

老乐看过了我的辞职信，把纸捂在脸上，突然放声大哭起来，然后抱住我不放。他不同意我辞职，他还要和我一起生活。他承认了刚才的冲动。他不能和我分开。

事后，为了安慰老乐，我给他写了一双翅膀，让他到天上转了转，开阔一下眼界，放松一下心情。他靠我写给他的翅膀，在天空中自由飞翔了很多次，竟然安然无恙，没有出现一点儿故障。对此，老乐很满意。由此可见，写出来的东西，也是靠得住的。

开笔仪式

在《大解寓言》第三部的开笔仪式上,唯一的参加者老乐早就到场了,他打扮得格外用心,胡子刮了,衣服熨出了棱角,走路也很有力,仿佛年轻了许多。我和老乐相隔整整一本书的距离和时间,今天终于又见面了,我们相见后就抱在了一起。

我问老乐:"这段时间你都在做什么?"老乐说:"你还不知道吗?以我为主人公的寓言集,在一年内发行了几十万册,我每天都在与读者打交道,它们读我,喜欢我,夸我,还有几万个漂亮女郎到处追我,非要嫁给我不可,我躲都躲不开。有一天,我躲到地球的背面,结果被美国人发现了,依然有人追。"

看到老乐骄傲的样子,我向他表示了祝贺。我问:"小乐呢,他怎么没来?"老乐说:"小乐也忙起来了,自从《飞扬童话》出版后,小乐也成了名人,今天正在一所幼儿园里,给零到一岁的小朋友们做演讲呢,今天演讲的主题是:怎样才能把裤子尿得又湿又透。"

"那您的夫人呢?"我问。老乐说:"我老婆正在门外阻挡那些追我的美女,她现在的主要任务就是把我的追求者控制在几百人以内。"我问:"现在,你在家里还经常忍受家庭暴力吗?""不不,我现在不经常挨揍了,我出名以后,老婆的脾气好多了,她每次把我打出大包以后,都给我亲自揉揉,态度好极了。"

我说:"今天请你来的目的有两个:一是依然确立你在《大解寓言》中的主人公地位;二是请你在这本书里乖一些,否则我会向你的老婆告状,让她来收拾你;三是在我写你期间,你不得擅自缺席,如果有重大事情,必须跟我请假;四是我写你时会有很多错字,你要负责校对并改正,但不得随意增加赞美自己的话语……"

我正说着,老乐打断了我的话,他说:"你不是说请我来有两个目的吗，怎么变成了四个？"

我拍着脑门说："是啊，怎么变成了四个？这样吧，你从这四个当中，随便减去两个就行了。"

就这样，我和老乐顺利地完成了开笔仪式，用握手的方式表示了合作的诚意。细心的读者会发现，我握住了自己的手，老乐也握住了自己的手，我们并没有相握，而是各自抱拳，像两个古代的武士。

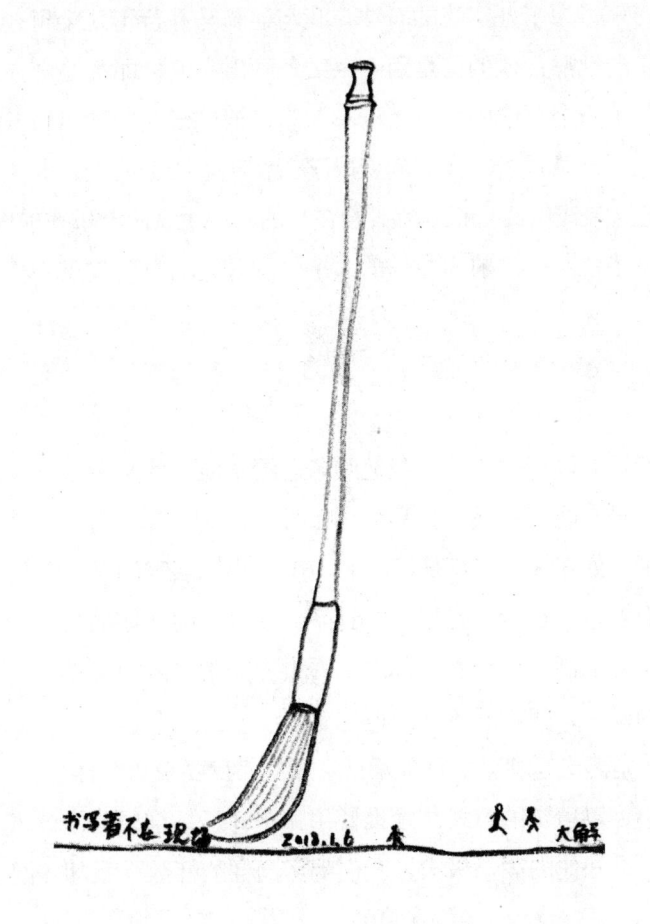

骑马旅行记

一

老乐在纸上画了一匹白马，然后骑着这匹白马去旅行。正巧我也骑马旅行，与他相遇了。当时我一眼就看出他骑的是假马。首先，他的马是扁的，只有一张纸那么厚；其次，马的身上没有毛，因为他的马是用线条勾画的马的轮廓，没有画毛发；再次，他的马走路很轻，发不出清晰的马蹄声。为了证实我的看法，我与他骑马并行了几十里，进一步发现了其中的纰漏：他的马是用一根线条画出来的，即一笔画。

我搞了一个恶作剧，趁老乐不注意，把这根线条抽出来，他的马一下子变成了一条直线，他立刻变成了骑在一条线上的人，非常尴尬。后来，我把这条线做成一根缰绳，拴在我的马头上，让老乐在前面牵着走。路人看见了就问："前面牵马的人是你的马夫吗？"我点头称是。

二

在老乐的再三央求下，我把线条还给了他，他又费了很大力气，把线条还原成一匹马。我们骑马继续旅行。

到了一处客栈，我们住下。我吩咐店小二喂我的马，我的马是一匹黑马。而老乐只在墙上钉了一根钉子，就轻松地把他的马挂在了墙上，然后坐下来喝酒。他跷着二郎腿，看上去非常悠闲而又得意。看到他这种得意的样子，我就忍不住想逗他。

我决定跟老乐拼酒，把他灌醉。席间，我要来两个杯子，一个很大，一个很小，以猜拳的方式决定谁使用哪个杯子，结果他中计了，他用大杯喝酒。谁知他的酒量极大，我们喝了同样的杯数，我却先醉了。

老乐睡在客栈的被窝里，温暖而幸福，鼾声如雷；我却趴在桌子上，睡了一夜。

三

我和老乐来到草原上，我的黑马吃草，老乐的白马是假马，不吃草。一群蝴蝶好奇地围着假马翩翩起舞。假马只有轮廓线，没有身体，因此蝴蝶穿过它的身体，如同穿过空气。草原上的野花也从远方赶来，聚集在假马身边，摆动着细长的脖子，唱起了好听的歌曲。野花的歌曲感动了假马，但我们听不见。

在蓝天白云下面，是起伏的草原。草原的斜坡上，一群马在悠然地散步。假马看见远处的马群，就跑了过去。假马融入马群的时候，天上的白云也幻化为成群的白马，在天上驰骋，渐渐消失在天边。

假马回来的时候，带回了一个马的灵魂。这个灵魂之马是一个幻影，没有形体，却英俊而透明，像是软化的玻璃。显然，这匹灵魂之马已经与假马产生了爱情。它们耳鬓厮磨，情意缠绵，难分难舍。看到这种情况，我和老乐商议，让假马留在草原上。假马感激得跳了起来。临走时，假马流下了惜别的泪水。

我和老乐继续旅行。可怜的老乐没有马了，他只好跟在我的身后。我骑马，他步行，他成了我的随从。

四

我和老乐走在草原上，我见老乐步履维艰，实在是太累了，于是，我给天上的牧马人写信，从云中借来一匹白云马，让老乐骑。

没想到老乐实在是笨，骑在白云马身上，摔下来好多次。我骑上去试了试，白云马跑起来有些飘忽，确实难以驾驭。好在草原辽阔，天空也无边无际，经过反复驾驭，老乐终于征服了白云马，他在草地上放马奔驰，简直像个策马狂奔的草原英雄。

我有些羡慕老乐了。有时我和老乐换马骑，我也体验了风驰电掣的感觉。夜晚,我们在草地上宿营,为了感谢我,老乐骑着白云马奔向夜空,从浩渺的星空里摘下三颗发烫的星星,堆放在草地上。我们围坐在星星旁边,用星星烤羊腿,一边聊天吃肉,一边欣赏草原上的星空。

随后,老乐唱起了自编的歌曲,歌声凄美、苍凉。黑马和白云马睡在我们身边,黑马与夜色几乎融为一体,而白云马在三颗星星的映衬下,透出白云的质地,仿佛一堆棉花。这时草原上空有流星划过天边,更增添了夜晚的安谧。

五

清晨,草原上轻风荡漾,青草起伏,不觉间涌起了层层波浪。我和老乐刚刚醒来,就被青草的波浪拍击着。不要小看这些草浪,许多不会游泳的人,会被淹死。幸亏我和老乐及时跃上马背,逃出了草原波浪的追击,来到一处高坡上。

站在坡上向远方眺望,辽阔的草原尽收眼底。这时,太阳还没有出来,东方已经泛起了红晕,霞光像是天上的野火,在尽情地燃烧。就在天地相接的地方,我看见一个壮士匍匐在地平线上,用背部拱起了一轮旭日。接着,他越拱越高,身体成了一个弓形。后来,他站起身,似乎用尽了浑身的力气,用肩膀扛起了这轮太阳。最后他举起双臂,把太阳高高托起,送入了天空。太阳升空以后,这个壮士轰然倒下,渐渐沉没到地平线的下面。

我和老乐都惊呆了。我几乎不敢相信,太阳升起的仪式是如此壮烈,充满了危险,也付出了牺牲。就在我们向东眺望之时,来自太阳的光芒在风中,带着唰唰的响声,向整个草原扩散。夜里新生的草叶因为从来没有见过太阳,接受第一缕阳光的照耀时,微微有些颤抖,并羞涩地转过身去。

我记得在前生,有一个老人给我讲过,说神秘的东方极地,有一个壮士,专门负责托起太阳。他每天累死一次,但他倒下以后,经过大地的孕育,第二天早晨还会复生,继续肩负起托举太阳的重任。他是大地养育的一个巨人,处在永远的生死轮回之中,一直坚守着自己的职责,从不懈怠。

　　我和老乐沐浴着旭日的光辉，明显地感到这光中，有一种生命的力量，在万物之间传递。这光已经透过皮肤，进入了我的内心，点燃了我的血液。我被来自内部的火焰烧透，突然产生了冲向天边的渴望和激情。我想去看看太阳的出生地，我想看看倒下的巨人是如何苏醒的。我不能等了，我决定现在就去。于是我翻身上马，驾驭着黑马向东狂奔；老乐紧随其后，他所乘的白云之马，虽然像一团松软的棉絮，却毫不逊色地在大地上疾驰。

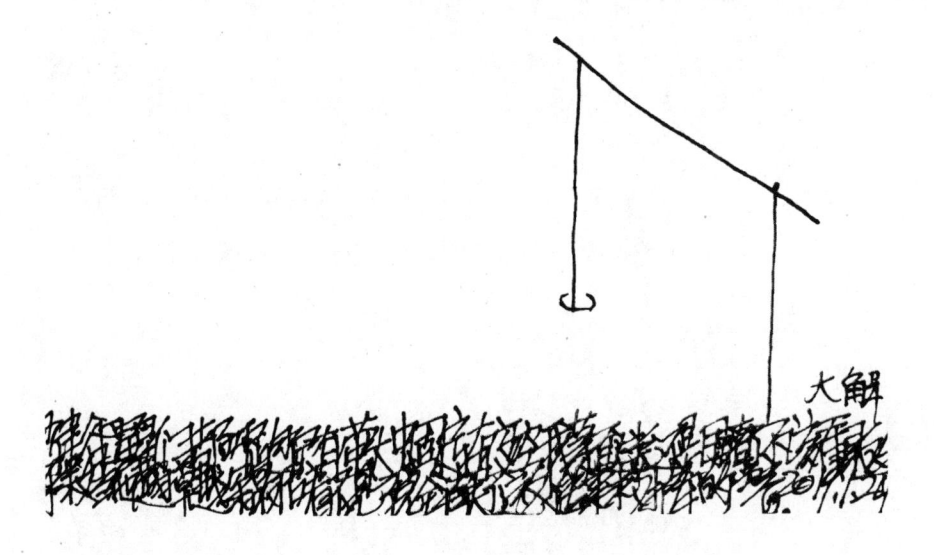